Ilha de Vidro

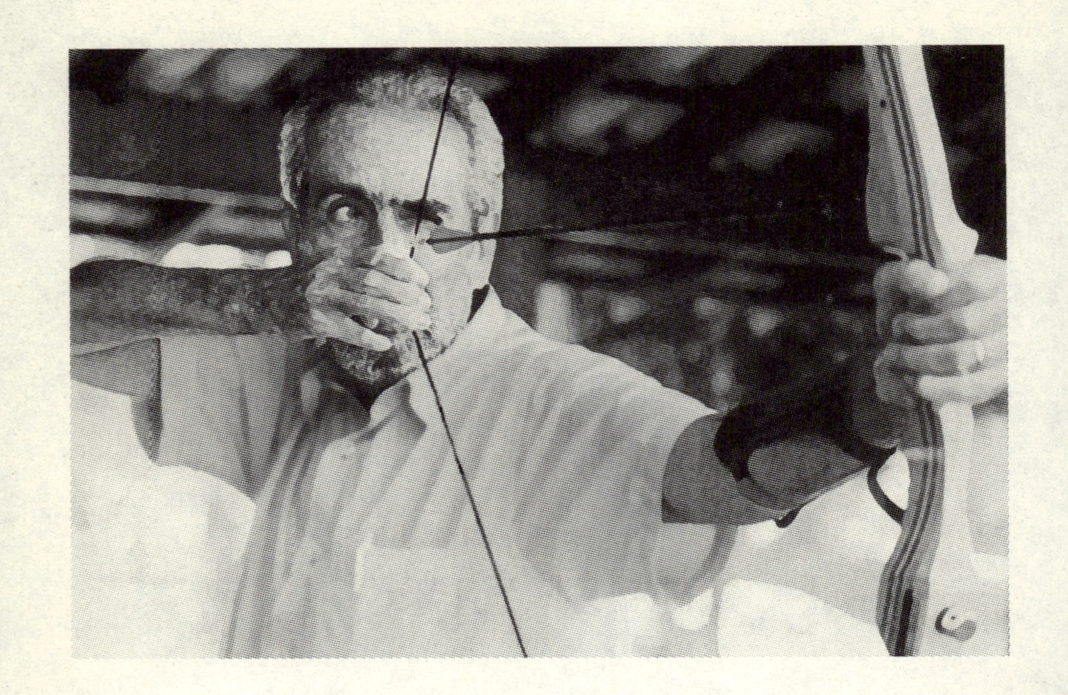

O ARQUEIRO

GERALDO JORDÃO PEREIRA (1938-2008) começou sua carreira aos 17 anos, quando foi trabalhar com seu pai, o célebre editor José Olympio, publicando obras marcantes como *O menino do dedo verde*, de Maurice Druon, e *Minha vida*, de Charles Chaplin.

Em 1976, fundou a Editora Salamandra com o propósito de formar uma nova geração de leitores e acabou criando um dos catálogos infantis mais premiados do Brasil. Em 1992, fugindo de sua linha editorial, lançou *Muitas vidas, muitos mestres*, de Brian Weiss, livro que deu origem à Editora Sextante.

Fã de histórias de suspense, Geraldo descobriu *O Código Da Vinci* antes mesmo de ele ser lançado nos Estados Unidos. A aposta em ficção, que não era o foco da Sextante, foi certeira: o título se transformou em um dos maiores fenômenos editoriais de todos os tempos.

Mas não foi só aos livros que se dedicou. Com seu desejo de ajudar o próximo, Geraldo desenvolveu diversos projetos sociais que se tornaram sua grande paixão.

Com a missão de publicar histórias empolgantes, tornar os livros cada vez mais acessíveis e despertar o amor pela leitura, a Editora Arqueiro é uma homenagem a esta figura extraordinária, capaz de enxergar mais além, mirar nas coisas verdadeiramente importantes e não perder o idealismo e a esperança diante dos desafios e contratempos da vida.

NORA ROBERTS

ILHA DE VIDRO

Os Guardiões
LIVRO 3

Título original: *Island of Glass*

tradução: Maria Clara de Biase

preparo de originais: Victor Almeida

revisão: Flávia Midori e Sheila Louzada

diagramação: Aron Balmas

capa: DuatDesign

imagens de capa: Tatiana Mertsalova / Trevillion Images (mulher); jakkapan / Shutterstock (praia); christian_b / Shutterstock (vegetação); Lee Prince / Shutterstock (coqueiro)

impressão e acabamento: Cromosete Gráfica e Editora Ltda.

CIP-BRASIL. CATALOGAÇÃO NA PUBLICAÇÃO
SINDICATO NACIONAL DOS EDITORES DE LIVROS, RJ

R549i Roberts, Nora
Ilha de vidro/ Nora Roberts; tradução de Maria Clara de Biase.
São Paulo: Arqueiro, 2018.
288 p.; 16x23 cm. (Os guardiões; 3)

Tradução de: Island of glass
Sequência de: Baía dos suspiros
ISBN 978-85-8041-900-9

1. Ficção americana. I. Biase, Maria Clara de. II. Título. III. Série.

18-52773 CDD: 813
CDU: 82-3(73)

Todos os direitos reservados, no Brasil, por
Editora Arqueiro Ltda.
Rua Funchal, 538 – conjuntos 52 e 54 – Vila Olímpia
04551-060 – São Paulo – SP
Tel.: (11) 3868-4492 – Fax: (11) 3862-5818
E-mail: atendimento@editoraarqueiro.com.br
www.editoraarqueiro.com.br

Para meus netos –
minha magia e meu futuro

Ele está vivo, ele desperta. Foi a Morte que morreu, não ele.
– Percy Bysshe Shelley

Um por todos e todos por um.
– Alexandre Dumas

PRÓLOGO

ELAS SE ENCONTRARAM EM UMA COLINA ALTA, BEM ACIMA DO MUNDO, sob um céu estrelado deslumbrante e uma lua branca paciente. Juntas, as deusas olharam para o mar escuro e vítreo, para além do castelo que brilhava em sua própria e mágica colina.

– Duas estrelas já foram encontradas e estão a salvo. – Luna ergueu o rosto para o céu em alegria e agradecimento. – O destino dos seis foi bem escolhido. Os corações dos guardiões são fortes e verdadeiros.

– As provações deles ainda não terminaram – lembrou Celene. – E o que enfrentarão exigirá mais do que ter um coração verdadeiro.

– Eles estão à altura do desafio. Já provaram que são valorosos guerreiros. Correram riscos e saíram vitoriosos – comentou Arianrhod. – Porém, você está certa: haverá mais uma batalha, mais sangue será derramado. Nerezza e o demônio que ela criou querem mais do que as estrelas, mais do que a morte dos guardiões. Querem aniquilação.

– Sempre foi assim – murmurou Luna. – O coração de Nerezza sempre foi assim.

– Eles a enfraqueceram. – Arianrhod segurou o punho cravejado de joias da espada ao seu lado. – Quase a destruíram. Se não fosse pelo humano que ela transformou, teriam conseguido.

– Não pensamos isso na noite da ascensão da rainha ao trono, a noite em que criamos as estrelas? – lembrou Celene às irmãs.

Ela estendeu os braços. No mesmo instante, à beira do vasto mar, as imagens do ocorrido tremeluziram.

– Uma noite de alegria, esperança e celebração – continuou Celene. – E nós três conjuramos três estrelas. Para a sabedoria, forjada em fogo.

– Para a compaixão, fluida como água – acrescentou Luna.

– Para a força, fria como gelo – completou Arianrhod.

– Nossos poderes e nossas esperanças unidos em um presente para a nova rainha. Um presente que Nerezza cobiçou.

Na praia, branca sob a luz da lua, as três deusas haviam enfrentado a escuridão. No momento em que enviaram suas estrelas, Nerezza surgiu e lançou um raio negro para amaldiçoá-las.

– Então nós a banimos – continuou Celene. – Mas não conseguimos destruí-la. Essa tarefa e essa guerra não cabiam a nós.

– Nós protegemos as estrelas – lembrou-lhe Luna. – Nerezza as amaldiçoou para que um dia caíssem, mas nós as protegemos de modo que, quando caíssem, fosse em segredo. E permanecessem escondidas.

– Até seus guardiões se unirem para encontrá-las e defendê-las. – Arianrhod apertou com mais força o punho da espada. – Na luta contra a escuridão, arriscando tudo para salvar os mundos.

– O tempo deles chegou – concordou Celene. – Os seis tiraram a Estrela de Fogo da pedra e a Estrela de Água do mar. Mas o teste final os aguarda, assim como Nerezza e seu exército profano.

– Independentemente de seus poderes e dons, os seis enfrentarão uma deusa. – Luna levou a mão ao peito. – E nós só podemos observar.

– Esse é o destino deles – disse Celene. – E no destino deles repousa o destino de todos os mundos.

– O tempo deles chegou. – Arianrhod segurou a mão de suas irmãs. – E, com ele, se forem fortes e sábios, se mantiverem seus corações verdadeiros, o nosso.

– A lua está cheia. Por isso a loba uiva. – Celene apontou para o cometa que descrevia um arco no céu. – Por isso eles voam.

– E a coragem voa com eles – disse Arianrhod.

– E lá! – Luna apontou para o grande mar escuro onde uma luz brilhou, ardeu e se aquietou. – Eles estão seguros.

– Por enquanto. – Com um gesto, Celene dispensou as imagens ondulantes na praia. – O futuro começa agora.

1

UM HOMEM QUE NÃO PODIA MORRER TINHA POUCO A TEMER. UM imortal que durante a maior parte de sua longa vida fora um soldado em batalha não fugiria de uma luta contra uma deusa. Um soldado, embora um solitário por natureza, entendia o dever e a lealdade para com os que lutam com ele.

O homem que vira seu jovem irmão ser destruído por magia negra e vivera com esse fardo, que lutara contra a ganância insana de uma deusa, sabia a diferença entre a escuridão e a luz.

Não o assustava a ideia de ser transportado por um companheiro capaz de se locomover no tempo e no espaço, mas ele teria preferido outro meio de transporte.

Um homem às vezes tinha que se alinhar com outros para cumprir seu destino. E, em meio ao redemoinho de vento e ao brilho da lua, e a uma velocidade de tirar o fôlego (precisava confessar que se empolgara com a velocidade), Doyle sentira seus companheiros. Todos ainda sangravam da batalha. A vidente que os unira. O bruxo que possuía mais poder do que qualquer um que ele havia conhecido. A sereia que era puro encanto, coragem e coração – e um deleite para os olhos. O viajante do tempo. E a mulher que se metamorfoseava. Leal, corajosa e exímia atiradora.

Naquele momento, ela se encontrava na forma de loba, já que a lua tinha surgido justamente quando eles se preparavam para deixar para trás as belezas e as batalhas de Corfu. Agora estava uivando. E o som que Doyle ouviu não era de medo, mas exatamente da mesma empolgação que pulsava no sangue dele.

Então Doyle sentiu o cheiro da Irlanda – o ar úmido, o verde –, e a empolgação desapareceu. O destino, frio e engenhoso, o levara de volta para onde seu coração fora partido. Mesmo tendo se preparado para isso, para fazer o que precisava ser feito, esse peso o esmagava.

Um homem que não podia morrer ainda podia sentir o solavanco e o ultraje de atingir o chão com uma força de chacoalhar os ossos e tirar o fôlego.

– Droga, Sawyer!

– Desculpe. – A voz de Sawyer veio da esquerda. – Foi uma longa viagem. Alguém se machucou? Annika?

– Eu estou bem. Mas você… – A voz dela era um sussurro musical. – Você está ferido.

– Não é nada grave. Ei, você está sangrando.

Annika deu um sorriso radiante como o sol.

– "Não é nada grave" – retrucou ela.

– Talvez da próxima vez devêssemos usar paraquedas – sussurrou Sasha, deixando escapar um gemido.

– Estou aqui com você.

Quando os olhos de Doyle se adaptaram, ele viu Bran puxar Sasha para si.

– Você está ferida?

– Nada muito sério – respondeu Sasha. – Só alguns cortes e hematomas. E o vento me tirou o fôlego. Eu já deveria estar acostumada com isso. Riley? Onde está Riley?

Doyle se levantou e pôs a mão no pelo da loba, que rosnou.

– Ela está aqui, e bem. Riley se cura mais rápido na forma de loba. – Seu olhar encontrou aqueles olhos castanho-amarelados: Dra. Riley Gwin, a renomada arqueóloga e licantropa. – Nem pense em me morder – murmurou.

Ele se deu conta de que, por mais que a aterrissagem tivesse sido brusca, Sawyer havia conseguido. Estojos de armas, bagagem e caixa de livros de pesquisa, mapas e outros itens estavam em uma pilha relativamente organizada a centímetros de distância. E, o mais importante para ele, sua motocicleta estava em posição vertical e intacta.

Satisfeito, ele ajudou Sawyer a se levantar.

– Não foi tão ruim.

– Não. – Sawyer passou os dedos pelos fartos cabelos queimados de sol e despenteados pelo vento. Então sorriu quando Annika deu uma série de saltos estrela. – Acho que alguém gostou do passeio.

– Você se saiu bem. – Bran pôs a mão no ombro de Sawyer. – É uma proeza, não é? Transportar seis pessoas e todo o resto, através do mar e do céu, em questão de minutos.

– Estou com uma tremenda dor de cabeça.

– Sem contar isto…

Bran ergueu a mão de Sawyer, a que havia agarrado os cabelos de Nerezza quando a transportara para longe.

– Vamos dar um jeito nisto, e no que mais for preciso. Deveríamos levar Sasha para dentro. Ela não me parece bem.

– *Eu estou bem* – retrucou ela, mas continuou sentada no chão. – Só um pouco tonta. Riley, por favor, não! – gritou rapidamente, pondo-se de joelhos na direção da loba. – Ainda não. Vamos nos orientar primeiro. Riley quer correr – explicou para os outros.

– Tudo bem. Não há perigo aqui. A floresta é minha – disse Bran para Riley. – E agora é sua. Vá!

A loba se virou e se afastou, desaparecendo na mata fechada.

– Ela pode se perder… – começou Sasha.

– Ela é uma loba – salientou Doyle. – Provavelmente se orienta melhor do que todos nós juntos. Metamorfoseou-se quando estávamos partindo e precisa de um momento sozinha. Loba ou mulher, ela sabe se cuidar.

Ele deu as costas para a floresta onde havia corrido quando criança, onde havia caçado, onde buscara solidão. Um dia, aquele lugar fora seu lar – agora era o de Bran.

Sim, o destino era frio e engenhoso.

Na casa que Bran havia construído na costa selvagem de Clare, Doyle relembrou a sua própria. Onde sua família vivera por gerações.

Eles se foram séculos atrás, lembrou a si mesmo. A casa e a família tinham virado pó. Em seu lugar havia uma mansão, e ele não esperava menos de Bran Killian.

Uma bela mansão de pedra, ponderou ele, com os toques fantásticos que se poderia esperar de um bruxo. Talvez algumas das paredes ainda fossem de seu lar de tanto tempo antes. Três andares, duas torres arredondadas de cada lado e uma espécie de balaustrada central que oferecia uma vista magnífica dos penhascos, do mar e da terra.

Tudo *suavizado*, Doyle supôs ser essa a palavra, por jardins feéricos florindo livremente e exalando uma mistura de perfumes.

Doyle divagou por um momento, permitindo-se pensar na mãe, que amara cada pedacinho daquele lugar.

Depois, afastou esse pensamento.

– É uma bela casa.

– É uma boa terra. E, como eu disse para Riley, é tanto sua quanto minha.

Doyle balançou a cabeça.

– Bem, é como eu me sinto – continuou Bran, o vento jogando seus cabelos pretos como a noite ao redor de seu rosto de traços fortes. – Fomos reunidos para um objetivo. Lutamos e sangramos juntos, e sem dúvida isso acontecerá de novo. E aqui estamos nós, onde você nasceu e onde me senti compelido a construir. Também há um objetivo aqui, e vamos alcançá-lo.

Annika se aproximou e acariciou o braço de Doyle, em um gesto de conforto. Seu belo rosto estava machucado e seus longos cabelos pretos estavam sensualmente revoltos pela viagem.

– A casa é linda. E sinto o cheiro do mar.

– Está bem mais abaixo. – Bran sorriu. – Mas aposto que você o encontrará facilmente amanhã de manhã. Por enquanto, é melhor levarmos nossas coisas para dentro e descansarmos um pouco.

– Concordo – disse Sawyer, pegando algumas caixas. – E, por Deus, eu adoraria comer alguma coisa!

– Eu vou cozinhar. – Annika atirou os braços ao redor dele e o beijou com entusiasmo. Depois, pegou sua mochila. – Temos algo para cozinhar, Bran, enquanto você cuida dos ferimentos do grupo?

– A cozinha está bem estocada. – Ele estalou os dedos na direção das grandes portas duplas arqueadas. – A casa está destrancada.

– Desde que tenha cerveja… – Atrás de Annika e Sawyer, Doyle pegou os dois estojos de armas, sua prioridade.

– Ele não está bem – murmurou Sasha para Bran. – Sinto que as lembranças e a perda ainda o afetam.

– Sinto muito, de verdade. Mas sabemos o motivo de estarmos aqui: encontrar a última estrela e acabar com isso.

– Sempre há um preço. – Com um suspiro, ela se apoiou nele e fechou os olhos azuis como o verão, ainda cansada da batalha e da viagem. – Mas Annika tem razão. A casa é linda, Bran. Maravilhosa. Quero pintá-la uma dúzia de vezes.

– Você terá tempo. – Bran a abraçou. – Eu falei que era de Doyle e Riley tanto quanto minha. É de Annika e Sawyer também. Mas, *fáidh,* esta casa é sua assim como meu coração é seu. Quer morar comigo aqui, pelo menos durante parte do tempo de nossas vidas juntos?

– Quero morar com você aqui e em qualquer lugar. Vamos entrar? Quero ver se a casa é também maravilhosa por dentro.

– É realmente um lar com você aqui.

Para impressioná-la, ele agitou a mão. No mesmo instante, todas as janelas e o caminho do jardim até a porta da frente se iluminaram.

– Você me deixa sem fôlego.

Ela suspirou e pegou o estojo contendo o material de pintura, sua prioridade. Eles passaram por um amplo hall com pé-direito alto e piso de tábuas brilhantes. Sobre uma mesa pesada com dragões curvados esculpidos nas pernas havia bolas de cristal e um vaso alto cheio de rosas brancas.

O hall dava para uma sala de estar com sofás em tons vibrantes, grandes mesas e luminárias. Agitando a mão de novo, Bran fez surgir chamas vermelhas e douradas em uma lareira de pedra tão imponente que Doyle poderia ter ficado em pé ali dentro com os braços abertos.

Segurando uma cerveja, Doyle ergueu a sobrancelha.

– Elegante, hein?

– Dei o meu melhor – respondeu Bran.

– Vou pegar o restante das coisas e você cuida do Sawyer, ok? Ele está com muita dor de cabeça e algumas queimaduras feias. E Annika está mais machucada do que aparenta.

– Ajude Sawyer e Annika – disse Sasha. – Vou ver Doyle.

– Sawyer está na cozinha com Annika. – Doyle relanceou os olhos para Sasha. – E você tem suas próprias cicatrizes de batalha, loirinha.

– Eu estou bem – comentou ela para Bran. – A tontura só durou alguns minutos desta vez, e o resto pode esperar. Mas aceito uma taça de vinho, se você tiver.

– Tenho, é claro. Vou cuidar do Sawyer e sirvo uma para você.

Ela começou a pegar mais mochilas com Doyle. Logo depois, olhou fixamente para a floresta.

– Não se preocupe. Ela vai parar de correr e voltar – comentou Doyle, lendo os pensamentos dela. – Mas você ficaria mais feliz com todos seguros em casa, não é?

Sasha deu de ombros.

– Sim. É que foi… um dia e tanto.

– Encontrar a segunda estrela deveria ter colocado um sorriso no seu rosto. No entanto, você está triste.

– Um ano atrás, eu ainda negava o que era. Não sabia nada sobre nenhum de vocês, deusas, luz ou escuridão. Eu nunca tinha feito mal a ninguém, muito menos…

– O que você combateu e matou não era humano. Eram *criaturas* criadas por Nerezza para destruir.

– Havia pessoas também, Doyle. Humanos.

– Mercenários pagos por Malmon para nos matar, ou pior. Você esqueceu o que eles fizeram com Sawyer e Annika na caverna?

– Não. – Sasha abraçou o próprio corpo para conter um calafrio. – Nunca esquecerei. E nunca entenderei como seres humanos podem torturar e tentar matar por dinheiro. Por que matariam por lucro. Nerezza entende. Ela conhece esse tipo de ganância, esse desejo cego por poder. E sei que é o que estamos combatendo. Malmon trocou tudo por isso. Ela roubou a alma e a humanidade dele. Agora ele é uma coisa, a criatura dela. Tenho certeza de que Nerezza faria o mesmo com cada um de nós.

– Mas não fará. Nós a ferimos hoje. Ela está sangrando esta noite. Eu procuro as estrelas e a caço há mais tempo do que você pode imaginar. Cheguei perto, ou pelo menos pensei que sim. Só que perto não significa nada.

Ele tomou um longo gole de cerveja.

– Não gosto de usar o destino como motivo ou desculpa, mas o fato incontestável é que nós seis estamos juntos, como era para ser. Nosso dever é encontrar as Estrelas da Sorte e acabar com Nerezza. Você sente mais do que os outros. É seu dom e sua maldição, ver e sentir. Sem esse dom, não estaríamos vivos. Não há nenhum mal em ser capaz de atirar com uma besta como se tivesse nascido com um arco na mão e uma flecha na outra.

– Quem diria, hein?

Ela suspirou, uma mulher bonita com cabelos longos banhados pelo sol e olhos azuis profundos. Uma mulher que ganhara músculos e força, interior e exterior, nas últimas semanas.

– Eu sinto sua tristeza também, Doyle. Lamento muito.

– Vou sobreviver – respondeu ele.

– Sei que era para você estar aqui, andar por esta terra de novo, olhar para este mar. E não só para procurar as estrelas ou combater Nerezza. Talvez… não sei ao certo, talvez para reconforto.

Doyle se fechou. Aquilo era sobrevivência.

– O que havia para mim aqui se foi há muito tempo.

– Ainda assim – murmurou ela –, estar aqui esta noite é difícil para você. E também não foi fácil para Riley.

– Considerando que acabamos de enfrentar uma deusa e seus assassinos, não foi fácil para nenhum de nós. Mas, sim – disse ele diante do olhar e do silêncio de Sasha –, foi uma viagem tumultuada para ela.

Doyle guardou a garrafa de cerveja vazia no bolso do casaco de couro surrado e ergueu as malas.

– Ela vai voltar pela manhã. Pegue o que puder, e eu levo o resto. Nós dois sabemos que você seria mais útil ajudando Bran a tratar os ferimentos.

Sasha não argumentou, e Doyle notou que ela mancava um pouco. Ele entrou, pôs as malas no chão e a pegou no colo.

– Ei!

– Mais fácil do que argumentar. A casa é grande o suficiente para você?

Eles passaram pela ampla entrada e as salas adiante. Cores vibrantes, chamas crepitando em lareiras, luzes e madeira brilhantes.

– É magnífica. Enorme.

– Vocês vão precisar fazer muitos filhos para enchê-la.

– Eu…

– Cogitou a ideia, né?

Sasha ainda estava sem fala, sendo carregada para a cozinha. Sawyer, um pouco menos pálido, estava sentado em um banco diante de um longo balcão de ardósia cinza enquanto Bran tratava as queimaduras em suas mãos. Annika, que continuava linda apesar dos cortes e hematomas, parecia compenetrada salteando frango em uma enorme frigideira no que Sasha reconheceu como um fogão profissional de seis bocas.

– Certo, agora você quer… – Sawyer se interrompeu e sibilou quando Bran atingiu um novo ponto de dor.

– Vou levar o frango e os legumes para a mesa lá fora. Posso fazer isso – disse Annika.

– Vou ajudar você. – Sasha cutucou o ombro de Sawyer. – Me coloque no chão.

A ordem fez Bran se virar e ir rapidamente na direção dela.

– O que foi? Onde ela está ferida?

– Eu não estou…

– Ela está mancando um pouco. Perna direita.

– Ponha-a ali, ao lado de Sawyer.

– Só estou dolorida. Termine de cuidar de Sawyer. Vou ajudar Annika. Eu…

– Eu posso fazer isso! – Claramente frustrada, Annika despejou o frango em uma travessa. – Gosto de aprender. Cozinho o frango com alho, óleo e ervas. Cozinho os legumes. Faço o arroz.

– Você está irritando a sereia – disse Doyle, e pôs Sasha em um banco. – Está com um cheiro ótimo, linda.

– Obrigada. Sasha, você pode cuidar dos ferimentos de Bran enquanto ele cuida dos seus e dos de Sawyer. Depois ele pode cuidar dos meus. E é importante que a gente coma um pouco também. Sawyer precisa disso. Ele está machucado e fraco da…

Os olhos de Annika ficaram marejados, como se fossem piscinas verdes brilhantes, antes de ela se virar rapidamente para o fogão.

– Anni, não. Eu estou bem.

Como Annika se limitou a balançar a cabeça, Sawyer se levantou. Doyle simplesmente o empurrou de volta para o banco.

– Deixe isso comigo.

Doyle atravessou a cozinha com piso de madeira rústico e acariciou os cabelos despenteados de Annika.

Ela se virou e foi direto para os braços dele.

– Eu acreditei, eu acreditei, mas estava com muito medo. Com medo de que ela o levasse.

– Não o levou. O Atirador é esperto demais para isso. Ele a levou para um passeio, e agora estamos todos aqui.

– Eu sinto tanto amor! – Agora suspirando, ela pousou a cabeça no peito de Doyle e olhou nos olhos de Sawyer. – Eu sinto tanto amor!

– É por isso que estamos aqui – disse Sawyer. – Acredito nesse amor.

– Ele precisará de algum tempo para se curar – comentou Bran. – Além de comida e sono.

– E cerveja – acrescentou Doyle.

– Nem precisa dizer. Próximo paciente! – Bran se virou para Sasha.

– Não estou vendo aquela taça de vinho.

– Verdade. Vou buscar. – Doyle deu um beijo na testa de Annika, que voltou a cozinhar.

– A comida vai ficar muito boa, vocês vão ver! – exclamou ela.

Enquanto Doyle servia vinho, Bran arregaçou a perna da calça de Sasha.

Ele proferiu uma série de imprecações ao ver a pele em carne viva com marcas de garras que desciam até a panturrilha.

– "Só alguns cortes e hematomas", não é?

– Sinceramente, eu não tinha notado. – Sasha pegou o vinho que Doyle lhe ofereceu e tomou um rápido gole. – Agora que percebi, dói muito mais.

Bran pegou a taça dela e acrescentou algumas gotas de um frasco de seu estojo de remédios.

– Beba devagar, e respire devagar – recomendou. – A limpeza vai doer.

Sasha obedeceu. No entanto, quando o ferimento começou a doer como picadas de uma dúzia de vespas zangadas, ela agarrou a mão de Doyle.

– Sinto muito. *A ghrá.* Sinto muito. Está infeccionado. Só mais um minuto.

– Você está bem. – Doyle atraiu o olhar de Sasha enquanto Sawyer acariciava as costas dela. – Que bela cozinha você tem agora, loirinha. Capaz de fazer alguém que sabe cozinhar como você dar pulos de alegria.

– Sim. Gosto dela... Gosto dos armários. Não só por ter quilômetros de armários, mas por causa de todas aquelas frentes com vitrais. E gosto das janelas. Deve bater uma luz maravilhosa aqui à tarde.

– Ela precisa beber mais – avisou Bran por entre os dentes. – Sawyer.

– Beba tudo. – Sawyer levou a taça aos lábios de Sasha. – Vamos fazer uma competição culinária, você e eu... e Anni – acrescentou.

– Desafio aceito. – Então ela deixou escapar um longo e trêmulo suspiro. – Graças a Deus – disse quando Bran cobriu o ferimento com unguento frio e calmante.

– Você aguentou firme – elogiou Doyle, dando-lhe um tapinha no ombro.

– Sua vez – disse Sasha para Bran.

– Dê um minuto para si mesma, e para mim também. – Bran se sentou ao lado dela. – Cuidaremos um do outro. Quando terminarmos, e enquanto comemos, imagino que Sawyer tenha uma história para contar.

– Sim. E acredite – respondeu Sawyer –, é uma excelente história.

Havia uma mesa comprida na cozinha, de tampo de vidro, com bancos e cadeiras em torno. Eles se sentaram ao redor do frango de Annika, acompanhado de pão integral, manteiga fresca, cerveja e vinho. E a história de Sawyer.

– Quando eu subi, por sinal com um impulso danado – disse Sawyer para Bran –, ela estava lutando para controlar aquele cão de três cabeças que montava.

– Você atirou em todas as três cabeças dele – salientou Sasha.

– Sim, uma bala em cada uma. – Sawyer simulou um revólver com os dedos. – Bang! E ela estava concentrada em Bran.

– Neutralize o bruxo, neutralize a magia. – Doyle comeu uma garfada. – Não está bom, Annika.

– Ah!

– Está ótimo.

Ela riu e se remexeu no banco enquanto Doyle pegava mais comida. Então apoiou a cabeça no ombro de Sawyer.

– Você foi muito corajoso.

– Não pensei em nada na hora. Esse é o segredo. Ela estava de olho em vocês e tentando manter aquela besta sob controle. Não notou que eu havia me aproximado.

Olhando para baixo, Sawyer flexionou a mão, quase curada.

– Eu agarrei a desgraçada pelos cabelos, que estavam ao meu alcance. Quando finalmente me viu, ela se assustou. Deu para perceber... Eu a peguei de surpresa, e vi medo. O medo não durou muito, mas estava lá.

– Nós a ferimos antes, em Corfu. – Bran assentiu, seus olhos escuros intensos. – Nós a repelimos, pegamos a Estrela de Fogo e a machucamos. Era natural que sentisse medo.

– Dessa vez Nerezza tinha uma proteção, portanto não é nenhuma idiota. E foi um soco e tanto! – Ele esfregou o peito, lembrando-se do golpe. – Ela pensou que tinha conseguido me pegar. Admito que, talvez por um minuto, achei que havia mesmo. Só que ela não suspeitava que eu já tinha começado a nos teletransportar. Isso foi uma loucura, realmente uma loucura, mas viajar no tempo e no espaço é minha especialidade. Eu aguento essa força, e ela não. Não tão rápido, tão bruscamente. Ela começou a mudar.

– Mudar? – perguntou Sasha.

– Eu a estava segurando pelos cabelos, certo? Aqueles cabelos pretos esvoaçantes. Durante a viagem, a cor deles começou a sumir. E o rosto ficou como o de Dorian Gray.

– Ela envelheceu! – exclamou Sasha.

Ele assentiu.

– Sim. Por um momento achei que fosse minha imaginação, e o fato de que o vento e as luzes faziam meus olhos arderem muito. Só que o rosto de Nerezza começou a murchar. Ela envelheceu bem na minha frente. Seu raio mal me fez cócegas. Estava enfraquecendo, e eu a soltei. Com o resto das suas forças, Nerezza quase me puxou com ela, mas consegui fugir e ela caiu. Não sei onde. Não consegui descobrir porque àquela altura estava exausto. E eu precisava voltar.

Ele se virou para beijar Annika.

– Eu realmente precisava voltar.

Sasha agarrou o braço dele.

– Isso pode tê-la destruído?

– Eu não sei, mas a feri e aquela queda deve ter deixado sua marca.

– Segundo a lenda, uma espada acabará com ela – comentou Bran, e deu de ombros. – Mas as lendas são conhecidas por estarem erradas. Seja como for, apesar de "alguns cortes e hematomas" – ele lançou um olhar significativo para Sasha –, nós a ferimos mais do que ela nos feriu. Se ainda estiver viva, precisará de tempo para se recuperar, o que é uma vantagem para nós.

– Agora sabemos que ela sente medo – interpôs Doyle. – Esse medo é outra arma que temos contra ela. Mas isso só vai terminar quando tivermos a última estrela.

– Então vamos procurá-la, e encontrá-la. – Bran se recostou, confiante e à vontade. – Porque foi para cá que a busca nos conduziu.

– Eu acredito que vamos encontrá-la. A Estrela de Gelo – disse Annika. – Encontramos as outras. Mas agora que estamos tão perto, não sei o que vamos fazer quando as tivermos.

– Deixá-las nos conduzir. – Bran olhou para Sasha, que imediatamente serviu mais vinho.

– Mas com calma – murmurou ela.

– Fé – corrigiu Bran. – Tudo se resume a fé. Por hoje, com todos nós aqui, estamos seguros. E fizemos uma ótima refeição.

Satisfeita, Annika sorriu.

– Separei um prato para Riley, caso ela esteja com fome e não aguente esperar pelo café da manhã. Queria que já tivesse voltado.

– Ela voltará na hora certa.

– Posso senti-la – anunciou Sasha. – Posso senti-la agora. Ela está perto, mas não pronta para vir.

– Então, como eu disse, estamos seguros aqui. E, embora Sawyer pareça melhor, precisa de descanso. Vou mostrar os quartos para vocês. Escolham o que acharem conveniente.

Para Doyle, não importava onde iria dormir, por isso ele escolheu um quarto ao acaso, com vista para o mar, e não para a floresta. A cama com colunas altas era digna de um rei, mas ele não estava pronto para usá-la.

Em vez disso, abriu as portas que levavam à sacada de pedra, deixando o ar úmido invadir o quarto e o barulho das ondas abafar seus pensamentos. Inquieto e antecipando as lembranças que poderiam voltar em sonhos, embainhou a espada e saiu para a noite.

Por mais que estivessem seguros – e ele acreditava que, por ora, estavam –, não era prudente ignorar a necessidade de vigilância e deixar de fazer a ronda.

Bran havia construído sua casa no mesmo ponto em que a dele estivera – embora a de Bran fosse cinco vezes maior. Doyle não podia ignorar essa coincidência nem fingir que não havia motivos para isso.

A casa se situava no penhasco, e na beirada fora construído um paredão de pedra. Havia jardins ali também, notou Doyle, e os cheiros de alecrim, lavanda e sálvia se erguiam da horta perto da cozinha.

Ele andou na direção do penhasco deixando o vento agitar seus cabelos e refrescar seu rosto. Seus olhos, verdes e atentos, examinaram o mar turbulento, o céu nublado e a lua cheia ora surgindo detrás das nuvens cinzentas, ora sendo oculta por elas.

Nada viria naquela noite, nem do mar, nem do céu. Mas, se as visões de Sasha se tornassem realidade – e tinham se tornado até então –, eles encontrariam a última estrela ali, na terra de seus ancestrais. E também encontrariam um modo de acabar com Nerezza.

Sua busca de séculos chegaria ao fim.

E depois?

E depois?, pensou novamente, o soldado nele começando a ronda.

Juntar-se a outro exército? Lutar em outra guerra? Não, bastava de guerras. Estava farto de sangue e morte. Por mais que estivesse cansado da vida depois de três séculos, estava mais cansado ainda de testemunhar a morte.

Poderia fazer o que quisesse. Entretanto, não tinha ideia do que queria. Encontrar uma casa para se estabelecer por algum tempo? Construir a própria? Tinha dinheiro guardado para isso. Um homem inteligente não viveria tanto sem juntar alguma grana.

Mas se estabelecer? Para quê? Ele havia andado pelo mundo por tanto tempo que mal podia conceber a ideia de se fixar em algum lugar. Continuar viajando? Já viajara mais do que qualquer homem.

E por que pensar nisso agora? Seu dever, sua missão e sua busca não haviam terminado. Melhor pensar no passo seguinte, e deixar o resto para depois.

Ele circundou a frente da casa e olhou para cima. Podia ver a boa e sólida casa que seus ancestrais tinham construído. E como Bran a havia usado e respeitado ao ampliá-la.

Por um momento ouviu vozes, havia muito silenciadas. Sua mãe, seu pai, suas irmãs, seus irmãos. Eles trabalharam naquela terra, construíram suas vidas ali, dedicaram-se a ela.

Envelheceram, adoeceram e morreram. E restara apenas ele.

Isso era insuportável.

– Besteira – murmurou, e se afastou.

A loba o observava, seus olhos brilhando ao luar.

Ela ficou muito quieta às margens da floresta – bela e feroz.

Doyle abaixou a mão que procurara instintivamente a espada embainhada às costas. Parou, fitando-a enquanto o vento movimentava seu casaco.

– Você voltou. Deixou Sasha e Annika preocupadas. Você me entende perfeitamente bem – acrescentou quando a loba não se moveu. – Se quer saber, Sawyer está se curando e descansando. Sasha foi ferida mais seriamente do que pensávamos. Ah, *isso* atraiu sua atenção – disse ele quando a loba trotou para a frente. – Ela está descansando também. Bran cuidou deles. Um dos canalhas a feriu na perna, que infeccionou um pouco. Mas ela está bem agora.

Doyle viu a loba se esticar para cima e examinar a casa com aqueles astutos olhos castanho-dourados.

– A casa é cheia de quartos, com espaço suficiente para o dobro de nós. Imagino que queira entrar e ver por si mesma.

A loba simplesmente andou até as grandes portas da frente e esperou.

– Pronto. – Doyle se aproximou e abriu as portas para ela.

Lá dentro, as coisas de Riley jaziam em uma pilha separada.

– Não levamos para cima porque ninguém queria escolher por você. Há muitos quartos disponíveis.

A loba se deteve para observar a sala de estar e a lareira acesa. Depois se dirigiu à escada e olhou para trás.

– Quer que eu leve suas coisas?

Ela sustentou o olhar dele, sem piscar.

– Agora sou um carregador – murmurou, e pegou a mochila dela. – Você pode pegar o resto amanhã. – Ele começou a subir a escada e a loba o acompanhou. – Bran e Sasha estão numa das torres. Sawyer e Annika estão aqui, na primeira porta, de frente para o mar.

Doyle apontou para o outro lado.

– E eu ali, também de frente para o mar.

A loba parou à porta do quarto de Doyle, mas logo voltou a se movimentar. Algumas portas depois, entrou em um quarto com vista para a floresta. Lá dentro havia uma cama com dossel, uma escrivaninha larga e uma lareira de malaquita.

Doyle pôs a mochila no chão e se preparou para sair e deixar o resto por conta dela.

Mas ela foi até a lareira e olhou para trás.

– O quê? Quer que eu acenda a lareira para você também? Deus do céu!

Resmungando o tempo todo, ele tirou tijolos de turfa de um balde de cobre e os arrumou sobre a grade, como fazia quando garoto.

Aquilo era bastante simples, só demorou alguns segundos. Se o cheiro lhe causou um aperto no coração, ele o ignorou.

– Agora, se não precisar de mais nada…

Ela foi até a porta que levava a uma pequena varanda.

– Quer sair de novo? Pelo amor de Deus! Aí não tem escada.

Ele se aproximou e abriu a porta.

– Se quiser descer, terá que pular.

Mas ela só farejou o ar, voltou para dentro e se sentou perto da lareira.

– Portas abertas, então.

Não podia julgá-la. Ele havia feito o mesmo em seu quarto.

– Para qualquer outra coisa, você terá que esperar até de manhã.

Doyle começou a sair, e parou.

– Annika deixou comida para você, se quiser comer de manhã.

Inseguro, ele deixou a porta aberta e começou a ir na direção de seu próprio quarto. Quando chegou lá, ouviu a porta dela se fechando.

Se isso fazia alguma diferença para Sasha, pensou, agora todos estavam debaixo do mesmo teto.

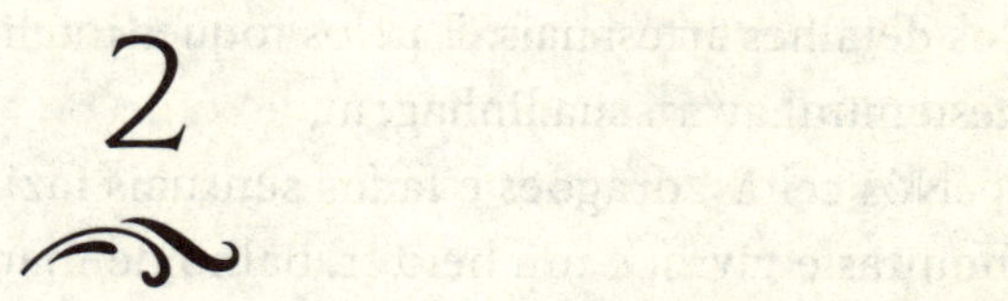

2

UMA FOME FEROZ E UM FRIO INSUPORTÁVEL ACORDARAM RILEY À primeira luz da manhã. O fogo se reduzira a brasas, a porta da varanda estava aberta e a chuva caía lá fora.

Estava deitada no chão na frente da lareira, nua e desorientada. Raramente dormia durante a metamorfose – era intenso demais. Nas raras vezes que isso acontecia, era por total exaustão.

Obviamente, uma batalha cruel seguida de uma viagem com a bússola de Sawyer equivaliam a exaustão.

Rígida e trêmula, ela se levantou, afastou os cabelos castanhos curtos e desgrenhados e olhou ao redor. Sua mente, sua razão e seus instintos funcionavam perfeitamente bem quando estava na forma de loba, por isso ela havia escolhido o quarto não só pela enorme e confortável cama, mas também pela escrivaninha.

Precisava de um bom espaço para pesquisa.

Só que isso ficaria para depois. Naquele momento, necessitava de roupas e, por Deus, de comida! Não só por causa do jejum desde o pôr do sol – uma regra difícil de sua alcateia –, mas também da enorme quantidade de energia gasta na metamorfose. De mulher para loba, de loba para mulher.

Sentia-se fraca, trêmula e grata por Doyle ter levado sua mochila para cima, mesmo que relutante. Pegou a primeira calça que encontrou, uma cargo marrom surrada, e depois um grosso moletom desbotado mas quentinho que uma tia lhe tricotara como presente de aniversário.

Queria tomar um interminável banho quente, mas precisava de combustível. Silenciosamente, saiu do quarto e examinou o corredor. Deu-se conta de que não vira a cozinha na noite anterior e não sabia exatamente onde ficava, mas desceu a escada mesmo assim.

Achava que Bran tinha se saído muito bem com a grande casa na costa irlandesa. Não só pelo tamanho – *enorme* –, mas também pelo estilo e pelos detalhes artesanais. E pelos toques inteligentes e míticos aqui e ali, que testemunhavam sua linhagem.

Nós celtas, dragões e fadas sensuais faziam parte da decoração. Cores bonitas e vivas, e um belo trabalho de marcenaria. Arte impressionante, lembrando-lhe que precisava ver duas peças específicas: dois quadros de Sasha, em que Bran escondera magicamente as estrelas. Ela acreditava que estavam seguros, mas queria vê-los por si mesma.

Então, com a mão na barriga vazia, perambulou pela casa. Parecia mais provável que a cozinha ficasse nos fundos, por isso se dirigiu para lá, à meia-luz da alvorada chuvosa.

Passou por uma espécie de escritório – com muito couro em tons de chocolate, paredes verde-escuras e uma escrivaninha maravilhosa. O cômodo seguinte a surpreendeu, com um grande piano antigo e um violoncelo – sempre quisera aprender a tocar violoncelo –, uma coleção de tamborins *bodhran,* flautas e rabecas. Depois, uma acolhedora e espaçosa sala de estar. Mais adiante, uma magnífica biblioteca que a fez esquecer a fome.

Tudo com arcadas largas, pisos brilhantes e lareiras prontas para oferecer calor e luz.

De quantos cômodos esse cara precisa?, perguntou-se. Finalmente, encontrou a cozinha.

Não apenas uma elegante cozinha, mas também um espaço enorme com mais couro em poltronas e sofás enormes e uma televisão gigantesca na parede. Do outro lado da cozinha? Uma área de jogos: uma mesa de bilhar, um bar completo saído de algum pub antigo maravilhoso e alguns fliperamas clássicos mais uma vez quase deixaram a fome em segundo plano.

Ela poderia viver naquele lugar pelo resto da vida. Especialmente com as amplas portas de vidro que permitiam a vista daquele céu mal-humorado e do mar sombrio.

– Você tem classe, irlandês – murmurou, praticamente caindo em cima das frutas empilhadas artisticamente em uma larga tigela de madeira polida.

Mordendo um pêssego e quase gemendo ao primeiro gosto de comida, abriu as duas portas da geladeira.

E partiu para o ataque de novo.

Abriu o recipiente com as sobras, pegou um garfo, comeu o prato de frango e arroz frios de Annika e tomou uma Coca-Cola – quase eufórica quando seu organismo celebrou a proteína e a cafeína.

Recomposta, estudou a cafeteira sobre o balcão e decidiu que poderia lidar com ela. Enquanto fazia isso, ouviu passos. Tentou não se ressentir. Bem que gostaria de mais uma hora de silêncio e solidão.

Mas quando Sasha entrou e Riley viu o alívio nos olhos da amiga, sentiu-se mesquinha.

– Preciso de café – disse Riley.

– Eu também. Como você está?

Riley deu de ombros e pegou canecas no armário com porta de vidro.

– Comi o que Annika deixou, por isso estou bem.

Quando Sasha a abraçou por trás, Riley se sentiu ainda mais mesquinha.

– Eu precisava correr.

– Eu sei, eu sei. Senti você voltar. Ainda está com fome?

– Por enquanto, estou satisfeita, obrigada. Como você está? Sei que ficou um pouco machucada.

– Bran cuidou disso. Foi pior para Sawyer.

– Eu sei. Ele está bem?

– Todos nós estamos. Espero que ele durma mais algumas horas. Achei que você fosse dormir mais também.

– Eu vou. Mais tarde. Tinha que me alimentar primeiro. – Reabastecida, Riley se recostou no balcão e sorriu. – Um lugar e tanto!

– Incrível, não é? – Com a caneca já cheia de café na mão, Sasha andou pela cozinha. – Ainda não vi nem metade e quero sair, mesmo na chuva, só para *ver*. É incrível. E eu dormi com um mágico em um quarto na torre. O que poderia ser mais incrível do que isso?

– Dormiu ou transou?

Os olhos de Sasha brilharam para Riley por cima da borda da caneca.

– As duas coisas.

– Eu sabia que você acabaria se gabando. – Riley foi até as portas de vidro e olhou da chuva lenta e fina para o mar cinzento. – A estrela pode estar lá fora. Dentro ou debaixo d'água, como as outras duas. Outra ilha, talvez. Vou ter que arranjar um barco.

Sasha se aproximou e olhou também.

– Agradeço por não ter perguntado, mas vou responder assim mesmo: eu não sei. Não senti nada. Ainda não.

– Acabamos de chegar. Deveríamos ter mais tempo para organizar as coisas antes de ela vir atrás de nós de novo.

– Sawyer disse que ela revidou com força durante a viagem. E que dá para ver a intensidade da força pelos ferimentos dele. Também contou que ela estava enfraquecida e envelhecida antes de ele a soltar.

Riley assentiu e tomou um gole de café.

– Sim. Nós deixamos aqueles cabelos grisalhos e aquele rosto enrugado antes de colocá-la para correr em Corfu. Talvez desta vez enfrentemos uma velha encarquilhada que mal consegue dar um tapa. Só que não acredito nisso. Não vai ser tão fácil assim.

– Temos duas das estrelas e a vencemos duas vezes. Vamos encontrar a terceira.

– Deve ser bom ter otimismo.

Sasha olhou para Riley.

– Você não tem?

– Eu não desprezo o pensamento positivo. É uma boa ferramenta, desde que você esteja disposto a fazer sua parte. – Riley apontou. – Temos um bom espaço lá fora para treinar. Podemos estabelecer um campo de alvo decente no lado da floresta. E tem a floresta em si. Deve ter pelo menos 2 ou 3 hectares, pelo que corri ontem à noite. Silenciosa, reservada. Aqui é a Irlanda, então provavelmente vamos ter que treinar muito na chuva.

Como Sasha não disse nada, Riley olhou para ela.

– E acabamos de chegar. Vamos precisar tomar fôlego. Eu estou um pouco fora de mim – admitiu. – A grande e sangrenta batalha, a lua, a transformação.

– O que há de diferente em viajar na forma de loba?

– É excitante a seu próprio modo, e estranho, pelo menos na primeira vez, porque eu estava me curando enquanto voávamos e não podia me concentrar direito. O pouso foi rápido e abrupto, e me derrubou.

– Eu ouvi.

– Depois, tive que correr. Quase sempre prefiro conhecer meu território antes da lua, para avaliar se é seguro. Como disse, há alguns hectares de floresta particular. Você fisgou um bom partido, Sash.

– Você ajudou.

– Eu? Como?

– Você foi minha amiga. A primeira amiga a saber o que eu era e a me aceitar como sou. Você me deu conselhos, me ouviu, se importou. E tudo isso me ajudou a ser esperta e forte o suficiente para… fisgar um bom partido.

– Puxa, então você me deve essa.

Sasha riu e deu um abraço forte em Riley.

– Sim. Vou pagar uma parte fazendo o café da manhã. Como estamos na Irlanda, será a especialidade de Bran: um autêntico café da manhã irlandês.

– Eu aceito. Mas, antes, quero tomar um banho. Não tive chance de fazer isso depois da guerra.

– Sem pressa – disse Sasha. – Primeiro quero caminhar e conhecer a casa. Não vi quase nada ontem.

– Bran toca piano?

– Não sei. Por quê?

– Ele tem um magnífico. Vienense, de meados do século XIX.

– Você sabe tudo.

– Quase tudo – respondeu Riley. – Ele também tem violoncelo, violinos, violas, flautas e uma coleção excepcional de tamborins *bodhran*. Deve tocar alguma coisa.

– Nunca falamos sobre isso. Vou perguntar para ele. Você toca alguma coisa?

– Piano, embora já faça algum tempo que não toco. E ele tem uma área de jogos enorme ali. E uma biblioteca magnífica, que lembra uma catedral.

– Acho que você viu mais da casa do que eu.

– Mas não transei.

– *Touché.*

Sasha se virou quando Annika entrou, descalça e com os cabelos e o vestido esvoaçantes.

– Riley!

Como se não a visse havia anos, Annika correu até ela e a abraçou.

– Bom dia para você também – disse Riley.

– Ficamos preocupados. Doyle garantiu que você voltaria, mas ficamos mesmo assim. Agora você está aqui! Bom dia.

– Como você pode estar linda assim logo cedo? Sem café?

– Eu não gosto de café. Gosto das manhãs. Sawyer vai descansar mais um pouco, mas já está se sentindo muito melhor. Descansado o suficiente para nossa noite juntos, e eu fui muito gentil.

– Sexo. – Riley balançou a cabeça. – Tudo é sexo. Me conte mais… Não, depois que eu tomar meu banho.

– Às vezes eu gosto de ficar acima… quer dizer, em cima. Em cima, quando é lento e suave. Assim posso ter muitos orgasmos.

– Certo. – Riley deixou escapar um suspiro. – Acho que o banho vai ser mais longo do que o planejado.

Como Sasha riu e Riley saiu às pressas, Annika lhe deu um sorriso intrigado.

– Não entendi. Ela precisa ficar mais limpa?

– Não, ela quis dizer… Vou explicar, só que preciso de mais café.

A melhor coisa depois de um banho quente era uma refeição quente. Quando Sasha, com a ajuda de Annika, acabou de preparar a refeição, o time já estava reunido na cozinha.

Riley sentiu o cheiro… Bacon! E ouviu a mistura de vozes ao voltar para o andar de baixo.

– Eu tenho um carro aqui – disse Bran. – Podemos nos espremer dentro dele.

– Eu tenho minha moto – interpôs Doyle. – Posso levar alguém na garupa.

– É verdade. Posso providenciar uma van, para o caso de querermos ou precisarmos ir todos em um só veículo. E aí está ela – acrescentou Bran quando Riley entrou. – Sasha falou que você está curada e descansada. Encontrou um quarto adequado para você?

– Sim, obrigada. Escolhi um com uma escrivaninha de bom tamanho, de frente para a floresta. É uma casa enorme, irlandês – disse ela, enquanto pegava mais café.

– Sim. Eu pensei: por que uma pequena? Quando eu tiver minha família, logo ficará cheia. Vamos comer, e depois eu mostro tudo a vocês.

– Ouvi alguém falar "comida"?

Sawyer tirou uma travessa de ovos e batatas do forno quente e deixou os outros pegarem a travessa de carne e a pilha de pão torrado.

A mesa ao lado da janela molhada de chuva revelava a habilidade de Annika com guardanapos dobrados em forma de coração, espetos de madeira dispostos como uma tenda indígena com diminutas flores descendo por ela e uma única rosa branca saindo do topo. Velas de *réchaud* formavam outro coração com o centro cheio de pétalas de rosas.

Bran as acendeu com um estalar de dedos. Annika bateu palmas.

– Seus jardins ficam lindos na chuva – disse ela para Bran. – Se eu morasse neste castelo à beira-mar, nunca iria querer ir embora.

– Gosto de saber que posso voltar para cá.

– Ela também gosta de chuva. – Sawyer pôs comida em seu prato. – Devo dizer que vou sentir falta do sol da ilha.

– Estou pronta para a chuva. – Sasha passou a travessa para Doyle. – Vamos ter um dia para nos reorganizarmos.

– Aqui é a Irlanda – lembrou-lhe Riley. – Provavelmente teremos mais de um dia chuvoso. De qualquer forma, é bom termos um pouco de tempo para isso. Alguma pista de onde Nerezza caiu, Sawyer?

– Nenhuma. Mas ela estava ferida quando a soltei.

Enquanto comia, ele contou tudo para ela, como fizera com os outros.

– Nós a atingimos feio, e agora ela deve estar se curando – concluiu Riley. – Da próxima vez, estará mais precavida. Até lá, ganhamos um pouco de tempo. E quanto a Malmon? Ou a coisa que Malmon se tornou?

– Ele está mais forte e mais rápido – respondeu Doyle.

– Ele pode se manter daquele jeito sem ela? – indagou Riley. – Essa é uma boa pergunta. Presumo que você tenha protegido este lugar, Bran.

– Presumiu certo.

– Então as estrelas estão aqui, e seguras.

– Estão. Vou mostrá-las para você depois. Acho que você escolheu seu quarto pelo espaço de trabalho, e provavelmente o usará, mas há outra área em que você também poderia ser útil.

– Onde?

– A torre norte. Vamos dar uma olhada depois do café da manhã.

– Sabia que temos uma torre norte? – Sorrindo, Sawyer comeu mais bacon. – Uma sul também. E veja só.

Ele apontou o polegar para os fliperamas na área de jogos.

– Entendi – disse Riley. – Vou ganhar de você lá depois.

– Pode *tentar* – retrucou Sawyer. – Não vai conseguir. Ah, precisamos de um novo quadro de tarefas.

Sasha assentiu.

– Vou cuidar disso daqui a pouco. Como Annika e eu preparamos o café da manhã, encarrego Riley e Doyle de limparem a cozinha. Ah, dei uma olhada no estoque de comida e de material de limpeza. Por enquanto, é mais do que suficiente. Isso adia um pouco as compras na frente doméstica.

– Eu gostaria de fazer compras na Irlanda – disse Annika.

Riley arqueou as sobrancelhas.

– Se fazer compras fosse um esporte olímpico, você ganharia todas as medalhas. Mas, de fato, vamos precisar de roupas para chuva.

– Tem algumas no vestíbulo – disse Bran –, mas é melhor comprarmos mais, pois vamos ter que andar por aí. Conheço este terreno e os vilarejos, só que nunca olhei para eles com a busca em mente.

– E precisamos de mais munição – salientou Doyle.

– Outra coisa que eu não tinha em mente quando estava aqui.

– Tenho contatos – comentou Riley. – Vou dar alguns telefonemas.

– Por que não estou surpreso de você ter contatos na Irlanda? Bem, perdemos algumas flechas na última batalha – continuou Doyle. – E muitas balas.

– Vou cuidar disso. Assim que desembalar meus livros e mapas, posso começar a…

– Podemos esperar um pouco? – interrompeu Sasha. – Sei que não dá para demorar muito e que precisamos tirar vantagem do tempo que temos antes de Nerezza ressurgir, mas será que podemos esperar e relaxar um pouco? Estamos todos aqui, ao redor desta mesa, neste lugar, depois de enfrentar o que me pareceu uma chance muito remota de sobrevivência. Estamos aqui, e duas das estrelas também estão. Foi uma vitória a duras penas, quase um milagre.

– Tem razão. – Os olhos de Bran encontraram os dela e depois examinaram os outros à mesa. – Vamos ter nosso momento, e nos fortalecer para a batalha.

– Por mim, tudo bem – respondeu Doyle, casualmente, e depois relanceou os olhos para Sasha. – Quando você estiver montando o quadro de tarefas, deixe tempo e espaço para treinamento diário. Inclusive calistenia.

Sasha suspirou.

– Isso é cruel, Doyle.

– Ei, preciso do meu momento também. Você se tornou mais forte, loirinha, mas isso foi na luz solar da ilha de Sawyer. Vamos ver como vai se sair com cinquenta agachamentos e puxadas na chuva.

– Talvez eu tenha uma alternativa. Se já terminamos aqui – continuou

Bran –, vou mostrá-la para vocês. E as estrelas também. Acho que a limpeza da cozinha pode esperar um pouco.

– Pode esperar uma eternidade – disse Doyle.

– Seu mundo *é* a eternidade – lembrou Sawyer, mas pegou a mão de Annika e se levantou. – Eu voto por um tour completo pela casa.

– Então vamos pelo alto. – Bran se levantou e estendeu a mão para Sasha. – Tenho muito para mostrar.

Eles subiram a escada dos fundos atrás de Bran, que fez uma curva para a direita no segundo andar e continuou a subir.

– Acesso à área do telhado – explicou. – A vista de lá é espetacular, mesmo em um dia chuvoso.

Ele tem razão, pensou Riley quando Bran abriu uma grossa porta arqueada e saiu para a chuva.

A ampla área plana do telhado oferecia uma vista panorâmica. O mar furioso cinza-chumbo batia com violência nas rochas e no penhasco. Seu estrondo ressoava abaixo das densas camadas de nuvens, levado pelo vento cortante.

Ao se virar, Riley viu as sombras das colinas por trás da névoa cinza do céu e a floresta verde-escura. Mais adiante, onde correra na noite anterior, avistou uma ou duas cabanas, campos pontilhados de ovelhas e nuvens de fumaça fina subindo de chaminés onde lareiras ardiam em um dia chuvoso de verão.

– É uma boa posição – disse Doyle, atrás dela. – Mesmo em um dia como este, dá para avistar um ataque a 800 metros ou mais. E é uma posição elevada e com proteção próxima.

Ele olhou para a parede da torre.

– Isso será útil.

– Dá para sentir o cheiro do mar – murmurou Annika.

– E ouvi-lo – acrescentou Sawyer. – Vai ser complicado sair de barco em um mar desses.

– Vou providenciar um barco de mergulho e equipamento – disse Riley distraidamente. – Aquilo é um cemitério? Há quantos anos deve existir?

Ela se lembrou tarde demais. Aquela tinha sido a terra da família de Doyle. Amaldiçoando-se, Riley se virou para ele.

– Sinto muito. Falei sem pensar.

– A primeira a ser enterrada foi minha bisavó, que morreu em 1582, no parto de seu sexto filho. Portanto, é muito antigo. Embora os arqueólogos geralmente queiram cavar mais fundo do que isso, não é?

– Depende.

– Seja como for – continuou ele, como se ela não tivesse falado –, é uma boa posição estratégica.

– Vamos sair daqui antes que todos nós nos afoguemos na chuva. Quero mostrar a vocês uma coisa que pode ser útil.

Enquanto Bran os conduzia novamente para dentro, Sasha acariciou o braço de Riley, que fingiu apontar uma arma para a própria cabeça e disparar. Sasha balançou a cabeça e lhe apertou o braço.

Então ambas andaram mais rápido quando ouviram o grito de alegria de Annika.

Seguindo o som, fizeram uma curva e entraram em uma área no terceiro andar sob meia dúzia de claraboias.

– Caramba! – Ao contrário de Annika, Riley não deu saltos na frente da parede de espelhos que obviamente a encantara, mas esfregou as mãos uma na outra.

A excelente academia de ginástica tinha piso de bambu cor de mel e um circuito completo de aparelhos. Havia duas esteiras, dois aparelhos elípticos e uma bicicleta reclinada de frente para janelas molhadas de chuva, além de um aparelho para exercícios de resistência e suspensão em um canto e uma geladeira com portas de vidro já estocada com água e energéticos no outro.

Também havia aparelhos de musculação, pesos, uma pilha de tapetes de ioga e bolas de exercício e equilíbrio.

– Nossa, como eu senti falta de vocês – disse Riley, tirando um peso de 5 quilos de uma prateleira.

– Bom o suficiente, eu diria, para aqueles exercícios calistênicos se o tempo não cooperar.

Doyle deu de ombros ao ouvir o comentário de Bran.

– As batalhas acontecem tanto em tempo bom quanto ruim. Mas... será útil. Hummm. Vamos poder treinar barra aqui.

– Ah, droga – murmurou Sasha, fazendo-o sorrir.

– Por que não experimenta, loirinha? Mostre-nos do que é capaz.

– Ainda estou dando um tempo.

– Então amanhã. À primeira luz do dia. Posso incluir alguns circuitos no treinamento, e os pesos são bem-vindos. Mas vamos correr lá fora, no sol ou na chuva. Um aparelho não faz você sentir o chão.

– As paredes são tão brilhantes! – Annika deu um salto estrela gracioso e perfeito na frente do espelho. – Gosto de ver como é.

– Eu também gostaria se estivesse no seu lugar. – Depois de algumas flexões, Riley guardou o peso. – Posso usar quando quiser, irlandês?

– É tanto seu quanto meu.

– Ótimo. Vou me exercitar um pouco, mais tarde. Esse será meu momento – disse ela para Sasha.

– Cada um tem o seu. Eu pretendo montar meu cavalete.

– Falando em cavaletes e pinturas… – Riley se virou para Bran.

– Isso fica para depois. Ah, tem mais coisas do outro lado daquelas portas.

– Mais? – perguntou Annika, entusiasmada.

– Uma sauna a vapor, uma *jacuzzi*, um chuveiro e um vestiário. Lamento pela falta de uma piscina.

– Ah, tudo bem. O mar está muito perto.

Sorrindo, Bran apontou para a porta.

– Há mais neste andar – começou ele enquanto os conduzia para fora. – Mais quartos, uma área de estar.

– Quantas pessoas há na sua família? – perguntou Sawyer.

– Incluindo primos? – Com uma risada, Bran parou a uma porta em uma parede arredondada, uma porta de madeira escura que parecia antiga, sem maçaneta nem dobradiças. – Somos mais de cem, eu acho.

– *Cem*?

A reação de Sasha o fez rir.

– Tarde demais para desistir, *mo chroi.*

Bran estendeu a mão para a porta, com a palma virada para fora. Falou em irlandês, fazendo Doyle olhar para ele.

Somente para mim e os meus, abre-te.

Um raio azul e pulsante desceu pela madeira.

E a porta se abriu.

– Melhor do que um cão de guarda – disse Riley.

– Só abrirá para a gente, assim como as portas do segundo e do primeiro andares que levam a esta torre. O que é mantido aqui dentro está protegido contra qualquer um que tente roubá-lo.

Bran fez um gesto para que entrassem.

Riley quase ofegou.

A oficina dele, pensou, ou loja de magia, toca do feiticeiro. Qualquer que fosse o nome, era surpreendente, como o resto da casa.

Erguia-se dentro da torre, o que não seria física ou estruturalmente possível.

Mais uma vez, magia.

Prateleiras flutuantes continham garrafas, potes e caixas. À luz misteriosa brilhante, ela reconheceu algumas plantas, cálices, facas rituais, caldeirões e tigelas.

Bolas e lanças de cristal. Livros com capas de couro, alguns provavelmente de séculos antes. Espelhos, velas, amuletos, esculturas.

Vassouras, ossos, runas e cartas de tarô.

E, acima de uma lareira de pedra, as pinturas de Sasha.

Aqui, claro, pensou Riley. Magia dentro de magia dentro de magia. Protegidas do mal, dentro da luz.

– Eu disse que comprei o primeiro de seus quadros antes de conhecê-la. – Bran pôs o braço ao redor dos ombros de Sasha enquanto eles as estudavam. – Eu o vi em uma galeria em Nova York e o quis. *Precisei* dele – corrigiu-se. – Meu caminho através da floresta. Um que eu conhecia tão bem e dava aqui. Embora só eu soubesse disso. Muitas vezes o percorri na direção da luz que você pintou tão lindamente, e pensei em pendurar o quadro em meu apartamento em Nova York para me lembrar disso. Acabei trazendo-o para cá, mesmo naquela época. E o coloquei aqui, em meu lugar mais precioso.

– Eu sonhei com isso. – *Sozinha, e muito antes de conhecê-lo.* – Sonhei com o caminho, as árvores e a luz, mas não conseguia ver onde dava. Não até agora.

– E o segundo, que o acompanha, você também pintou a partir de visões que nos guiavam para cá. Não só para a casa, como também para a terceira estrela. Vamos encontrá-la aqui.

No fim do caminho, pensou Riley, a casa magnífica onde estavam agora, brilhando à luz suave, adornada com jardins e se erguendo acima de um mar turbulento.

As coisas vêm em três, pensou. Não só as estrelas, mas outras coisas também. Sasha pintaria um terceiro quadro?

– As estrelas brilham seguras em suas visões e em sua arte – comentou Bran, erguendo as mãos.

No mesmo instante, as pinturas brilharam em uma sobreposição de cores. Vermelho no caminho, azul na casa. E elas deslizaram daquele mundo para as mãos dele, fechadas em vidro transparente, brilhantes e corajosas como a verdade.

– Para nós guardarmos – disse Bran. – E a terceira, a Estrela de Gelo, para encontrarmos.

– Mesmo quando houver três estrelas, de fogo, água e gelo, nas mãos dos guardiões, as batalhas não terminarão. – Enquanto Sasha falava, seus olhos se tornaram escuros e profundos. – Quando houver três estrelas, porque três foram feitas e dadas aos mundos, a escuridão buscará mais sangue e mais morte. Derrotem-na em união. Que ela caia no caos. Escolhas serão feitas, caminhos serão seguidos. Mantenham-se verdadeiros, mantenham-se três, um por dois, e então, somente então, a Ilha de Vidro aparecerá. Somente então ela se revelará para os decididos e de coração valente. – Com a visão ardendo como mil sóis, Sasha se virou para os outros. – Vocês viajarão através da tempestade? Darão um salto de fé? Verão o que vive dentro da pedra e da tristeza? E encontrarão a última? E, ao encontrá-la, se manterão fortes e verdadeiros?

Com um longo suspiro, Sasha fechou os olhos.

– Está frio.

Bran olhou para a lareira e as chamas começaram a ganhar vida.

– Não, eu quis dizer… Desculpe. Onde a estrela está. Onde quer que ela esteja, está frio. Não posso vê-la, mas posso senti-la. E acho que nada disso é de muita ajuda.

– Discordo. – Riley afagou-lhe o ombro. – Você nos permitiu saber que a parte três não é o fim. Não faz sentido considerá-la como tal quando não será. Nós a encontraremos, lutaremos contra a desgraçada e encontraremos a Ilha de Vidro. E chegaremos lá, com as três estrelas. Mamão com açúcar. Neste caso, é o mamão mais amargo que você já provou e o açúcar parece areia.

– Eu topo – disse Sawyer. – Mamão é saudável.

– E açúcar adoça a vida – completou Annika.

Doyle olhou para as estrelas.

– Nós encontraremos a estrela e a ilha. Custe o que custar.

– Eu diria que união nós temos, e já escolhemos o caminho.

Bran ergueu as estrelas na direção das pinturas. Elas deslizaram para dentro dos quadros.

Para esperar pela terceira.

3

COM AS ESTRELAS NOVAMENTE SEGURAS POR MAGIA, BRAN OS CONDUZIU para a escada central em espiral.

Não posso negar que ele tem bom gosto, pensou Riley, examinando o lounge do segundo andar. E, com a adição de uma robusta escrivaninha, poderia servir mais como um escritório ou área de trabalho.

Aprovou a mistura de antigo e moderno – a TV de tela plana, um antigo bar de madeira de rádica, muitos assentos naquelas cores vibrantes de que Bran parecia gostar e uma lareira emoldurada com granito da cor da floresta.

Nichos arredondados nas paredes continham esculturas, alabastro, bronze e madeira polida. Intrigada, Riley se aproximou e passou o dedo pelas linhas fluidas de três deusas esculpidas juntas em alabastro.

– Fódla, Banba, Ériu. – Ela olhou para trás na direção de Bran. – Examinando atentamente, eu diria que é mais ou menos do ano 800.

– Foi o que me disseram. É uma das minhas favoritas, assim como são as deusas. A escultura é uma herança de família.

– Quem são elas? – perguntou Sasha.

– Filhas de Ermnas – respondeu Riley –, dos Tuatha Dé Danann. Elas pediram ao bardo Amergin que desse seu nome a esta terra, e foi o que ele fez. Um triunvirato. Não formado por elas, mas por rainhas e deusas de uma ilha. Isso é interessante.

Ela se virou e apontou.

– E aquele bronze. Morrigan, no meio da transformação da forma feminina para a de corvo. Outra das filhas de Ermnas, outra grande rainha e deusa. Deusa da guerra.

Riley se dirigiu a outro nicho.

– Aqui temos a Dama do Lago, também conhecida como Niníane. Deusa da água. E aqui, em sua carruagem, está Fedelm, a profetisa, que previa grandes batalhas.

– Representando-nos? – Sasha se aproximou da escultura de madeira polida da deusa-profetisa.

– O irlandês aqui tem uma vasta coleção de obras de arte excepcionais, mas é interessante que estas peças estejam nesta torre.

– Juntas – disse Annika. – Como nós. Gosto disso.

– Eu também – concluiu Riley. – E parece trazer sorte. Eu não… – acrescentou ela quando Sawyer estendeu a mão para a escultura da deusa se erguendo da água. – Isso deve valer 5 ou 6 milhões de dólares no mercado.

– O quê? – Sawyer recolheu a mão.

– A lenda em torno dessa peça é de que um dos meus ancestrais se apaixonou pela dama e conjurou a escultura. – Bran sorriu. – Seja como for, é outra que está na minha família há gerações. Mas sua sensibilidade em relação ao agrupamento é intrigante, Riley. Fui eu que as pus aqui. Escolhi os lugares antes de conhecer qualquer um de vocês. Ainda assim, elas se encaixam bem, não é?

– São tão bonitas! – Como Sawyer, Annika manteve as mãos no lugar.

– Também é interessante que eu tenha colocado na outra torre um bronze de Merlin, o mago, e um de Dagda.

– Merlin é óbvio. Dagda, mais uma vez do Tuatha Dé Danann – interpôs Riley –, que é conhecido, entre outras coisas, como um deus do tempo.

Ela apontou para Sawyer.

– E com ele eu tenho Caturix – acrescentou Bran.

– Rei da batalha – murmurou Riley, arqueando as sobrancelhas para Doyle. – Encaixa-se muito bem.

– Também tenho as companheiras do triunvirato das deusas na primeira torre: Morrigan, Bach, Macha.

– O segundo trio de filhas de Ermnas. Qualquer hora dessas vou dar uma olhada.

– Quando quiser – disse Bran para Riley.

– Por mais que isso tudo seja interessante, são apenas símbolos. – Doyle estava em pé com as mãos nos bolsos. – Esculturas não lutam. Não sangram.

– Não espero que as esculturas saltem à vida e se juntem a nós – disse Riley. – Mas o simbolismo é importante, e neste momento parece estar pesando para o nosso lado.

– Concordo. E isso não significa que não vou reclamar o tempo inteiro durante as puxadas amanhã – comentou Sasha, que conseguiu arrancar um meio sorriso de Doyle.

– Bastante justo.

– O andar principal pode nos dar mais com o que trabalhar – disse Bran.

– Por acaso você teria a Excalibur lá embaixo? – perguntou Sawyer.

– Sinto muito. Meu primo em Kerry é quem a tem.

Sob a franja em desalinho, Riley arregalou os olhos.

– Brincadeira – disse Bran, sorrindo.

– *Nunca* brinque sobre Excalibur com uma arqueóloga. O que há lá embaixo?

Sem esperar resposta, ela começou a descer a escada em espiral. Doyle ouviu a reação de Riley antes de ela chegar à metade. Em sua experiência, o som que ela emitiu parecia o de uma mulher à beira do orgasmo.

Descendo atrás do grupo, ele ouviu Bran dizer:

– Imaginei que você fosse gostar.

Livros, notou Doyle. Centenas deles. Muito antigos, em prateleiras altas e arredondadas. O ar cheirava ao couro das capas e levemente a papel.

Um grande livro trancado e com capa de couro repousava em um suporte. Havia outros ao redor, e o espaço abrigava ainda uma larga lareira de pedra. Janelas altas e estreitas ofereciam luz suave, e havia bancos embutidos entre as prateleiras.

No centro da sala, uma longa mesa de biblioteca.

O interesse de Doyle aumentou quando ele viu os mapas.

– Livros reunidos ao longo de gerações – começou Bran. – Sobre magia, folclore, lendas, mitologia, história. Sobre cura, lançamento de feitiços, ervas, cristais, alquimia. Diários, memórias, tradições familiares. Mapas, como Doyle descobriu, alguns antigos. Provavelmente você encontrará alguns livros que já tem – disse ele para Riley.

Ela apenas balançou a cabeça.

– Isso faz minha biblioteca parecer uma estante infantil. Eu poderia viver aqui. – Ela deu um longo suspiro. – Se eu não encontrar respostas nestes livros, é porque não há. E sempre há.

– Eu procurei, claro, mas não tenho sua compreensão. E agora a busca está mais focada, logo facilita o trabalho. – Ele tirou um volume fino de uma prateleira. – Dizem que este foi escrito por um dos meus ancestrais do lado materno. Fala da visita dele à Ilha de Vidro para celebrar a ascensão de uma nova rainha. Está escrito em irlandês antigo.

Riley pegou o livro e o abriu com cuidado. Com reverência.

– Posso tentar traduzir, mas Doyle seria melhor nisso, porque *é* um irlandês antigo.

– Não tenho como atestar sua veracidade – continuou Bran –, mas as tradições da família geralmente são verdadeiras.

– Posso pesquisar tradições e mitos – sugeriu Riley distraidamente, enquanto examinava o livro. – Presumo que o que está aqui deve ficar aqui.

– Esta câmara é controlada magicamente para preservar os livros, o papel e a encadernação. Alguns são tão velhos que poderiam se esfarelar ao contato com o ar lá fora e sem este feitiço.

– Entendi. De qualquer maneira, é um ótimo lugar para trabalhar. – Riley pôs o livro sobre a longa mesa e apontou para o volume que se encontrava no suporte. – Qual é aquele?

– *O livro dos feitiços*, também da minha família, do primeiro ao último feitiço. Acrescentei os que criei em Corfu e Capri. Somente os que têm meu sangue podem abri-lo. – Enquanto falava, Bran foi até o livro. – Foi passado para mim em meu 21º aniversário e eu o passarei para quem me suceder. Contém conhecimento, legado e poder.

Ele pôs a mão sobre o livro e falou algo em irlandês. Enquanto falava, o livro começou a brilhar. E a cantar.

– Ah! – Annika segurou a mão de Sawyer. – É lindo. Está ouvindo?

– Sim. E sentindo.

O ar se moveu e a luz mudou.

– "Eu tenho o sangue." – Doyle traduziu as palavras de Bran para os outros. – "Sou do ofício. Sou todos que vieram antes e todos que virão depois. Este é meu compromisso, meu dever e meu júbilo."

Quando Bran ergueu a mão, a grossa fechadura desapareceu. Ele abriu a capa gravada – um brilho e um rápido som. Depois, silêncio.

– Vejam, o livro tem os nomes de todos aos quais foi passado.

– Tantos! – murmurou Sasha enquanto ele virava a página. – O seu é o último.

– Até agora.

– O próximo seria... nosso filho?

– Se ele estiver disposto. Se aceitar.

– Uma escolha?

– Sempre uma escolha. Os feitiços estão catalogados. Cura, conhecimento, proteção, deflexão, adoração, e assim por diante. Se algum de vocês precisar encontrar um feitiço, é só pedir e eu o abrirei.

– As ilustrações – disse Sasha enquanto ele virava algumas páginas. – São maravilhosas, tão vibrantes!

– O livro as cria. Você verá que cada página tem um nome. Se um feitiço é considerado útil, nós o anotamos, o oferecemos. Se o livro aceitar, é acrescentado.

– O livro aceita?

– Ele tem poder – disse Bran. – Se vocês precisarem, peçam.

Bran fechou o livro e estendeu a mão sobre ele. A fechadura se materializou e se fechou com um estalo.

– Um dia, quando tivermos bastante tempo livre, eu gostaria de lê-lo. Por enquanto… – Riley se virou. – Acho que tenho o suficiente para me manter ocupada.

– Por algumas décadas – comentou Sawyer.

– Tudo bem se eu começar a pesquisar?

– Claro. – Como uma recepção cordial, Bran apontou para o fogo, e as chamas ganharam vida. – Mais tarde estarei no terceiro andar. Há bebidas no segundo, e o necessário para fazer chá ou café.

– Como já disse, eu poderia viver aqui. Vou buscar algumas coisas no meu quarto e depois começo a pesquisa. Meu celular funciona aqui, certo?

– Aqui e em qualquer outro lugar.

– Posso ajudá-la em alguma coisa aqui? – perguntou Sasha.

– Talvez, mas o fato é que Doyle seria mais útil.

Doyle não pareceu muito feliz, mas deu de ombros.

– Tenho coisas a fazer, mas depois posso dispor de algum tempo.

– Está bem. Vou dar alguns telefonemas e trazer algumas coisas para cá antes de começar. Bran? – Com as mãos na cintura, Riley se virou. – Isto é impressionante!

Antes de começar, Riley entrou em contato com sua família. Ia telefonar para falar com eles, mas... por e-mail era mais rápido e simples, e podia entrar em contato com todos de uma vez.

Telefonaria para os pais depois da lua, mas podia dar a eles e a sua alcateia detalhes sobre onde estava na busca.

Depois, percorreu sua lista de contatos. Precisava providenciar um barco e equipamento de mergulho. Como as duas outras estrelas os tinham exigido, supôs que a última exigiria também.

Encontrou uma arqueóloga com a qual havia trabalhado em uma escavação no condado de Cork anos antes. Tentaria entrar em contato com ela.

Isso exigiria mais conversa, mais atualizações – exatamente o motivo pelo qual escolhera se comunicar com a família por e-mail –, mas ela anotou um nome local.

Dali a vinte minutos, depois de muita lábia e negociação, tinha tudo de que precisava. Então pegou os livros que queria, junto com seu laptop e tablet e alguns blocos de anotações, e os levou para a torre.

Seria ótimo trabalhar ali sozinha, pensou. Sozinha com centenas de livros antigos e seu próprio equipamento eletrônico. Uma grande lareira, uma grande mesa. Chuva lá fora e um pouco de música.

Mas precisava de Doyle.

O homem falava e lia tantos idiomas quanto ela – em alguns, era até melhor. Isso era irritante, admitiu, enquanto abria o laptop.

Bem, Doyle tivera alguns séculos para aprender linguística e tudo mais.

Ela nem sempre concordava, mas ele tinha uma mente boa para estratégia e tática. Era brutal como um sargento, e ela respeitava isso. Aquilo era uma guerra, uma guerra em um nível impossível. Portanto, ou você treinava brutalmente ou morria.

Na batalha, ele era feroz, rápido e destemido. Claro, sendo imortal, por que teria medo?

Não era justo, lembrou a si mesma. O homem sentia dor como todo mundo.

De qualquer maneira, aquilo não era uma competição. Conversa fiada, admitiu enquanto arrumava suas coisas. Para ela, quase tudo era algum tipo de competição. Sabia como trabalhar em equipe – afinal de contas, era um animal de alcateia –, mas preferia ser uma alfa.

Considerando a noite que havia tido e o que esperava fazer agora, subiu a escada em caracol e preparou um café forte. Depois de uma breve hesitação, pegou duas grossas canecas brancas.

Se Doyle aparecesse, ter a segunda pouparia tempo.

Então se instalou à mesa, com o fogo crepitando e a chuva batendo, e começou a ler – dentro do possível – o livro escrito pelo ancestral de Bran.

Riley fazia anotações no bloco enquanto lia, parando quando precisava checar uma palavra ou frase no laptop.

Mal ergueu os olhos quando a porta se abriu.

Ela se perguntou se a camiseta desbotada do Grateful Dead que Doyle usava era uma piada sobre sua imortalidade ou se ele era, como todo amante sensato de rock deveria ser, fã da banda.

A camiseta revelava músculos peitorais admiráveis.

– O ancestral de Bran era muito cheio de si – começou Riley. – Ou talvez apenas passava essa impressão. A escrita é muito floreada e ele ficou muito orgulhoso de ter sido convidado para o evento. O que ele chama de "nascimento de uma nova rainha".

– Certo. – Doyle despejou café na segunda caneca.

– Você poderia ler isso mais rápido.

– Você parece estar se saindo bem. Além disso, a viagem de um sujeito para a Ilha de Vidro centenas de anos atrás não nos ajuda muito aqui e agora. A ilha fica onde escolhe estar. Essa é a lenda, não é?

– "Ela aparece e desaparece segundo sua vontade" – citou Riley. – "Navegando na névoa do tempo e do lugar. Muitos vislumbraram suas margens, mas raramente as partes de vidro. Somente os escolhidos pelo destino, aqueles cujos atos, feitos e poderes têm mérito, têm acesso a ela." – Riley deu um tapinha no livro. – Ou palavras com esse efeito. Esse homem, Bohannon, se orgulhava muito de seu mérito pessoal. Presenteou a rainha com dois pássaros adornados com joias, uma cotovia e um rouxinol. Um para cantar para ela dormir e outro para ela acordar. Há toda uma passagem sobre como os conjurou.

– E como isso nos ajuda?

– É informação, gênio. Ele definitivamente fala sobre um bebê, o que confirma um nascimento. A maior parte das informações que obtivemos o menciona, embora haja teorias sobre uma jovem sendo escolhida por uma tarefa ou um ato. Lembra um pouco a lenda arturiana, não acha? Mas ele escreve sobre a rainha infante, Aegle, e suas guardiãs: Celene, Luna, Arianrhod.

– Já sabíamos disso.

– Mais confirmação – insistiu Riley. – E o convite dele partiu de Arianrhod... de celta para celta, como reparei. Ele viajou de Sligo para a costa de Clare, que é onde estamos agora. Teve que navegar para cá, o que foi difícil, e escreveu detalhadamente a esse respeito. Mar escuro sob a lua cheia, blá-blá-blá, mas depois fica interessante.

Riley virou o livro e o empurrou para ele.

– Leia. Em voz alta – solicitou, impaciente, quando ele começou a passar os olhos. – Assim me ajuda a entender.

– Droga. Está bem. "Embora o mar ondulasse abaixo de mim e a lua dançasse atrás de nuvens que obscureciam a luz, eu não tive medo. Puxei meu poder ao meu redor como manto e naveguei em meu próprio encantamento enquanto a névoa redemoinhava e se tornava mais densa. Por um momento, até mesmo a lua foi perdida e o mar estremeceu como se de medo. Alguns poderiam ter gritado ou dado meia-volta, mas eu, sangue-frio como sou, prossegui..." Pelo amor de Deus.

– Continue, continue.

– "Mantive meu curso, embora o demônio da água rugisse." – Doyle parou e lançou um olhar frio para ela. – Demônio da água?

Riley deu de ombros.

– Poderia ser um Wahwee, embora seja aborígene, ou talvez um Minuane, uma baleia ou uma tromba-d'água. Ou talvez seja apenas uma hipérbole. Continue.

– Demônio da água... – murmurou Doyle, mas continuou: – "Através da névoa, de luzes e tochas ardendo, a lua deslizou de trás das nuvens para lançar um raio e iluminar o caminho. Para mim, o vidro se partiu e o mar se acalmou, e a Ilha de Vidro brilhou como uma joia à minha frente. Areia branca como a lua, com todas aquelas altas tochas ardendo. Florestas, densas e verdes, iluminadas por cores dançantes. Em uma colina, o palácio brilhava, prateado. Música de órgãos, flautas e harpas encantava o ar. Vi malabaristas e dançarinos e senti o cheiro de carne no fogo e mulso em cálices enquanto garotos corriam para as sombras e puxavam meu barco para a praia."

Quando Doyle parou de novo, Riley simplesmente fez um gesto para que prosseguisse.

Ele praguejou baixinho, mas continuou:

– "E, embora a noite estivesse fria e úmida, quando deixei a costa do meu mundo, aqui estava quente e seca. Saí do barco para a areia branca da Ilha de Vidro, onde Arianrhod esperava com suas irmãs para me cumprimentar. Quando meus pés tocaram o chão, eu soube que me fora concedido o que poucos tiveram antes e poucos teriam depois de mim. Porque aqui está o coração pulsante de poder de todos os mundos."

Doyle ergueu os olhos.

– Você acredita nisso?

– Não é informação suficiente, mas é interessante, não? A magia é, não se pode negar. E se houver um centro, um núcleo, um mundo onde é gerada? Faz todo sentido Nerezza querer as estrelas. Foram criadas lá, por três deusas. Faz sentido que, se as tivesse em suas pequenas mãos malévolas, possuiria todo o poder e a capacidade de destruir… *tudo*.

Ela se recostou.

– Continue – pediu Riley.

– Se eu soubesse que iria ler uma historinha para você, teria trazido uma cerveja.

– Vou buscar uma para você se isso me poupar traduzir.

– Feito.

Riley desceu a escada.

– Algo mais no que pensar! – gritou lá de baixo.

– Tenho muito em que pensar. Qual é seu "algo mais"?

– Eu precisaria elaborar teses para estimar melhor a idade desse diário, mas diria que é do século IX.

– Está bem.

Revirando os olhos, ela olhou por cima do corrimão.

– Seja curioso, Doyle, e pergunte por quê.

– Para quê? Você vai me dizer de qualquer modo.

– Vou mesmo. – Ela começou a subir com a cerveja dele. – No século IX havia um layout matemático para os manuscritos em que o escriba pautava o pergaminho usando um estilete de osso por trás. Às vezes o usava com muita força. Dá para ver as marcas no pergaminho no livro. Aqui Bo está empolgado, muito satisfeito com sua posição na vida. Ele teria mandado um criado fazer as marcas. E se fosse escrito mais perto do século XII… e para mim não foi por causa da tinta… eles usariam uma espécie de lápis para isso.

– Então é antigo, o que já sabemos. Qual é a importância de alguns séculos?

– É fácil para você dizer, seu velho. – Ela lhe entregou a cerveja e se sentou. – Embora eu tenha descoberto partes da lenda da ilha que parecem datar de bem antes, este é o único relato sério feito em primeira pessoa. Um relato de viagem para celebrar a ascensão. Quando as estrelas foram criadas, Doyle. Isso nos diz quando as estrelas nasceram. É o que chamamos, em meus círculos, de uma descoberta.

– Datar as estrelas não é encontrar a terceira.

– Às vezes o conhecimento é a própria recompensa – disse ela secamente, e acreditava naquilo. – Mas se pudéssemos datar isso e autenticá-lo de algum modo, saberíamos quando a rainha nasceu e quando as estrelas foram criadas. Sabemos que esse homem partiu da costa de Clare sozinho. São poucas as chances de ter navegado para longe, porque ele partiu e chegou na mesma noite. Deixando a magia de lado por um minuto, podemos presumir que a ilha estava aqui ao largo da costa de Clare, o que me agrada, porque é onde estamos.

Franzindo as sobrancelhas, Doyle pegou a cerveja.

– Seria muita sorte.

– Considerando os últimos meses, nós temos sorte. Estamos onde deveríamos estar. Não sei se vamos navegar por uma noite e chegar ao portal, mas, somando esse relato a outros avistamentos, usando a matemática e calculando as correntes, talvez possamos chegar a um local ou uma área. Sempre há um padrão, Doyle.

Ele tomou um gole de cerveja.

– Agora você está me deixando interessado.

– Ótimo. Por enquanto, isso fica em segundo plano. Não podemos levar a estrela de volta antes de encontrá-la, mas é uma vantagem termos uma direção, dar a Sawyer algumas coordenadas possíveis depois que a acharmos. Nerezza vai ficar ainda mais irritada.

– Ela está ferida. Talvez achemos a estrela antes mesmo de ela voltar à ação. E não – disse ele quando Riley ergueu as sobrancelhas –, não acredito nisso nem por um minuto.

– Então está bem. Resumindo: encontrar a estrela, encontrar a ilha e destruir Nerezza.

– Segundo nossa vidente, ela será destruída por uma espada.

– E seria melhor ainda se fosse a sua, mas nenhum de nós acha que isso vai ser tão fácil.

– Bran a encantou tendo isso em mente. Talvez seja hora de começar a trabalhar nessa parte.

– Mal não faria. – Ela mesma já havia pensado nisso. – Poderia ser com o feitiço de Bran já lançado nas armas. Vamos esmiuçar o assunto enquanto estamos sozinhos aqui.

Ela podia falar francamente com ele, dizer-lhe coisas que hesitaria em contar aos outros. Coisas que pesavam contra a esperança.

– Se não acabarmos com ela antes de levarmos as estrelas de volta para a ilha, ainda teremos salvado os mundos. Sim. Mas ela virá atrás de nós depois que tivermos feito nosso trabalho. Pode se dar ao luxo de esperar.

O olhar de Riley, firme e impassível, se fixou no dele enquanto continuava:

– Bran e Sasha vão partir e se casar, ter filhos. Annika e Sawyer viverão em uma ilha, ele na terra, ela no mar. Provavelmente até conseguirão que dê certo. Eu encontrarei algo para escavar ou escreverei um livro. Provavelmente ambos. Você fará o que faz. E ela virá atrás de nós, um ou dois de cada vez, e nos pegará como se fôssemos borboletas. Não poderá matar você, mas provavelmente tomará uma atitude pior.

A imagem não era agradável, por isso Riley estendeu a mão, pegou a cerveja de Doyle e tomou um gole.

– Fomos colocados nesse rumo, todos nós. Fomos unidos para um objetivo: encontrar e devolver as estrelas, salvar os mundos. Estamos quase lá. Acredito que podemos fazer isso. Acho que podemos completar a busca. Só que depois, Doyle, ninguém sabe se viveremos felizes para sempre. Ninguém sabe se estamos destinados a matar a deusa da escuridão e fazer a dancinha da vitória.

– Estamos, sim. – Ele pegou a cerveja de volta e tomou um gole. – De jeito nenhum vou ser o escravo sexual de uma deusa psicopata por toda a eternidade.

– Eu estava pensando que ela provavelmente o deixaria assando em fogo lento por toda a eternidade.

– O ponto principal permanece: temos que derrotá-la, Gwin. Ou ninguém ficará livre. Vamos permanecer juntos até ela ser eliminada.

Riley também pensava assim, mas…

– Annika só tem alguns meses antes de voltar a ser sereia.

– Vamos fazer isso antes. Encarregaremos Bran da espada. Estaremos prontos para Nerezza quando ela voltar.

– Certo. Uma espada destruidora de deusa vai para a lista. – Riley gesticulou. – Agora, continue lendo!

Em sua câmara na caverna, bem debaixo da terra, Nerezza se remexia. A dor! A dor a rasgava como garras, como dentes sob sua pele, ardia como línguas de fogo e gelo.

Em toda a sua existência, nunca sentira tanta dor.

Seu grito de raiva soou como um gemido ofegante.

A coisa que um dia havia sido Andre Malmon – humano, rico e selvagem a seu próprio modo – estendeu um cálice para os lábios dela com sua mão em garra.

– Beba, minha rainha. Isto é vida. Isto é força.

O sangue lhe desceu pela garganta queimada. Quanta dor, quanta dor!

– Quanto tempo? Quanto tempo se passou?

– Apenas um dia.

Não! Certamente foram anos, décadas. Havia sofrido tanto! Por que tinham feito isso com ela?

Lembrava-se do redemoinho de vento, da terrível queda, do calor escaldante e do frio que queimava. Medo. Lembrava-se do medo.

E lembrava-se dos rostos daqueles que a atingiram.

Lágrimas ardentes desceram por seu rosto enquanto ela bebia e o monstruoso Malmon a olhava com um misto de adoração e loucura.

Era a isso que eles a haviam levado.

– Meu espelho. Pegue meu espelho.

– Você precisa descansar.

– Eu sou sua *deusa*. Faça o que eu mando.

Quando Malmon se afastou correndo, Nerezza caiu para trás, cansada. Cada respiração era uma tortura. Ele voltou, as garras nos pés batendo na pedra, e ergueu o espelho.

Seus cabelos, seus lindos cabelos, agora estavam cinza como fétida fumaça. Seu rosto estava amarelado e marcado por rugas e sulcos, seus olhos escuros enevoados pela idade. Perdera toda a sua beleza, sua juventude fora destruída.

Ela recuperaria tudo. E os seis responsáveis por aquilo pagariam de um modo inimaginável.

Alimentada pela raiva, Nerezza agarrou o cálice e bebeu tudo.

– Traga-me mais, e depois fará o que eu lhe disser.

– Eu vou curá-la.

– Sim. – Ela olhou nos olhos dele, loucura para loucura. – Você vai.

4

ENQUANTO DOYLE TRADUZIA CALMAMENTE EM VOZ ALTA, RILEY FAZIA anotações. Aquilo a ajudava a traçar uma imagem melhor da ilha – um esboço, na verdade, mas já era algo mais palpável – e das três deusas. Vestidas com túnicas brancas e cintos de prata, ouro ou joias. Arianrhod, por quem Bo definitivamente tinha uma queda, se destacava na descrição: "A beldade esguia com cabelos como um pôr do sol flamejante e olhos claros como um céu de verão."

Blá-blá-blá, pensou Riley, escrevendo *olhos azuis, ruiva*.

Bohannon apreciava a pele cor de alabastro dela, e sua voz, "que parecia um solo de harpa".

– *Ele a deseja com certeza.*

– O que disse? – perguntou Doyle.

– Hein? – Riley ergueu os olhos de suas anotações e encontrou os de Doyle. – Não percebi que tinha falado em voz alta. Anotei que Bo deseja Arianrhod. Está apaixonado por ela.

– E qual a relevância disso?

– É uma observação, seu desatento. Os detalhes e símbolos são importantes. Por exemplo, também anotei que estamos falando de uma ilha coberta de florestas, com colinas altas. E um castelo ou palácio, uma fortaleza na mais alta dessas colinas. Sabemos que houve uma guerra civil e os rebeldes perderam, acabaram sendo banidos e ficaram presos na Baía dos Suspiros, onde encontramos a Estrela de Água. Qualquer informação que extrairmos deste diário poderá ser um passo na direção da Estrela de Gelo.

Depois de considerar isso, Doyle falou:

– Só acho que Bo ter uma ereção por causa de Arianrhod nos diz apenas que ele tinha um pênis e que ela era sensual.

– Talvez, mas as outras duas irmãs provavelmente também eram sensuais e ele só tinha olhos para uma. Além disso, ele menciona que *Arianrhod o convidou*. Talvez já existisse algo entre os dois. Nós viemos delas, certo? É preciso fazer sexo para procriar. Pode não fazer diferença saber qual de nós é descendente de qual delas, mas é relevante se o ancestral de Bran e a deusa com nome celta fizeram sexo. Bran pode ser um descendente direto.

Doyle apenas arqueou as sobrancelhas, o que Riley interpretou como concordância, e continuou a ler.

Ele tem uma bela voz, pensou Riley. Não era um "solo de harpa", mas era boa e forte. Lia bem e alto.

Riley se perguntou quantos livros ele já lera. Talvez milhares. Ali estava um homem que tinha ido de velas de sebo a tecnologia a laser, de cavalos e carruagens a viagens espaciais.

Ela poderia passar uma década vasculhando o cérebro de Doyle em busca do que ele havia visto, como tinha vivido e o que sentira.

Continuou a anotar, seguindo as observações e descrições de Bohannon enquanto ele cavalgava da praia para pomares de laranjeiras e limoeiros com flores perfumando o suave ar noturno.

– Podemos supor que é primavera pelas flores de laranjeira?

– Se a ilha seguir as mesmas regras de estações deste mundo… – respondeu Doyle. – E se estiver deste lado da linha do equador.

– Bem observado. – *Muito bem observado*, teve que admitir. – Vamos supor que seja primavera, nos atendo à localização e ao tempo de Bo. É só uma suposição. É uma ilha bem cuidada também. Ele fala de pomares, da estrada larga e seca iluminada por tochas. O período é de lua cheia, o que também ajuda a estimar o tempo. O palácio prateado, temos que nos perguntar se isso é literal ou não.

Doyle a inteirou dos detalhes enquanto lia. Vastos jardins, mulheres com túnicas esvoaçantes, música de instrumentos de sopro saindo pelas portas e janelas abertas para os espaçosos terraços. O novo estandarte da rainha – uma pomba branca pairando sobre um mar azul – ondulava em todas as torres.

Doyle tinha chegado ao hall de entrada – belas tapeçarias, árvores douradas florescendo em grandes vasos de prata – quando largou o livro na mesa.

– Se vou ler sobre a decoração, preciso de mais uma cerveja.

– E quando eu puder descrever a ilha e o palácio em detalhes para Sasha, talvez ela possa desenhá-los. Isso poderia provocar uma visão.

Doyle terminou a cerveja e a colocou na mesa.

– É uma boa ideia.

– Tenho muitas.

– Você tem muitas ideias. Algumas são boas.

– Se você quer outra cerveja, traga um pouco de água para mim. Fui buscar da última vez. E preciso de dez minutinhos.

– Dez minutinhos para quê?

– Cochilar.

Ela se afastou da mesa, foi para o sofá ao lado da lareira e se espreguiçou. E adormeceu em um estalar de dedos. Doyle apreciou essa capacidade, que soldados desenvolviam. Dormir em qualquer lugar.

Ele a deixou dormindo, perambulou pelo andar de cima e decidiu que, por enquanto, água era provavelmente a melhor escolha. Abriu uma garrafa e bebeu, dirigindo-se a uma das janelas.

Sentiu um doloroso aperto no coração. Dali dava para ver o poço onde inúmeras vezes buscara água em sua juventude. Bran o mantivera, tornando-o parte de uma área do jardim. Sua mãe teria achado encantador.

Havia flores, arbustos e caminhos sinuosos onde um dia houvera plantações, e os estábulos tinham deixado de existir fazia muito tempo. Provavelmente foram reduzidos a escombros antes de Bran comprar a terra.

Doyle se forçou a olhar para o cemitério e sentiu um novo choque ao ver Annika se ajoelhando ao lado do túmulo da mãe dele, arrumando... flores e seixos.

Ela tinha o coração mais doce do mundo, o mais bondoso que já conhecera. E olha que, em seu tempo, ele conhecera tanto a bondade quanto a brutalidade. Annika tirou mais flores do cesto e as arrumou no túmulo do pai dele.

Estava prestando homenagem a pessoas que nunca conhecera.

E ele mesmo ainda não tinha feito isso.

Não havia nada ali além de pó, disse para si mesmo, mas em seu coração sabia que Riley tinha razão. Os símbolos e os detalhes realmente importavam, e homenagens deveriam ser prestadas.

Mas, naquele momento, ele apenas se afastou e desceu a escada.

Deu uma boa olhada em Riley. Ela dormia com a cabeça apoiada em uma das almofadas, as mãos cruzadas sobre a barriga e uma faca embainhada no cinto.

Doyle imaginou que, se ela estivesse com seu chapéu, o teria posto sobre o rosto. Era um rosto bonito, por sinal. Não tanto quanto o de Annika, mas poucos eram. Ela tinha uma boa constituição óssea que provavelmente lhe seria útil na velhice – se vivesse até lá –, além de um maxilar forte capaz de aguentar um soco e uma boca larga que sempre tinha algo a dizer.

Doyle achava que os cabelos curtos combinavam com o rosto dela, embora suspeitasse que a própria Riley os cortasse com faca quando necessário.

Ele fazia o mesmo.

Lembrou-se da primeira vez que a viu na forma de loba – naquela noite em Corfu, no meio da batalha. Do choque, de sua absoluta magnificência, enquanto ela o fitava com aqueles olhos dourados.

Olhos que haviam chorado por ele quando o julgara morto.

Ele havia esquecido o que era uma mulher chorar por ele.

Havia muito tempo não se permitia ter uma mulher por nenhum motivo além da satisfação de necessidades básicas. Olhando para Riley agora, e lembrando a si mesmo que ela estava longe de ser o tipo de mulher por quem já se sentira atraído, perguntou-se por que ela o fazia pensar naquela satisfação, e em mais.

Provavelmente porque eles eram os únicos dos seis que não a obtinham. Simples assim.

Então Riley despertou e olhou para ele, e Doyle soube que aquilo estava longe de ser simples.

– Algum problema? – perguntou ela.

– Seus dez minutos acabaram.

– Certo.

Riley se sentou e se espreguiçou, e Doyle jurou que viu a loba naquele gesto.

Só quando ela se levantou, ele notou que estava bloqueando o caminho dela.

– Tem certeza de que está tudo bem?

– Tenho. Eu só esqueci como você é baixinha.

– Eu não sou baixinha. Tenho uma estatura mediana. Você que é mais alto do que a média.

– Você é baixinha – disse ele categoricamente, e se afastou para o lado. – Vamos voltar ao trabalho? Quero me dedicar a isso por mais uma hora, e depois preciso me mexer, tomar um pouco de ar.

– Entendo. Queria saber quem está encarregado do almoço.

– Já está com fome de novo?

– É o ciclo. Deixa meu metabolismo lento. De qualquer maneira, daqui a mais ou menos uma hora devemos conseguir acabar o diário. Você leu mais nos dez minutos em que eu dormi?

– Não.

– Então eu aposto 20 pratas que ele vai transar com a deusa. Aliás, tenho a sensação de que ela vai tomar a iniciativa.

Doyle pensou naquela prosa floreada.

– Apostado. Ela não vai fazer isso.

Doyle pegou o livro; Riley se recostou para fazer anotações.

No final daquela hora, ela estendeu a mão com a palma virada para cima.

– Cadê minha grana?

– Ele poderia estar mentindo. "Eu fiz sexo com a deusa da lua no castelo na colina."

– Cadê minha grana?

Resignado, Doyle tirou o dinheiro do bolso.

– Se tivéssemos mais diários, eu apostaria o dobro ou nada que as irmãs deusas deram suas próprias escapadas durante a celebração. – Riley enfiou o dinheiro no bolso. – Consequentemente, nossas linhagens começaram naquela ilha. E, mais de um milênio depois, acho que estamos voltando para lá. Poderia ser o motivo para cada um de nós ter algo a mais, uma espécie de dom.

– Eu fui amaldiçoado. Não é um dom.

– Sinto muito. – Empatia e vivacidade se misturaram no tom dela. – Sinto muito pelo que aconteceu com seu irmão e você. Mas pondo a emoção de lado, esse aspecto seu, a maldição da imortalidade, é parte do todo. Cada um de nós traz algo de especial em si, e isso forma o todo.

O rosto de Doyle se enrijeceu e seus olhos se estreitaram e se tornaram frios.

– Está dizendo que meu irmão tinha que morrer para eu poder ser amaldiçoado?

Ela poderia ter respondido com igual irritação se não tivesse sentido a culpa e a tristeza nele.

– Não, e não precisa ficar irritado. Estou dizendo que você teria sido amaldiçoado mesmo salvando seu irmão. Se a bruxa nunca o tivesse atraído, teria havido outra conexão. Você mesmo disse que procurou sem sucesso por Nerezza e as estrelas por séculos. Mas se uniu ao grupo. Alguns meses depois, nós a vencemos duas vezes e temos duas das estrelas. Isso sempre coube a nós.

– Então o que meu irmão era? Um fantoche para atrair o cavaleiro?

– Ele era seu irmão. – O tom de Riley se tornou tão incisivo quanto o dele. Ela não recuou. – É impossível saber por que algo demoníaco o escolheu. Estou dizendo que algo mais escolheu você, e a todos nós. Para mim, o diário ajuda a confirmar isso.

Embora sustentasse o olhar de fúria contida de Doyle, ela parou por um momento. E abrandou um pouco o tom:

– Sou a última pessoa que desvalorizaria um laço familiar. Isso é tudo. Só estou tentando entender o quadro geral, a lógica, para tentar nos fazer avançar.

– Mas a lógica é o de menos, não é? – Ele se levantou de novo. – Preciso de ar.

Depois que ele foi embora a passos largos, Riley deu um suspiro.

– Sou uma cientista, droga – murmurou, frustrada, e então pegou suas anotações e saiu atrás de Sasha, e de algo para comer.

Como todos pareciam ter se espalhado, ela foi à cozinha preparar um sanduíche.

Enquanto acrescentava fatias de peru e presunto e considerava sua escolha de queijos, Sasha chegou com uma nova divisão de tarefas.

– Deixei o almoço por conta de cada um hoje – começou ela –, porque todos ainda estão se acomodando. Encarreguei você disso amanhã, a menos que tenhamos que ir para algum lugar.

– Certo. Quer um?

Sasha olhou para o enorme sanduíche que ela estava preparando.

– Talvez um beeem menor. Bran passou algum tempo falando com a família dele em Sligo, e vai trabalhar na torre. Annika quis ajudá-lo e Sawyer saiu para começar a procurar o melhor lugar para nosso treino.

Sasha pousou o quadro de tarefas, adequadamente artístico e prático, em uma prateleira.

– Então você tem um tempo livre? – perguntou Riley.

– Sim. Como posso ajudar?

– Doyle e eu lemos aquele diário até o fim. Fiz anotações. O ancestral de Bran, do tipo rude e pomposo, transou com Arianrhod.

– Transou com… Ah. Aaaaaah – repetiu Sasha, alongando a palavra.

– Exatamente. Percebe o que isso implica?

– Que é possível que Bran descenda dela? Isso faria sentido, não é?

– Sim! – exclamou Riley, satisfeita. – O que eu não comentei com Doyle, porque ele estava ficando irritado, é que temos dois irlandeses vivendo no mesmo lugar. Em séculos diferentes, mas no mesmo lugar.

– Doyle pode ser da mesma linhagem. – Assentindo, Sasha pôs a chaleira no fogo para fazer chá. – Isso faz sentido, não faz?

– Muito. Vou destacar algumas partes do diário para você.

Enquanto ela fazia isso, Sasha fatiou uma maçã e um pouco de queijo, pegou alguns biscoitos de água e sal e se sentou com seu chá.

– Pode ter sido ao largo da costa – afirmou Sasha. – E pode ser de novo.

– Separei algumas descrições do lugar e da aparência das deusas, especialmente de Arianrhod. Se você pudesse fazer um desenho a partir das minhas anotações...

– Posso tentar. E a rainha era um bebê, por isso o nascimento foi literal.

– Ele presenteou as deusas com pássaros canoros e foi apresentado à rainha infante. – Riley folheou suas anotações. – "Uma bela criança de cabelos dourados e olhos azuis profundos e sábios. E no ombro dela, para todos verem, havia a marca real: a Estrela do Destino."

– Outra estrela? Interessante – comentou Sasha. – Ele escreveu sobre os pais da criança?

– Ele parecia mais interessado na comida e no vinho. Também dá muita atenção à deusa, às roupas e, é claro, à rainha. Era um tanto bronco, ou pelo menos é o que dá a entender. E, segundo seu relato, o palácio brilhava, como se saído de um conto de fadas. Era grande, prateado e cheio de arte e cômodos elaborados. Ele também fala sobre densas florestas e um círculo de pedra em uma colina, onde prestou homenagens aos anciãos. Uma cachoeira e um caminho difícil, a Árvore de Toda a Vida.

– E Nerezza?

– Fofoca interessante. – Riley tomou um gole de cerveja e se inclinou para a frente na cadeira. – Primeiro, ela não foi convidada. Vivia do outro lado da ilha, foi banida para lá quando tentou arranjar problemas com a rainha anterior. Não há muitos dados sobre isso, mas ela era temida e detestada. Todos a evitavam. Na noite de sua chegada, nosso narrador ouviu o que achou ser uma tempestade. A princípio a ignorou, mas parecia uma das terríveis. Ele saiu da cama, olhou para fora e viu uma fenda chamuscada na praia. "Negra e profunda", de acordo com ele, e as três deusas de um lado dessa fenda. Conta que sentiu o poder sacudir o mundo e a areia branca deslizar para a fenda. Quando as coisas se acalmaram, ele olhou para cima e viu três novas estrelas sob a lua. Mais brilhantes e mais belas do que qualquer estrela em qualquer céu. Antes do alvorecer, Arianrhod apareceu em seu quarto e eles fizeram sexo. Ele estava ali havia três dias e três noites, e ela o procurava todas as noites.

– Para conceber um filho meio deus, meio bruxo – concluiu Sasha enquanto Riley dava uma enorme mordida em seu sanduíche.

Riley assentiu e traçou um círculo no ar.

– Ele pode parecer convencido e pomposo em seu diário, mas devia possuir alguma qualidade que ela valorizava. Quando Bohannon partiu, ela lhe deu um anel com uma pedra branca brilhante. A Pedra de Vidro, como a chamou. E garantiu que daria ao mundo dele um presente maior, que algum dia voltaria para ela.

– A criança. Seus descendentes.

– Concordo com você, Sash.

– Isso é fascinante. Vou pegar meu bloco de desenho. Parou de chover, por isso eu gostaria de dar uma caminhada, ter uma noção de onde estamos, onde fica a casa de Bran. Depois vou pegar suas anotações para desenhar alguma coisa.

– Preciso desfazer minhas malas e me organizar melhor.

– Vou preparar o jantar hoje, com a ajuda de Bran. Pensei em tentar o ensopado Guinness. Vou dar um jeito para que fique pronto antes do pôr do sol, para que você possa comer.

– Muito obrigada. Uma dica: quando sair, vá pelo caminho que você pintou – aconselhou-a Riley. – Ao luar, é um passeio fantástico.

Sasha se levantou, mas então parou.

– Bran quer que eu conheça a família dele.

– Sim, claro.

– É muito grande. E eu sou… eu sou uma americana que eles nunca viram e que só conhece Bran há…

– Pare com isso. – Ainda comendo, Riley comentou: – Pare de imaginar problemas. Claro que você pode ficar um pouco ansiosa por conhecer os pais dele, mas, por Deus, Sasha, você é uma guerreira. Está combatendo deuses aqui. Comparativamente, vai ser moleza.

– Sei que tenho que conhecê-los… Quero conhecê-los – corrigiu-se Sasha. – No devido tempo. Só não quero estragar as coisas agora.

– Bran é um cara legal, não é?

– Mais do que legal.

– E pode apostar que os pais dele têm algo a ver com isso. Provavelmente são ótimos também. Relaxe.

– É bobagem me preocupar com algo assim na nossa situação atual.

– É humano – corrigiu-a Riley. – Ninguém pode evitar ser humano. Exceto eu, três noites por mês.

Sasha sorriu.

– Você está certa. Vou parar de me preocupar com isso. Deixe suas anotações aqui e verei o que posso fazer quando voltar da caminhada.

– Vou deixar. E estarei por perto se tiver alguma dúvida.

Doyle andou até os penhascos e, como fazia quando era garoto, desceu pelas rochas traiçoeiras até as instáveis camadas de turfa. O garoto acreditava que nunca cairia. O adulto sabia que, se caísse, sobreviveria.

Decidiu arriscar a queda – a dor da morte e ressurreição – para examinar as cavernas na parede do penhasco. Embora fosse improvável que a estrela estivesse tão à mão, não tinha como saber se não procurasse.

Sabia muito bem escalar sem cordas ou equipamento, simplesmente porque costumava fazer isso na infância. Fizera naquele tempo e o faria agora, porque o vento fustigante, o rugido gutural do mar e a face lisa e fria do penhasco eram estimulantes. Agarrar-se como um lagarto muito acima das rochas, desafiar a morte, respirar vida com o ar salgado.

Ah, como ele desejava viver aventuras quando era jovem! Lutar contra bandidos ou ser um, cavalgar brandindo uma espada contra a tirania, içar velas em uma jornada para uma terra desconhecida.

Tenha cuidado com o que deseja, pensou, parando em uma saliência estreita para observar o fluxo e o refluxo do mar nas rochas abaixo.

Havia lutado contra bandidos e ocasionalmente fora um. Vivera como um soldado guerra após guerra, até perder o interesse. Tinha navegado e voado para terras exóticas.

E agora estava cansado disso tudo.

Havia partido naquela busca séculos antes de qualquer um dos outros cinco nascerem. E a veria chegar ao fim.

E depois… não tinha a menor ideia.

Uma vida tranquila por algum tempo? Ele não fora feito para uma vida tranquila. Viajar? Não havia lugar no mundo que ansiasse por rever. Ele se entreteria dormindo com mulheres, porque aquele desejo sempre ardia… embora o tédio pudesse surgir quando a chama se apagava.

Independentemente do que fizesse, como e onde, nunca poderia ficar além de uma ou duas décadas. Nunca poderia criar laços, por menores que fossem, porque depois disso as pessoas notavam um homem que nunca envelhecia.

E àqueles que desejavam a imortalidade, mais uma vez aconselharia: tenha cuidado com o que deseja.

Não adiantava ficar remoendo aquilo, lembrou a si mesmo. Seu destino era seu destino. O problema era que, assim que a busca chegasse ao fim, o companheirismo também chegaria. Um companheirismo que, com certa relutância, ele passara a prezar.

Ser parte de um exército exigia companheirismo. E ser parte de um grupo de seis que viviam, dormiam, comiam, lutavam e sangravam juntos contra todas as probabilidades?

Isso era uma família.

Cada um deles, apesar de seus talentos e poderes, envelheceria e morreria.

Doyle não.

Não adianta nada ficar amargurado, pensou enquanto andava na saliência até a boca estreita da caverna que procurava.

Um dia aquele fora seu lugar secreto, onde podia se sentar e sonhar sem ninguém saber onde ele estava. Levara para dentro da caverna lenha e velas de sebo, bolo de mel e mulso. E sonhara, esculpira, desejara e tivera seus momentos de tristeza enquanto observava o voo das aves marinhas.

A entrada era menor do que se lembrava, mas não era assim com tudo? O garoto deslizava com facilidade pela abertura. O adulto? Nem tanto.

O cheiro continuava o mesmo: úmido e delicioso. O rugido do mar ecoava lá dentro, fazendo o ar parecer tremer. Ele se agachou, fechou os olhos por um momento e sorriu, porque foi transportado de volta para a infância simples e inocente, com todo o futuro à frente, cheio de cor, coragem e lealdade.

Em vez de uma vela, pegou uma lanterna e a acendeu.

Não era tão menor do que se lembrava, notou enquanto rastejava até conseguir ficar em pé. Quer dizer, *quase* em pé. Viu a pequena saliência em que pusera uma vela. Curvando-se, passou os dedos pela poça de cera endurecida. Viu também os restos esfarrapados de um velho cobertor que roubara dos estábulos. Na época cheirava a cavalos, mas ele não havia se importado com isso.

A caverna se curvava em uma pequena câmara que ele chamara de sua "sala dos tesouros", porque a parede mais próxima da boca formava um ângulo que a escondia.

Seus tesouros da infância ainda estavam ali. A xícara quebrada que ele fingira ser o graal – talvez estivesse brincando de ser o rei Arthur. Conchas e seixos amontoados em uma tigela lascada, algumas moedas de cobre, uma antiga ponta de flecha – antiga mesmo naquela época –, pedaços de cordas e a faca que usara para esculpir e gravar seu nome na rocha.

Mais uma vez, passou os dedos pelo nome que havia inscrito com tanto cuidado quando era garoto.

Doyle Mac Cleirich

Abaixo, ele tinha feito seu melhor para gravar um dragão, porque o escolhera como seu símbolo.

– Ah, bem – murmurou, e se afastou.

A luz de sua lanterna incidiu sobre a pequena depressão na parede da frente e o pequeno rolo de oleado.

– Depois de todo esse tempo?

Ele se aproximou, pegou-o e o abriu. Dentro estava sua flauta, cuidadosamente feita de um pequeno galho de castanheira. Imaginara que era uma flauta mágica, sua e de mais ninguém, para evocar o dragão. Aquele que ele naturalmente salvara da morte certa. Aquele que se tornara seu amigo e companheiro.

Ah, voltar a ser um garoto, pensou, *com tanta fé e tantos sonhos!*

Doyle levou a flauta aos lábios, pôs dedos nos furos e a testou. Para seu prazer e surpresa, o som foi bastante fiel. Triste, talvez, ecoando na caverna, mas fiel.

Ele se permitiu aquele sentimento, a enrolou de volta no oleado e a enfiou no bolso. O resto podia ficar. Um dia, outro garoto aventureiro poderia encontrar os tesouros e sonhar. Ele subiu de volta, deixando a caverna, as lembranças e o mar.

Quando estava escalando uma parede, Sawyer o chamou.

– Ei! Você desceu?

– Estava dando uma olhada.

Sawyer baixou o capuz.

– Perigoso. Também dei uma olhada por aí, em solo mais plano. O que acha de colocarmos os alvos ali?

Doyle seguiu a direção com o olhar.

– Na frente daqueles jardins?

– Sim. Bem, não dá para evitar os jardins, a menos que coloquemos os alvos na floresta. Poderíamos fazer isso, mas aí perderíamos privacidade. Descobri que algumas pessoas fazem trilha por lá. O barulho da água aqui abafará o dos tiros.

– A privacidade me agrada, embora Bran deva ser bem conhecido nesta área e ninguém criaria problemas.

Ainda que conhecesse aquela terra, Doyle pensou sobre isso.

– Há mais espaço do outro lado da casa, mas podemos usá-lo para outro tipo de treinamento. Aqui é bom o suficiente para treinar com armas.

– Eu soube que Riley conseguiu um barco e equipamento de mergulho para nós.

– Ah, foi?

– Ela tem uma rede de contatos. Quero dar uma olhada nos mapas, mas já fiz um reconhecimento geral da área.

– Então você pode nos trazer de volta de qualquer lugar aonde formos.

Sawyer ergueu o polegar em sinal de concordância.

– Facilmente. Eu também soube que Sasha está esboçando desenhos a partir das observações que você e Riley fizeram do diário. Não sei como está se saindo. Aparentemente, você e eu estamos encarregados da parte das armas. Podemos cuidar disso depois que escolhermos a área dos alvos.

– E depois de uma cerveja.

– Isso eu não vou discutir.

O fato era que Doyle achava difícil discutir qualquer coisa com Sawyer. O homem era afável, esperto como uma raposa, incontestavelmente leal e capaz de acertar um tiro no olho de um mosquito a 20 metros de distância.

Eles atravessaram o vestíbulo e entraram na cozinha. Sasha preparava algo com um cheiro tentador em uma panela ao fogo, enquanto Riley a observava.

– Uau! – Como também tinha certo interesse em culinária, Sawyer se aproximou. – O que é?

– Ensopado Guinness. Encontrei algumas receitas on-line. Acho que vai dar certo.

– Parece ótimo. Viemos pegar algumas cervejas. Quer um pouco de vinho?

– Acho que viria em boa hora. Eu estava desenhando. Acho que tive mais sucesso na cozinha do que…

Ela se virou e viu que Doyle havia pegado seu bloco de desenho.

– É difícil saber se cheguei ao menos perto, considerando que estou me baseando em descrições vagas.

Quando não obteve nenhuma resposta, Sasha foi até Doyle e, como ele, observou um de seus desenhos de Arianrhod.

– Não sei dizer se a fiz bonita porque o dono do diário achava que era. Não sei o formato do rosto dela, o comprimento e o estilo dos cabelos ou o formato dos olhos. Acho que só segui meu instinto.

– Esse é seu instinto?

A frieza na voz de Doyle a fez erguer os olhos para ele, alarmada.

– Sim. O que foi? O que está errado?

– Calma, cara. – Sawyer se aproximou e pôs a mão no ombro de Doyle. – Você está bem?

– Eu mesmo vi como ela foi descrita. Foi a partir da minha leitura que Riley fez as anotações. E foi *assim* que você desenhou a deusa?

– Arianrhod, sim. Foi… foi assim que eu a imaginei, me baseando nas anotações. Por quê?

– Porque… você desenhou minha mãe.

5

AGRIDOCE. *ESSE É O TERMO, NÃO É?*, PENSOU DOYLE, OLHANDO PARA O desenho. Aquelas sensações antagônicas se misturaram e se fundiram em uma, que o fez estremecer.

Ele nunca havia entendido aquilo tão bem até agora.

Forçou-se a erguer os olhos, e viu que eles o haviam cercado. Sawyer às suas costas, as mulheres dos dois lados.

Teve que lutar contra o instinto de se afastar.

– Não vou perguntar se você tem certeza – disse Riley, com cuidado –, porque está claro que tem. Sasha desenhou sua mãe a partir da descrição de Arianrhod.

Outra batalha interna, desta vez para sustentar o olhar de Riley e se manter calmo.

– Parece até que minha mãe posou para ela.

– Há outros.

Estendendo a mão para baixo, Sasha virou as folhas de seu bloco de desenho. Perfis, rosto, corpo inteiro.

Doyle se forçou a pegar o bloco e folheá-lo como se aquilo não fosse... pessoal. Meu Deus, em um desenho havia até mesmo o meio sorriso que dizia "Eu sei que você está tramando alguma coisa".

Sua mãe, sem tirar nem pôr.

– Ela nunca se vestiu de maneira tão... elaborada, e quase sempre usava os cabelos trançados nas costas ou presos para cima, mas estes poderiam ter sido desenhos dela quando jovem.

– Vocês acham que Sasha pode ter captado as lembranças de Doyle? Não de propósito – completou Sawyer rapidamente. – Apenas tê-las sentido?

– Acho que não. Doyle não estava por perto quando fiz esses desenhos. E eu usei as anotações de Riley.

– Tenho uma teoria – disse a loba.

Doyle relanceou os olhos para ela.

– É lógico que tem.

Antes de ela poder argumentar, Annika entrou com Bran, rindo.

– Eu gosto de ajudar a fazer magia. É como... Ah, oi. – Seu rápido sorriso desapareceu quando ela viu os rostos de seus amigos. – O que houve? Nerezza apareceu?

– Não, mas é bom que estejamos todos aqui. Assim podemos examinar a questão juntos. – Sasha estendeu a mão para Bran. – Vamos nos sentar no lounge ao lado da lareira.

– Se houver uma cerveja envolvida, estou dentro. – Segurando a mão dela, Bran baixou os olhos para os desenhos. – O que é isso? Você encontrou fotos antigas?

– O quê? Não, eu...

– Esta é minha avó materna. Bem, quando ela tinha 20 e poucos anos. – Ao pegar o bloco, ele percebeu o olhar duro de Doyle. – O que foi?

– É a confirmação da minha teoria – disse Riley. – Sua avó, a mãe de Doyle. – Riley pôs um dedo sobre o desenho. – Arianrhod.

– Entendo. – Bran assentiu lentamente e olhou mais uma vez para o desenho. – Acho que deixei passar muita coisa.

– Como ela era linda! – Annika se aproximou para olhar melhor. – Mãe de Doyle, avó de Bran e também uma deusa? Não entendo como isso é possível.

Sawyer passou o braço ao redor da cintura de Annika.

– Vou buscar um pouco de vinho para você explicar isso para todos.

Eles se instalaram no lounge com o fogo crepitando na lareira e com as bebidas na mão. Riley continuou em pé. Ela raramente dava aulas ou palestras – pelo menos formalmente –, mas sabia defender seus pontos de vista quando o fazia.

– Vou resumir. Primeiro, Bran, você leu o diário de seu ancestral, aquele que você me deu?

– Claro. Embora seja escrito em um estilo floreado, oferece um bom relato em primeira mão do surgimento de uma nova rainha, desta vez na ilha.

– Então nós dois sabemos que ele afirma ter dormido com Arianrhod nas três noites em que ficou na ilha.

– Bem, deusas e bruxos também sentem necessidades, e isso é importante. Eu não... Ah, entendi. Claro. – Recostando-se e erguendo sua cerveja, Bran assentiu para Doyle. – Ela queria um filho com poderes mágicos.

– Uma linhagem – disse Riley. – Um filho que um dia ela pudesse enviar à Irlanda para lhe dar continuidade. Descendentes desse filho se estabeleceram aqui, outros migraram. Sua família está em Sligo.

– Sim, quase toda – concordou Bran. – E a avó da minha avó era uma bruxa de Quilty, condado de Clare. Não muito longe daqui. Então, não acha que isso se encaixa muito bem, irmão?

Doyle refletiu um pouco enquanto olhava para sua cerveja.

– Não tenho conhecimento de nenhuma bruxa em minha família. E não nasci imortal.

Como conseguia ver a tristeza de Doyle por trás do escudo de ferro que erguera, Riley sentia muito por ele. Mas precisava insistir:

– Nenhum comentário sobre algum parente com o dom da visão, da cura ou da comunicação com os animais?

Doyle mudou de posição e lançou um olhar irritado para ela.

– Sempre há esse tipo de conversa. É a Irlanda, afinal de contas! Portanto…

– Boatos sempre têm suas origens, mas não se pode contradizer os fatos. Sasha desenhou Arianrhod, e a semelhança com sua mãe e a avó de Bran é indiscutível. Nós seis estamos conectados. Sasha nos conectou quando ainda estava nos Estados Unidos, desenhando e pintando visões que não queria ter. Todos nós fomos para Corfu ao mesmo tempo. Todos nós nos unimos. Você e Bran vêm da mesma raiz, plantada na noite das estrelas na Ilha de Vidro. Como todos nós.

– Todos nós descendemos dela? – perguntou Annika.

– Há três deusas. Duvido que elas tenham posto todos os seus ovos em um só cesto. Uma grande celebração, muitas pessoas com poderes mágicos. Muitos homens, imagino, adequados às necessidades delas. Homens com o dom de se metamorfosear, viajantes, habitantes do mar…

– Arianrhod procurou o ancestral de Bran na noite das estrelas, a mesma em que Nerezza as amaldiçoou – continuou Riley. – A noite em que as deusas entenderam que as sementes do infortúnio, digamos assim, foram plantadas. Então elas trataram de conceber e criar guardiões. Os seis. Nós.

– Seis guardiões que carregam o sangue delas – afirmou Bran.

– Bastante diluído – observou Sawyer –, mas temos que aceitar isso. Temos o sangue de deuses, cara.

– Então fomos usados desde então? – perguntou Doyle, com pura raiva ardendo por trás da tristeza. – Tivemos nossos destinos traçados? Foi determinado que meu irmão morreria em agonia para que eu fosse amaldiçoado com a imortalidade?

– Acho que não. – Para conter a ira dele, Riley falou rapidamente. – Não estou dizendo que os deuses não possam ser cruéis, mas também não acredito que refinem os detalhes. De algum modo, você se deparou com uma força que o transformou. Sasha poderia ter aceitado o dom dela durante toda a sua vida, mas ainda assim acabaria em Corfu. Eu também, mesmo se tivesse optado por escrever e lecionar em vez de fazer trabalho de campo. Mas, sim – disse ela após um momento –, fomos usados. Eles nos deram um pouco de si mesmos, e essa parte do nosso sangue pode ter nos levado a nos unir, ficar juntos e arriscar o que estamos arriscando.

– E você acha que isso nos ajudou a vencer Nerezza – concluiu Sasha. – É, eu penso o mesmo agora. Sinto muito, Doyle, gostaria de ter sabido ou sentido isso antes de você ver o desenho. Gostaria que tivesse havido um modo de prepará-lo.

– Não é culpa sua. Eu li a maldita descrição e não juntei os pontos. – Agora ele se perguntava por que isso não lhe ocorrera, mas não havia volta. – Não gosto da ideia de que um trio de deusas tenha dado início à minha linhagem com seus próprios objetivos.

– Você poderá saber mais quando encontrarmos a ilha. – Riley deu de ombros. – Como são deusas, talvez ainda estejam por perto. E provavelmente encontraremos a ilha a partir daqui, e ao largo desta costa, da mesma maneira que fez o ancestral em comum de Bran e Doyle.

– Posso nadar e dar uma olhada. – Annika se aproximou de Sawyer. – Sawyer disse que me levaria para nadar esta noite. Posso aproveitar e procurar.

– Pode, mas não acho que será assim tão fácil.

– E não está na hora – acrescentou Sasha.

– Você teve uma visão? – perguntou Sawyer.

– Não, é apenas lógica. Não há motivo para a ilha se revelar antes de encontrarmos a última estrela.

– Concordo. – Riley se deixou cair em uma cadeira e se espreguiçou. – Provavelmente temos algum tempo antes de Nerezza vir atrás de nós, por isso não podemos desperdiçá-lo.

– O treino começa amanhã ao raiar do dia – informou Doyle.

– Certo. Já consegui o barco e o equipamento – disse Riley. – Você conhece estas águas, Anni?

– Não muito bem, mas vou nadar e procurar cavernas hoje.

– É isso aí. – Riley ergueu sua taça para ela. – Então Annika vai investigar, eu vou confirmar a chegada do equipamento e Bran já está produzindo mais suprimentos mágicos.

– Doyle e eu vamos terminar de escolher a área de treino de tiro – interpôs Sawyer.

– E eu vou terminar de preparar o jantar e tentar desenhar mais.

– Vou pegar uma tigela daquela sopa daqui a pouco – disse Riley. – É melhor não esperar de novo até tão perto da hora da metamorfose para jantar. Bran, você pode dar um jeito em uma das portas para eu poder entrar sozinha?

– Posso. Desculpe, eu deveria ter pensado nisso. Vou encantar a da cozinha para se abrir assim que você se aproximar.

– Obrigada. A menos que alguém tenha mais a dizer ou precise de mim, vou me exercitar um pouco na academia.

– Você não ouviu? Teremos treino ao raiar do dia – disse Sasha.

Riley sorriu para a amiga.

– Isso é diferente. Ei, venha comigo. Vamos levantar alguns pesos.

– Vou levantar uma colher de pau para mexer a sopa.

– Posso ir com você – disse Annika. – Gosto da sala com os espelhos.

– Eu sei. Vamos.

– O que vamos levantar? – perguntou Annika, seguindo-a.

– Aposto que ela vai encontrar um modo de transformar o levantamento de pesos em diversão. – Sawyer sorriu depois que ela saiu. Então bebeu um pouco de cerveja e viu o olhar de Sasha. – Tenho que fazer uma coisa. Volto daqui a alguns minutos para começarmos, Doyle.

– Preciso de um bloco novo. – Sasha ficou de pé e saiu da sala com ele, deixando Doyle e Bran a sós.

– Minha avó está viva – começou Bran. – Ela caminha 8 quilômetros por dia, chova ou faça sol, tem uma gata chamada Morgana, implica com meu pai por causa dos charutos dele e gosta de tomar uma dose de uísque todas as noites. Vai ser difícil para mim quando chegar a hora dela.

Ele parou, considerou.

– Minha família vem para cá de vez em quando, e veio quando esta casa estava sendo construída – continuou. – Minha avó andou comigo nos estágios iniciais da obra. Ela falou: "Rapaz, você escolheu bem. Este lugar conheceu o amor e o luto, risos e lágrimas, mais do que a maioria. Você honrará isso quando o tornar seu lar."

– Ela é vidente?

– Não. É uma bruxa, claro, mas não vidente. Acho que ela sentiu isso, o que havia aqui, como eu senti. O chamado do sangue. Nosso chamado. – Bran se inclinou para a frente na direção de seu amigo, seu irmão. – Você perdeu sua família, Doyle, alguns em virtude da crueldade, outros, da ordem natural das coisas. Quero apenas dizer que ainda tem uma família.

– Queira ou não?

Bran apenas sorriu.

– Família não se escolhe, não é o que dizem?

Doyle precisava admitir que havia gostado de Bran mais rápido e fácil do que de qualquer pessoa em sua memória recente. Algo simplesmente o atraíra. *O sangue.*

– Parei de desejar uma família por uma questão de sobrevivência – disse Doyle. – Você não sabe como é ver o sol nascer durante séculos ciente de que não haverá um fim para você, mas que haverá para todos que lhe são importantes. *Se deixar que sejam.*

– Não sei mesmo – concordou Bran. – Mas o presente também é importante. Temos o mesmo sangue e, antes mesmo de sabermos disso, já éramos amigos e companheiros. Confiei minha vida e a vida da mulher que amo a você. E confiaria de novo. Não há laço mais forte do que esse.

O amargo no agridoce ainda marcava uma forte presença em Doyle.

– Eles me trouxeram para cá, os deuses e os destinos.

– Não sozinho.

Assentindo lentamente, Doyle olhou nos olhos escuros de Bran.

– Não, irmão, não sozinho. Para mim, isso começou aqui. Talvez seja aqui que o terminaremos.

Com o dia chegando ao fim, Riley levou uma tigela de sopa para seu quarto e a tomou enquanto fazia mais pesquisas. Já havia estado na Irlanda, muitas vezes naquela área, em pesquisas de campo. Com os pais, quando criança.

Haveria cavernas – na terra e no mar –, ruínas e círculos de pedra. Até ler o diário, achava que a estrela podia estar em Clare ou em seus arredores, mas estava aberta à possibilidade de ter caído em outra parte da Irlanda.

Agora *tinha certeza* de que estava em Clare.

A Estrela de Fogo estava em uma caverna submarina. Parte de uma caverna subterrânea. Ela chamara por Sasha.

A Estrela de Água, também na água, mas parte dela estava esperando que Annika encontrasse a estátua da deusa e lhe devolvesse sua forma azul brilhante.

O padrão sugeria água de novo. Uma gruta ou caverna nas águas geladas do Atlântico, ao largo da costa. Gelo, frio. Isso se encaixava também.

A estrela cantaria ou chamaria, como as outras haviam feito? Quem a ouviria? Por enquanto, sua aposta era em Doyle. Talvez Bran, mas Doyle tinha raízes mais profundas ali.

Por via das dúvidas, ficaria de olho nele.

Annika investigaria no mar de um jeito que só uma sereia poderia fazer. Enquanto isso, Riley estava determinada a procurar de seu próprio modo: em livros, na internet e em mapas.

No mínimo, eles poderiam começar a eliminar lugares. Seria bom se Sasha tivesse uma ou duas visões que lhes dessem uma direção, nem que fossem migalhas, mas nada substituía a pesquisa na mente de Riley.

Ela se distraiu com aquilo, mas desta vez – considerando a correria para se despir antes da metamorfose – havia programado o alarme em seu celular para disparar dez minutos antes do pôr do sol.

Ao ouvi-lo, desligou o laptop, fechou os livros e abriu as portas para o terraço.

Não viu nem ouviu alguém se aproximar. Ótimo. Era sempre melhor se metamorfosear em particular. Não só por pudor – embora, sim, isso contasse –, mas porque era um momento pessoal.

Seu direito de nascença, seu dom. Que agora acreditava ter uma conexão com as três deusas. Talvez escrevesse um ensaio sobre isso e o enviasse ao conselho, pensou enquanto se despia. Talvez alguém tivesse mais informações lá. Informações que poderiam se somar às que já tinham.

Nua, sentou-se no chão na frente da lareira enquanto o sol descia sobre o frio do Atlântico.

Sentiu aquilo vindo – a urgência, a respiração ofegante e a inevitabilidade.

Estalidos de poder, os primeiros sinais de dor. Sozinha e segura, Riley o assimilou, absorveu e aceitou.

Ossos mudaram de posição. Dor, pressão e uma espécie de alegria. Sua espinha se arqueou enquanto ela se punha de quatro e o pelo escuro começava a lhe cobrir a pele.

Sentiu o cheiro da noite, do fogo, da fumaça e do próprio suor.

E, com a noite, veio um feroz triunfo.

Eu sou.

A loba surgiu, e dentro dela a mulher se rejubilou.

Livre e feroz, atravessou correndo as portas abertas e pulou a balaustrada para o ar frio da escuridão.

Aterrissou, seu corpo vibrando com uma energia impossível. Atirando a cabeça para trás, uivou para o céu e depois praticamente voou para as densas sombras da floresta.

Podia correr quilômetros. Costumava correr na primeira hora. Sentiu cheiro de veado, coelho, esquilo, cada qual tão claro e nítido quanto uma fotografia. No entanto, mesmo se estivesse morrendo de fome, não iria caçar nem se alimentar. A loba jejuava.

Manteve-se entre as árvores, desviando-se instintivamente sempre que captava o cheiro de um homem, um cano de descarga ou o ronco de um veículo na estrada. Caso a encontrassem, porém, só veriam um lobo – e muitos achariam ser apenas um cão grande.

Os licantropos não eram como nos filmes de terror, andando pesadamente sobre pernas peludas, com caras horrendas e olhos enlouquecidos, desesperados para rasgar a garganta de humanos rebeldes. Por mais que ela apreciasse a cultura popular, a maioria dos filmes e dos livros sobre licantropos a deixava profundamente irritada.

Fossem quais fossem as raízes daquela crença tradicional, tinham sido encerradas havia muito, quando os licantropos se civilizaram e estabeleceram regras. Qualquer um que as descumprisse seria caçado e punido.

Finalmente ela desacelerou, a energia maníaca dissipada pela velocidade, e pôde andar e apreciar a noite. Enquanto isso, explorou o território. Talvez a floresta guardasse segredos ou pistas.

Uma coruja deu um pio baixo e longo, chamando um companheiro noturno. Quando a loba olhou para cima, viu os olhos da coruja brilhando para ela. Acima das árvores, a lua cheia e branca navegava o céu. A loba emitiu seu próprio chamado – apenas um, honrando-a. Depois, virou-se para voltar para a casa de Bran no penhasco.

Ela ainda poderia correr e explorar durante horas, mas logo o sol nasceria e precisava descansar antes disso. Pensou em sua família, sua alcateia, tão distante, e sentiu falta deles. Dos cheiros e sons deles, daquele vínculo elementar. Eram parte de seu coração.

Por entre as árvores, viu luzes e sentiu o aroma de fumaça de turfa e rosas. Todos deviam estar dormindo, pensou, mas tinham deixado as luzes acesas para ela. Era desnecessário, claro, mas atencioso.

Olhou de relance para trás, tentada a dar mais uma corrida. Viu a coruja voar, as asas totalmente abertas ao luar. Isso a atraiu como a noite. Quase se virou e correu de volta, mas sentiu outro cheiro.

Quando chegou às margens da floresta, olhou através das sombras e viu Doyle no cemitério de sua família.

O vento soprou apenas o suficiente para ondular o longo casaco de Doyle, que estava parado como uma estátua ao luar azul. Os cabelos pretos como a noite lhe emolduravam o rosto marcado pela barba por fazer.

Na forma de loba, quando tudo era intensificado, ela sentiu a luxúria que conseguia conter na forma humana. Imaginou as mãos dele sobre si e as dela sobre ele, o entrelaçamento dos corpos quentes cedendo freneticamente ao lado animal até sua necessidade ser satisfeita.

Sentiu a necessidade a arranhar e a morder por dentro. Estremeceu, chocada e irritada com a intensidade e com sua incapacidade de contê-las.

O melhor a fazer era correr até esquecer. Antes, entretanto, Doyle se virou, com a espada desembainhada brilhando na mão.

Os olhos dele encontraram os dela, penetrantes. Riley notou a irritação e o constrangimento dele.

– Você teve sorte de eu não estar com a besta. Poderia ter atirado na sua direção por impulso. – Ele abaixou a espada, mas não a embainhou. – Achei que a esta altura você já havia entrado. Passa de uma da manhã.

Como se ela tivesse uma hora de se recolher.

– Bran enfeitiçou a porta, portanto você pode entrar sozinha. E Sasha abriu a porta do seu quarto e fechou as do terraço.

Era óbvio que ele queria que ela fosse embora, mas parecia insuportavelmente solitário ali, com a espada brilhando na mão e sua família enterrada sob seus pés.

Então ela foi na direção dele por entre as lápides, sobre a relva irregular.

– Não quero companhia – começou Doyle, mas ela permaneceu lá, olhando para o túmulo.

A lápide estava coberta de líquen, bonita como as flores que se encontravam por perto.

Aoife Mac Cleirich

– Minha mãe – explicou Doyle quando Riley se sentou ao seu lado. – Eu voltei e fiquei ao lado dela até ela morrer. Meu pai, que está no túmulo ao lado, tinha morrido dois anos antes. Eu não estava aqui para dar apoio a ela quando ele faleceu.

Ele ficou em silêncio de novo, e finalmente embainhou a espada.

– Pelo menos você não pode me atazanar nem discutir. – Doyle ergueu as sobrancelhas quando ela o olhou friamente. – Admita. Você faz isso, em todas as oportunidades possíveis. Entenda que ela morreu com 63 anos. Uma idade bastante avançada para a época em que viveu, ainda mais para uma mulher que teve sete filhos. Sobreviveu a três deles. A cada perda, o vazio no coração da minha mãe aumentava. Era uma mulher muito forte.

"Linda – acrescentou ele. – Você mesma constatou isso no desenho de Sasha. Mas aquela não é a imagem dela que carrego comigo. É uma imagem de envelhecimento e doença, de uma mulher pronta para partir. Não sei se é bom ou não substituir essa imagem pela dela jovem, bonita e vibrante. Isso tem alguma importância?"

Ela se apoiou um pouco em Doyle, a fim de confortá-lo. Sem pensar, ele pôs a mão na cabeça dela. E ela o permitiu.

– Acredito que exista vida após a morte. Por tudo que tenho visto, não há escolha além de acreditar. E é um inferno saber que não posso tê-la. Ao mesmo tempo, é reconfortante imaginar que meus pais e irmãos puderam. Geralmente é mais fácil não pensar nisso, mas hoje...

Doyle parou por um momento e tomou fôlego.

– Veja, Annika pôs flores nos túmulos de todos. No da minha mãe, pôs em forma de coração. Meu Deus, Sawyer é um homem de sorte! Terá uma vida inteira de doçura. Annika veio lhes prestar homenagem, honrar a memória deles. Como eu poderia não vir, mesmo sabendo que eles não estão mais aqui?

Ele olhou por um momento para a própria mão, então rapidamente a tirou da cabeça dela e a enfiou no bolso.

– Precisamos dormir. Vou dar uma canseira em você de manhã. – Quando ela bufou, ele sorriu. – Considerarei isso um desafio.

Doyle se virou com ela e voltou para a casa. Ao entrar, acendeu a luz da cozinha.

Os dois subiram a escada dos fundos em silêncio. Ela tomou o rumo de seu quarto e lhe lançou um último olhar antes de fechar a porta.

Doyle foi para o próprio quarto, perguntando-se por que falara tanto, por que se sentira compelido a isso. E por que agora sentia o coração mais leve.

Abriu as portas para a noite e acendeu a lareira, mais pelo prazer de ter uma do que pelo calor. Por uma questão de hábito, pôs a espada ao lado da cama, ao seu alcance, junto com a besta e a aljava de flechas. Esperava não ter problemas naquela noite, mas gostava de estar sempre preparado.

Despiu-se e apagou as luzes. À luz da lua e da lareira, ficou deitado na cama deixando seus pensamentos vagarem por um momento. E eles partiram em direção à loba, e à mulher dentro dela. Doyle bloqueou esses pensamentos instintivamente e, com a habilidade de um soldado, se forçou a dormir.

Sonhava com frequência. Às vezes seus sonhos o levavam de volta à infância; em outras ocasiões, às guerras e às mulheres. Mas os sonhos que o perseguiam brilhavam e ardiam. A toca da bruxa, o sangue de seu irmão, a dor chocante da maldição lançada nele, que, por um momento agonizante, parecera queimá-lo de dentro para fora.

Campos de batalha repletos de mortos, muitos pelas próprias mãos. O fedor da guerra, imutável independentemente do século, as armas, o campo. Sangue, morte e medo.

A primeira mulher que ele se permitira amar morrendo em seus braços, ao lado de seu filho natimorto. A segunda mulher que havia arriscado amar, um século depois, envelhecendo amargurada.

Morrer, e a dor disso. Ressuscitar, e a dor disso.

Nerezza, a caçada pelo mundo e através do tempo. Batalhas com aqueles cinco em que ele passara a confiar. Mais sangue, mais medo. Muita coragem.

O golpe da espada, a canção fúnebre de uma flecha, o disparar de balas. O grito de criaturas saídas do inferno de um deus da escuridão.

A loba, incrivelmente bela, cujos olhos pareciam uísque quente.

A mulher, brilhante e corajosa, esperta e rápida.

Aqueles olhos o atraíam e maravilhavam.

A loba enroscada ao seu lado, uma companheira na noite. Quente e suave, trazendo-lhe uma estranha paz de espírito. O dia nasceu em raios vermelhos e dourados, afastando a lua com cor e luz. A loba uivou uma vez.

Agridoce.

E se metamorfoseou. Carne e membros, seios e lábios. Uma mulher agora, o corpo firme e disciplinado nu contra o seu. O cheiro de floresta na pele dela e um convite nos olhos.

Quando se virou para cobri-la, ela riu. Quando ele a beijou vorazmente, ela rosnou, cravando-lhe as unhas nas costas. Ele acariciou seus seios firmes e perfeitos, macios como seda em suas palmas ásperas. Sentiu o gosto de floresta em sua boca.

Pernas fortes o envolveram enquanto ela arqueava, exigente. Sem se conter, ele penetrou nela, enquanto aqueles olhos – de loba e de mulher – o observavam.

Ele levou ambos implacavelmente quase à loucura até…

Acordar na escuridão, excitado… e sozinho.

Praguejou. Por um momento, o cheiro de floresta no sonho o perseguiu.

A última coisa que precisava era de sonhos eróticos com uma mulher que o atazanava durante a maior parte do tempo. Até a busca terminar, precisava manter a mente, o corpo e o foco nas estrelas, em vencer Nerezza e em garantir que os cinco que lutavam com ele sobrevivessem.

Se desejava sexo, teria que encontrar alguém para algo casual, descomplicado e impessoal. E depois…

Isso era o mais longe que ele conseguia pensar.

Inquieto e irritado, Doyle se levantou da cama. Não teria sonhado com aquilo se Riley não o tivesse encontrado no cemitério.

O sol estava prestes a nascer. Nu, saiu em direção ao frescor e à umidade do dia. Um leve som o fez se virar, pronto para buscar sua espada. Abaixo do terraço e de frente para o mar, Sasha estava ao cavalete, com uma camisa de Bran por cima de uma fina camisola. Usando apenas jeans, Bran estava ao lado dela.

À luz da suíte deles, Doyle viu a intensidade no rosto de Sasha enquanto ela fazia um desenho a carvão.

Bran olhou de relance para Doyle e balançou a cabeça.

– Você vai precisar de calça! – gritou ele. – Parece que Sasha teve uma visão.

– Vou acordar os outros.

Doyle se vestiu depressa, certificando-se de pegar sua espada antes de sair. Bateu com força à porta de Riley. Ciente de que o sol surgiria a qualquer momento, tomou a liberdade de abrir a porta.

A loba estava na frente de uma lareira reduzida a brasas, tremendo. E rosnou baixinho, em um aviso.

– Pare com isso – disparou Doyle. – É Sasha. Não, ela está bem – acrescentou quando a loba fez menção de sair correndo do quarto. – Está pintando. Bran está com ela. Ela…

Ele se interrompeu quando a loba atirou a cabeça para trás e deu um longo gemido. Seus olhos permaneceram ferozes, chispando de raiva, fixos nos dele. Por trás disso, havia um desamparo que o fez dar um passo para trás. Embora achasse fascinante testemunhar a metamorfose, fechou a porta e lhe deu privacidade.

Enquanto corria para acordar os outros, ouviu um uivo de dor e triunfo.

6

COMO NÃO VIA SENTIDO EM ESPERAR PELOS OUTROS, DOYLE FOI DIRETO para a suíte principal, na torre. Havia uma graciosa sala de estar e portas duplas que davam para o terraço com vista para o mar.

Bran olhou para ele.

– Sasha acordou alguns minutos antes de você sair para o terraço. Falou que precisava do cavalete. Mal pude pôr a camisa nela, porque estava muito frio, antes de ela descer para cá e começar a desenhar.

Ele fez um gesto para Doyle se aproximar e apontou para uma mesa no terraço.

– Ela já fez aqueles.

Doyle observou os desenhos a carvão na esteira da luz. Era outro de Arianrhod, desta vez com uma roupa de guerreira e uma espada. Os outros seriam de Celene e Luna. Uma era uma beldade morena, também vestida para a batalha e segurando um arco. A outra era adorável, representada com uma pomba no ombro e uma espada na mão.

Ele viu na morena algo de suas irmãs – da mais velha e da bebê – e sentiu aquele velho e forte choque. E viu na outra seu irmão perdido, com um rosto muito doce e olhos bondosos.

Estou projetando as duas nela, disse para si mesmo. Deu um passo para trás quando ouviu Sawyer e Annika entrarem.

– Ela disse alguma coisa? – perguntou Sawyer, com os cabelos ainda desgrenhados do sono, olhando por cima do ombro de Sasha.

– Como pode notar, ela está totalmente concentrada no desenho – respondeu Bran.

Annika se virou para a mesa.

– Ah! – Ela bateu palmas. – É minha mãe! Quer dizer, é minha mãe como esta é a de Doyle. Minha mãe se parece com ela.

– Você se parece com a outra – comentou Sawyer.

– Pareço?

– Os olhos. Tem os mesmos olhos da loira. E preciso dizer que a loira se parece muito com minha avó, ou com as fotos que vi dela quando jovem. Ela era bem bonita.

– Então sua avó e minha mãe são gêmeas – disse Riley, atrás de Sawyer. – Eu diria que, na medida do possível, minha teoria foi confirmada. Cada um de nós descende de uma delas.

– Acho que há mais nisso.

Riley relanceou os olhos para Doyle.

– Mais?

– Esse poderia ser o desenho de duas das minhas irmãs. Não é tão fiel quanto o de Arianrhod, mas é surpreendente. E este, em que você e Sawyer viram semelhanças com seus parentes? Há semelhanças com meu irmão Feilim.

– Interessante. Precisamos esperar que Sasha volte a si para termos uma ideia melhor. – Assim dizendo, Riley ergueu um dos desenhos. – E ver se há mais cruzamentos.

– O quê? – Sawyer coçou a cabeça. – Todos nós somos primos?

– Considerando que essa árvore genealógica pode ter lançado raízes há um milênio? Sim, acredito que sim. Mais ou menos.

– Isso é tão bonito! – Annika abraçou Riley e, depois, Doyle. – Somos uma família de verdade agora.

– De sangue. – Sasha falou enquanto o céu se iluminava no leste. – Concebidos e nascidos na Ilha de Vidro, amamentados e acalentados pelas mães, as deusas, e enviados de um mundo para outro. Concebidos com as estrelas, nascidos com a luz, dotados e ofertados. Levados pelos ventos do destino, reunidos, sangue do sangue, um milênio mais dois desde a queda. A Estrela de Gelo aguarda, congelada no tempo e no espaço. Seu dia chegará quando os mundos pararem por cinco batimentos de um coração. Fogo para ver, água para sentir, gelo para combater, para ocuparem seu lugar quando as Três de Toda Vida brilharem de novo.

Mergulhada em visões, Sasha ergueu a mão para o céu a leste.

– E ela espera, fraca e fria, sendo cuidada por sua criatura. Espera e reúne poderes sombrios para atingir coração, mente e corpo. Este mundo estremecerá com sua ira. Busquem o passado, abram o coração.

Então ela levou a mão ao coração.

– Sigam o caminho da estrela. A luz dela é a luz de vocês. Ela espera. Os mundos esperam. Busquem no passado e as levem para casa.

Sasha abaixou os braços e oscilou.

– Eu estou bem – disse quando Bran pôs os braços ao redor dela. – Só preciso me sentar por um minuto.

– Você está fria. Droga. Vamos entrar. Annika, pegue uma garrafa d'água no *cooler*.

– *Cooler*? O que é...?

– Deixa comigo.

Riley correu e abriu o pequeno *cooler* que ficava no canto do bar, enquanto Bran amparava e conduzia Sasha para uma cadeira na frente da lareira acesa.

Annika tirou uma manta verde de um sofá e a pôs ao redor das pernas de Sasha.

– Obrigada. Eu estou bem. Aquilo simplesmente veio, cada vez mais forte, e depois desapareceu muito rápido. – Agradecendo de novo, ela pegou a garrafa d'água e bebeu. – Sinceramente, eu daria tudo por um café. Por que não vamos...? Ah. – Quando uma grossa caneca surgiu na mão de Bran, ela sorriu, sua voz se derretendo de amor enquanto tocava a bochecha dele. – Bran, não fique tão preocupado. Eu estou bem.

– Suas mãos estão frias – comentou ele, e as pôs ao redor da caneca.

– Tudo pareceu tão urgente! Eu *tinha* que desenhar as imagens. Juro que ouvi as vozes delas em minha cabeça, pedindo que as mostrasse a vocês. Eu as vi tão claramente quanto estou vendo vocês agora. E... senti que poderia estender a mão e tocá-las.

Ela bebericou o café e suspirou fundo.

– A morena com o arco... Anni, você disse que ela parece sua mãe?

– Sim. Minha mãe é muito bonita.

– Também parece minha avó. Não sei como era minha avó materna quando jovem. Na verdade, mal a conheço. Mas *sei disso*. A deusa é Celene, a vidente, que criou a Estrela de Fogo para dotar a nova rainha de sabedoria. A conexão mais próxima de Riley e Sawyer é Luna, a da pomba e da espada, a Estrela de Água, oferecida para dar compaixão à rainha. E a última é Arianrhod, a guerreira, para força.

– E nós seis temos um pouco de todas elas – concluiu Riley.

– Sim. Elas escolheram alguém especial, conceberam uma criança, a orientaram, ofereceram amor e a enviaram, em seu 16º aniversário, para o nosso mundo. Eu senti a tristeza delas.

Annika se ajoelhou e pôs a cabeça no colo de Sasha.

– Minha mãe chorou quando eu parti para encontrar vocês. Ficou orgulhosa, mas chorou. É difícil enviar um filho para longe.

– Sim, e desde aquele tempo elas só puderam observar e esperar. É difícil explicar, mas somos filhos delas. Elas sentem que somos. Somos a esperança delas, parte do plano que começaram naquela noite.

– E o último desenho?

Sasha ergueu os olhos para Doyle.

– Um pesadelo.

Riley foi pegar o bloco.

– Parece que as coisas vão ficar quentes.

Com uma risada fraca, Sasha observou o desenho.

Eles estavam entre a casa e o penhasco, armados na noite escura, enquanto Nerezza cavalgava a tempestade de fogo. Chamas caíam do céu, queimando o chão e as árvores e abrindo fissuras na terra, que cuspia mais fogo. O fogo incendiava até mesmo as criaturas aladas de Nerezza que mergulhavam do céu para atacar os seis.

Em sua besta, Nerezza arremessava lanças de fogo, seus cabelos grisalhos esvoaçando atrás dela.

– Não sei quando ela virá, mas virá. Ela deseja as estrelas, mas acabaria conosco mesmo que isso acabasse com suas chances de consegui-las. Quando vier, como no desenho, será para nos reduzir a cinzas.

– Posso pensar em uma estratégia contra isso.

Todos os olhos se ergueram para Bran, que acariciou os cabelos de Sasha.

– A tempestade de fogo aqui será mais poderosa e perversa do que a que enfrentamos em Capri. Agora que sabemos que acontecerá, podemos detê-la.

– Aprecio seu otimismo – disse Riley. – Mas, sabe, até as bruxas queimam. Pelo menos historicamente.

– Esse simples fato significa que devemos conjurar proteções, escudos e feitiços. E, como não será um fogo comum, exigirá um feitiço extraordinário. Vou me empenhar nisso.

Ele se inclinou e beijou o alto da cabeça de Sasha.

– Por enquanto, acho que é a vez de Sawyer assumir a cozinha.

– Depois do treinamento – disse Doyle categoricamente. – Treinar, depois comer. Com uma exceção: Riley, que precisa de combustível. Seja rápida. Temos muito a fazer.

Para ser rápida, Riley preparou um *smoothie* energético, acrescentando alguns ovos crus. Não tinha o melhor dos sabores e certamente não era o que seu apetite pedia, mas daria conta do recado.

Doyle já havia começado o aquecimento – alongamento, corrida leve – quando ela saiu. Ficar afastada por um momento lhe deu uma perspectiva diferente de seu time. Sasha parecia um pouco abatida, o que não era de admirar, mas decidida. Annika... bem, Annika era Annika, rindo durante todos os agachamentos e avanços. Bran e Sawyer? Ambos estavam em excelente forma antes de tudo aquilo começar, mas agora estavam esplêndidos.

Doyle? O homem havia começado a bancar o sargento. Conforme havia prometido, já estava dando uma canseira em todos.

Ela se juntou ao grupo, determinada a dar o melhor de si. Fissuras flamejantes no chão, chamas caindo do céu e uma deusa muito irritada com tendências psicóticas eram uma enorme motivação.

Os exercícios calistênicos foram seguidos de uma corrida de 8 quilômetros, e Riley suou um bocado. Não se queixou quando Doyle os mandou para a academia. Droga, ela estava apenas começando.

Ele os dividiu em grupos. Pesos livres, supino, puxadas, alternadamente.

– Sessenta quilos.

Ele lhe lançou um olhar cético.

– Isso é mais do que você pesa.

– Posso fazer. Cinco séries de dez.

Ele ajustou os pesos.

– Quero ver.

Riley regulou a respiração e começou. Na última série, seus músculos ardiam e o suor escorria como um rio. Mas ela fez as cinquenta repetições.

– Nada mau. Enxugue-se. Hidrate-se. Sua vez, loirinha.

– Você vai mesmo me obrigar a fazer isso?

– Você é mais forte do que pensa. – Ele ajustou os pesos, reduzindo-os para 40 quilos. – Experimente isso. Três repetições, para começar. Descanse e faça mais três.

Bebendo água, Riley observou Sasha se exercitando com garra e coragem. E, sim, sua musculatura estava mais desenvolvida do que quando havia começado, alguns meses antes.

– Mais três.

– Você é um desgraçado, Doyle.

– Mais três.

Ela fez mais três e depois deixou os braços caírem.

– Podemos terminar?

– Bom trabalho. Alongue-se e vá para o chuveiro.

– Graças a Deus.

Sasha se arrastou para fora do banco de supino e se sentou no chão. Riley lhe levou uma garrafa d'água e se acomodou ao lado dela.

– Você não conseguia fazer nem uma série no dia em que saiu para o terraço daquele hotel em Corfu.

– Eu nunca *sonhei* fazer uma. Nunca. Gosto de ioga, talvez um pouco de pilates.

– Ambos são ótimos, na maioria das circunstâncias. Vamos precisar treinar um pouco de saltos com Annika mais tarde.

– Sim, sim. Depois que eu chafurdar na piscina de meu próprio suor por um minuto.

Riley cutucou os bíceps de Sasha.

– Você está forte.

Com os lábios cerrados, Sasha os flexionou.

– Um pouco.

– Não só um pouco. Garota, você está definida.

Sasha encostou a cabeça no ombro de Riley.

– Obrigada. Eu trocaria tudo isso por duas horas de sono seguidas de um balde de café. Mas obrigada.

– Vamos. – Riley se levantou e lhe estendeu a mão. – Vamos tomar aquele banho e depois o café. A esta altura, eu seria capaz de mastigar os grãos.

Quando Riley acabou de lavar o suor da noite e dos exercícios, vestiu uma calça cargo e um casaco de moletom e calçou seus amados tênis Chucks, o *smoothie* era uma lembrança distante.

Desceu a escada dos fundos correndo e sentiu o cheiro de café seguido do canto da sereia. Sawyer estava mexendo algo em uma enorme tigela enquanto Annika misturava algo em uma menor.

Ela fez cara feia para Sawyer.

– Achei que a esta altura você já tivesse preparado tudo.

– Precisava tomar um banho.

– Sexo no chuveiro é tão bom! – disse Annika, com um sorriso fácil. – Só que demora um pouco.

– Ótimo. Uma mulher poderia morrer de fome enquanto vocês se divertem. Ela despejou café em uma xícara.

– Panquecas, bacon, salsicha e *parfait* de iogurte com frutas silvestres. – Sawyer se virou para o fogão. – Ponha a mesa e comerá mais rápido.

Riley pegou os pratos, sabendo que se Annika o fizesse, acrescentaria muitos enfeites à mesa tradicional. Quanto a ela, estava muito mais interessada no bacon.

No minuto em que Sawyer transferiu um pouco para a travessa, Riley pegou uma fatia e a jogou de uma das mãos para a outra para esfriá-la. A primeira mordida queimou sua língua, mas valeu a pena.

Ela tirou uma panqueca da frigideira, a enrolou como um burrito e a mordeu. Quando os outros vieram, seu café da manhã antecipado havia tornado sua fome tolerável.

Bran observou a mesa e os três vasos de flores colocados por Annika. Ela tinha posto uma rosa – branca, vermelha e amarela – em cada vaso, enrolado guardanapos brancos neles e os amarrado com uma fita. Por fim, acrescentou um espeto de madeira representando uma espada.

– As três deusas.

– Achei que elas deveriam comer conosco – disse Annika.

Bran sorriu para ela.

– A comida parece adequada para os deuses.

Como a considerava mais adequada para si mesma, Riley se sentou e encheu seu prato.

– Vou pesquisar mais na biblioteca da torre. Há algo específico lá sobre as estrelas ou a ilha?

– Na verdade, não li nem uma fração do que tem lá, mas sei de alguns livros. Em vários idiomas – acrescentou Bran. – Vou mostrar para você depois do café da manhã.

– Treinamento de armas ao meio-dia. – Sawyer provou as panquecas e as aprovou.

– Estarei pronto para o intervalo – garantiu Bran. – Fui encarregado do almoço hoje. Comeremos sanduíches.

– Depois disso, combate corpo a corpo. – Doyle olhou o *parfait* com desconfiança.

– Está bom – disse Annika, dando uma colherada. – Sawyer disse que também é saudável. Eu que fiz.

Com esse comentário, ele não teve escolha além de experimentar.

– Está bom – constatou Doyle. – Embora eu pudesse viver esta vida imortal sem nunca consumir iogurte.

– Vou para a torre trabalhar nas magias para defesa e ataque, portanto estarei por perto se precisarem de mim.

– Vou me dedicar aos mapas – disse Sawyer –, para poder transportar todos com minha bússola para onde for preciso.

– Annika e eu podemos ajudar Bran, Riley ou Sawyer, dependendo do que for necessário. – Sasha olhou para o quadro de tarefas. – Annika está encarregada de lavar roupa.

– Eu gosto de lavar roupa! É divertido dobrar, e cheira muito bem.

– É toda sua – disse Sasha. – Como a casa é muito grande, destinei alguém a partes diferentes para a limpeza básica. – Ela ergueu as sobrancelhas para Doyle. – A moral do time se eleva quando vivemos e trabalhamos em uma casa limpa.

– Eu não falei nada.

– Mas pensou – retrucou ela. – E você está encarregado do jantar.

Ele resmungou.

– Tem alguma pizzaria por aqui, Bran?

– Bem, acho que você terá que ir a Ennis, a não ser que esteja se referindo a pizza congelada. Talvez lá seja mais perto, mas não sei exatamente onde.

– Então Ennis. Estou mais do que pronto para pôr a moto na estrada.

– É uma vila? Com lojas? – Annika quase pulou da cadeira. – Posso ir com você? Gosto de andar de moto.

Riley não se deu ao trabalho de esconder o sorriso, inspirando Doyle a sair.

– Certo. Vou levá-la para dar uma volta depois do café da manhã. – Ele gostava da companhia de Annika e do puro prazer dela em andar na garupa. – Mas se vou até Ennis, Sawyer deveria ir junto. Precisamos de munição.

– Então você precisa de Riley. – Estendendo a mão para a cafeteira, Sawyer não viu os olhares irritados de Doyle e Riley. – É ela quem tem os contatos. Fiz uma lista para você. Não sei se vai conseguir tudo, mas estava pensando: do modo como esta casa foi construída, há posições muito privilegiadas aqui. Se tivermos alguns rifles de longo alcance com mira telescópica…

– As torres. – Pensando nisso, Riley assentiu. Um rifle de longo alcance, um bom atirador. Sim, poderia ser uma vantagem. – Você é bom com rifles, Atirador?

– Sei me virar. E você?

– Também. Vou dar alguns telefonemas.

Depois do café da manhã, Riley folheou alguns dos livros que Bran escolheu para ela. Decidiu começar pelos de língua inglesa e depois passar para o escrito à mão em latim. Poderia ser divertido. Por fim, conferiu os dois livros em gaélico, mas não era fluente nesse idioma.

Deixou o laptop e o tablet na mesa. Pegando o celular, começou a dar alguns telefonemas.

Quarenta minutos depois, Doyle a surpreendeu. Ela tinha pensado que ele encontraria alguma desculpa para não ajudá-la na biblioteca. Com o celular no ouvido, ela tirou um dos livros da pilha, o empurrou sobre a mesa e girou o dedo.

– Sem problemas – disse ao telefone. – Mas quero examiná-los e testá-los. – Ela se levantou, foi até a janela e voltou. – Bastante justo. Tenho uma lista de munições. Se nos fornecer, talvez possa nos dar um desconto pela quantidade. – Então ela riu. – Sem perguntas e boca fechada. Certo. Espere.

Riley tirou a lista de Sawyer do bolso e começou a lê-la. Revirou os olhos para o teto, pegou sua água e bebeu.

– Como eu comentei, somos uma espécie de clube, e vamos fazer o que se poderia chamar de torneio. Procure Sean. Ele me abonará. Nenhuma dúvida quanto a isso, mas ele é mais confiável do que o outro. Trabalhamos juntos em Meath, no Black Friary, e há três anos em Caherconnel, Burren. Fale com ele e me avise. Sim, este número. Até mais tarde.

Ela desligou e deu um suspiro.

– Vamos conseguir, mas vai demorar mais uma hora ou duas para termos a confirmação.

– Outro contrabandista de armas?

– Não exatamente, mas esse Liam tem contatos com as pessoas certas para certos produtos.

– Mas ele não conhece você.

– Não diretamente. Ele é primo da ex-namorada de um amigo meu. Meu amigo, a ex e o primo continuam amigos, visto que meu amigo apresentou a ex ao marido dela, com quem ela tem dois filhos, e o primo é padrinho do mais velho. Meu amigo e o primo caçam juntos uma ou duas vezes por ano. O primo também dirige uma espécie de negócio paralelo, movimentado apenas com dinheiro, fora de seu celeiro, que providencialmente fica a apenas 20 quilômetros a leste de Ennis. Se isso der certo, teremos pizza, armas e munição em uma só viagem.

Não vou poder ir de moto, pelo jeito, pensou Doyle, desapontado.

– Então teremos que pegar o carro de Bran. Eu dirijo.

– Por quê? Eu conheço melhor a estrada.

– Como?

– Trabalhei aqui na década passada. Na verdade, durante algum tempo prestei consultoria no Craggaunowen Project, pelo qual passaremos a caminho desse celeiro.

– Então você pode ser o copiloto, mas eu dirijo.

– Vamos decidir no cara ou coroa.

– Não.

– Prefere pedra, papel e tesoura?

Ele não se dignou a responder, simplesmente continuou a ler.

– Esta história é inútil. Sobre quatro irmãs, na Irlanda, encarregadas de proteger uma rainha infante. Três eram puras. Uma foi atraída por uma fada do mal, com promessas de poder e beleza eterna, e se virou contra as outras três.

– Não é inútil – discordou Riley. – É apenas a brincadeira do telefone sem fio do tempo. A raiz está aí.

– Bem confusa. Diz que as três irmãs boas esconderam a infante em um castelo de vidro em uma ilha invisível e voaram para a lua, tornando-se estrelas. Furiosa, a quarta irmã as derrubou do céu, blá-blá-blá. Uma caiu como um raio, atingindo a terra com fogo, blá-blá-blá. Outra caiu no mar em uma tempestade. A última caiu no norte, onde cobriu a terra de gelo.

– Não é muito diferente da nossa história.

Ele a olhou com um misto de irritação e frustração.

– Diferente o bastante quando a rainha, aparentemente crescendo rápido, voa da ilha invisível em um cavalo alado para lutar contra a irmã do mal, vencê-la e transformá-la em pedra.

– Deixando de lado o provável exagero, você encontrará a raiz. Nerezza se materializou de uma coluna de pedra em uma caverna em Corfu.

Doyle pôs o livro de lado.

– Em toda a minha longa vida eu nunca vi um cavalo alado.

– Aposto que também nunca tinha visto um cérbero até recentemente.

Isso ele não podia discutir. Ainda assim, falou:

– Essa é uma versão dos Irmãos Grimm, e bastante adulterada.

– As histórias recontadas são bastante adulteradas e elaboradas – salientou Riley. – É por isso que é necessário pesquisar a fundo. Quatro irmãs. – Ela ergueu quatro dedos. – Quatro deusas. Não é a primeira vez que eu ouço falar ou leio que elas são irmãs. Talvez sejam. Ilha invisível, Ilha de Vidro, aparece e desaparece segundo sua vontade. Três estrelas: de fogo, água e gelo.

– Isso não acrescenta nada.

Amadores, pensou ela, com um pouco de pena.

– Ainda não. Ir até o fim pode ser tedioso, Doyle, mas é assim que se descobre o que foi desconsiderado ou menosprezado. Há coisas piores do que ficar sentado em uma cadeira confortável lendo um livro em uma biblioteca.

– Um pouco de sexo e violência tornaria a história menos tediosa.

– Continue a ler. Você pode ter sorte. – A luz do celular de Riley acendeu e ela sorriu ao olhar para a tela. – Acho que minha sorte já chegou. Oi, Liam – disse, e voltou para a janela enquanto tratava do negócio.

Como ela estava lidando bem com aquilo, Doyle voltou ao livro. Pelo menos podia se sentir grato por aquela história em particular ser relativamente curta. Embora a rainha tivesse vencido a irmã do mal, a perda das outras, as estrelas, a entristeceu. Ela voltou para sua ilha, se exilando, até a profetisa, a sereia e o guerreiro tirarem as estrelas de seus túmulos para brilharem de novo.

Ele pegou o bloco de Riley e fez uma anotação.

Começou a folhear, ver se havia outra história sobre as estrelas no livro de folclores, mas o deixou de lado quando Sawyer surgiu.

– Tudo bem se eu usar a outra metade da mesa? Quero trabalhar nos mapas aqui.

– Sem problemas. Na verdade, vou trabalhar com você e deixar os livros para Gwin. Ela é melhor nisso do que eu.

– Eu sou melhor que você em muitas coisas. – Riley sorriu orgulhosa, guardando o celular no bolso. – Acabei de conseguir toda a munição da sua lista, Atirador.

– A subaquática também?

– Sim. E algumas Rugers AR-556.

– Nunca usei esse modelo – disse Sawyer.

– Eu também não. O trato é eu examinar e testar as armas. Enquanto ele falava, pesquisei no Google e elas parecem mais do que boas. Doyle e eu podemos ir buscá-las, junto com a munição, e trazer a pizza.

– A menos que você queira ir, Sawyer – interpôs Doyle, querendo fugir de uma viagem de carro com Riley.

– Eu não me importaria, mas não há como convencer Anni a não ir também. – Os olhos de Sawyer, cinza como a névoa, revelavam tanto apreensão quanto divertimento. – E ela vai querer fazer compras em Ennis.

– Não vamos demorar. Ainda bem que passei em um caixa eletrônico em Capri, senão estaria com pouco dinheiro. – Riley conferiu a hora. – Vou ficar aqui até o meio-dia.

– Vou trabalhar com Sawyer nos mapas – disse Doyle.

– Ótimo. – Ela se sentou e franziu as sobrancelhas ao ver a anotação dele. – O que é isso sobre profetisa, sereia e guerreiro?

– Segundo o conto de fadas que você me fez ler, a rainha se exilou na ilha até eles encontrarem as estrelas e as deixarem brilhar de novo.

– Sempre há uma raiz – murmurou Riley, pegando o livro.

E, alegremente, voltou a ler.

7

COM ALGUNS HEMATOMAS – SASHA ESTAVA SE TORNANDO FEROZ –, Riley jogou uma pequena mochila no ombro e foi até o carro de Bran.

Preferia dirigir. Na verdade, não entendia como alguém podia não preferir. Só que Doyle havia reivindicado o volante primeiro. Assim, ela se sentou no banco do passageiro e se preparou para relaxar.

A Irlanda era linda, e quando você dirigia – pelo menos do modo como Riley dirigia –, não tinha a chance de apreciá-la.

Quando Doyle se sentou ao volante, ela decidiu ser amigável.

– É uma pena não podermos ir de moto. Como foi o passeio com Anni?

Ele deu marcha a ré, virou e desceu sacolejando pela entrada para carros na direção da estrada.

– Há uma vila uns 8 quilômetros fora da rota que eu segui. Tem algumas lojas. Ainda estou me perguntando como ela me convenceu a ir para lá.

– Ela tem peitos.

– Ela não é minha garota.

– Ainda assim, ela tem peitos. E muito charme. – Riley mudou de posição para tirar o peso do lado esquerdo do quadril.

– Você levou um tombo feio quase no fim do combate corpo a corpo.

– Sasha está mais ágil. Meu erro foi ter me contido.

– Bran poderia ter cuidado de qualquer hematoma.

– Se você não fica com alguns hematomas, não foi uma boa luta.

O mundo aqui é lindo, pensou Riley. Indomável e acidentado, com ondulações verdes e grupos de ovelhas pastando. Tinha algo de selvagem e atemporal que sempre a encantara.

Os ancestrais do fazendeiro com seu trator haviam cultivado aquele mesmo campo com arados e cavalos? E a arte simples daquelas paredes de pedras? Elas tinham sido tiradas daqueles mesmos campos por mãos agora enterradas em cemitérios?

Sem as estradas pavimentadas, os carros e as casas modernas dispersas, não pareceria muito diferente de quando Doyle vivera ali. Provavelmente ele sentia isso.

O céu passara de azul-claro para triste e nublado. Eles dirigiram na chuva, e depois para fora dela.

– Qual você acha que foi a maior invenção ou descoberta?

Doyle a olhou com as sobrancelhas franzidas.

– O quê?

– O que você considera ser a invenção ou descoberta mais importante, já que viu muitas delas em três séculos?

– Não pretendo responder a um interrogatório.

– Não é um interrogatório, é uma pergunta. Quero saber sua opinião.

Ele podia preferir o silêncio, mas agora a conhecia bem o bastante para saber que ela não se calaria.

– A eletricidade, porque abriu as portas para outros avanços.

– Sim, um grande salto. Para mim, foi o fogo. Para a tecnologia, indiscutivelmente foi a eletricidade.

– Se você voltar ao início dos tempos, muito antes de eu nascer, houve a invenção de ferramentas comuns, e da roda.

– A descoberta do sal e de seus usos – acrescentou Riley. – Plantas medicinais, como fazer tijolos, cortar pedras, construir poços e aquedutos. Você estudou? Vire à esquerda ali na frente. – Ele virou sem dizer nada. – É difícil para alguém em minha linha de trabalho não ter um pouco de curiosidade a respeito de um homem que viveu através das eras que eu estudei. É só isso.

– Sim.

– Eu gostaria de saber se, dada a quantidade de tempo e de oportunidades, você buscou mais instrução.

– Eu aprendia quando algo me interessava.

– Entendo. – A estrada se tornou estreita e sinuosa. Ela adorava aquele tipo de estrada, as curvas fechadas, as sebes, a visão rápida de jardins. – Você tem facilidade para idiomas.

– Eu procuro as estrelas há mais tempo do que você tem de vida. Mais do que sua avó teve. Por isso, viajo muito. E viajar é mais produtivo quando você fala o idioma do lugar.

– Sem dúvida. Próxima à direita. Por que uma espada? Você é um ótimo atirador.

– Se vou matar um homem, prefiro olhá-lo no olho. E – disse ele depois de um longo silêncio – isso me ajuda a lembrar quem sou. É fácil esquecer.

– Eu acho que não. Acho que você nunca esquece.

Doyle não queria perguntar, e deliberadamente *não* perguntara. Só que naquele momento não pôde evitar:

– Por que você foi ao cemitério ontem à noite?

– Eu estava voltando e vi você. Respeito os mortos, quem eles foram, o que fizeram, como viveram, o que deixaram para trás. Você disse que eles não estavam lá. Você está certo, e também está errado.

– Como posso estar certo e errado?

– Eles seguiram em frente, se reciclaram, que é como eu vejo a reencarnação. É como o sistema funciona para mim. Mas ainda estão lá porque você está. Porque a terra em que viveram e trabalharam, onde construíram um lar e uma vida, está lá.

Riley ficou olhando para a paisagem enquanto falava, porque achou que assim seria mais fácil para ele.

– Há árvores na floresta da época em que eles eram vivos. Ainda estão lá.

Ela prosseguiu:

– Sabe o Craggaunowen Project, para o qual prestei consultoria? Não fica longe daqui. Assim como o Dysert O'Dea, ambos lugares maravilhosos. Há inúmeros lugares maravilhosos na Irlanda, porque o país respeita sua história e aqueles que vieram antes, o que fizeram, como viveram e morreram. É por isso que você pode senti-los aqui se você se permitir. Em outros lugares do mundo há um vazio porque eles focam no futuro e ninguém se importa muito com o passado.

Ela apontou.

– É ali. Grande celeiro branco, casa antiga amarela. E um cão marrom muito grande.

– Você pode lidar com o cão, certo?

– Nunca encontrei um com o qual não pudesse. E lidarei com Liam e o negócio.

Doyle parou na longa entrada de cascalho. No fim dela ficava a casa, e o celeiro mais longe ainda. O cão deu uma série de latidos guturais em sinal de aviso, mas Riley saiu do carro e lançou um longo olhar para ele.

– Pare com isso, garotão.

– Ele ladra, mas não morde.

O homem franzino que saiu do celeiro usava um boné de tweed sobre tufos de cabelos grisalhos, um cardigã folgado e jeans. Ele sorriu, com as mãos nos quadris estreitos, obviamente achando divertido.

Optando por ditar o tom, Riley sorriu de volta e apontou para o cão.

– Venha dar uma cheirada, amigo.

O cão abanou o rabo devagar, duas vezes. Então foi até Riley, cheirou seus tênis Chucks cor de laranja e depois lambeu a mão que ela mantinha ao lado do corpo.

– Bem… – Liam veio a passos largos. – Isso é novidade. Embora não seja bravo, *a menos que eu ordene*, ele não é de fazer amizade com estranhos.

– Os cães gostam de mim. – Agora que eles haviam resolvido a questão, Riley se inclinou para a frente e acariciou depressa o animal. – Qual é o nome dele?

– Esse é o Rory. E quem é seu cão de guarda?

– Este é Doyle, parceiro de equipe. – Ela estendeu a mão para Liam.

– Prazer em conhecê-la, Dra. Riley Gwin. Nosso amigo Sean disse que é tão esperta e sagaz quanto alguém pode ser. E você, Doyle…

Ele esperou enquanto estendia a mão para Doyle.

– McCleary.

– McCleary? Minha mãe se casou com um tal de James McCleary, e o perdeu na Segunda Guerra Mundial. Ele a deixou viúva e com um bebê na barriga, meu irmão Jimmy. Uns três anos depois ela se casou com meu pai, mas tenho ligações com os McClearys. Você tem parentes aqui, Doyle McCleary?

– Possivelmente.

Ele apontou um dedo longo e ossudo.

– Você ainda tem um pouco do sotaque de Clare.

– Sou mestiço, como Rory, com algumas raízes em Galway e Kerry.

– Acho os mestiços mais espertos e adaptáveis – brincou Liam. – E quanto tempo planeja ficar na Irlanda?

Como conhecia a necessidade local de conversar, Riley apoiou o peso do corpo em uma perna e ficou relaxada com o cão encostado amigavelmente nela.

– Difícil dizer, mas estamos desfrutando de nosso tempo aqui – respondeu ela. – Na costa, na casa de um amigo, Bran Killian.

Liam ergueu as sobrancelhas.

– São amigos de Killian? Um sujeito interessante. Pelo que falam, é um mágico. Falam muitas coisas sobre ele.

– Aposto que ele gosta disso.

– Fiquei sabendo que ele tem uma casa muito bonita no penhasco, construída no local onde muito tempo atrás ficavam as terras dos McClearys. São seus parentes, Doyle?

– Possivelmente.

– Doyle não é tão chegado a pesquisar origens quanto eu – disse Riley tranquilamente. – Você é um O'Dea, um nome antigo e proeminente. Provavelmente a família do seu pai vivia em Clare, talvez nos vilarejos que carregavam seu nome. Dysert O'Dea, Tully O'Dea. O nome antigo era O'Deaghaidh, que significa "pesquisador", talvez em homenagem aos homens santos do seu clã. Vocês perderam muitas terras nas rebeliões do século XVII.

– Sean disse que você é muito culta. – Os olhos azuis desbotados de Liam dançaram de divertimento. – O nome de solteira da minha mãe era Agnes Kennedy.

Está bem, pensou Riley. *Vou entrar no jogo.*

– Kennedy é a forma anglicanizada do sobrenome Cinnéide ou Cinneidigh. *Cinn* significa "cabeça". *Eide* significa "severo" ou "usando um elmo". Cinnéide era sobrinho do rei soberano Brian Boru. Há um registro de Cinnéide, lorde de Tipperarary, nos *Annals of the Four Masters*, século XII. – Ela sorriu. – Você descende de pessoas proeminentes, Liam.

Ele riu.

– E você tem um cérebro impressionante, Dra. Riley Gwin. Bem, agora espero que queira fazer negócio, por isso vamos para o celeiro ver o que reservamos para você.

Como era de esperar, o celeiro cheirava a feno. Continha ferramentas e equipamentos, um pequeno trator antigo e algumas baias. Uma geladeira que provavelmente fora usada pela primeira vez na década de 1950 e, imaginou Riley, devia estar cheia de cerveja e salgadinhos.

Nos fundos, o piso inclinado de concreto levava a um pequeno e organizado arsenal. Rifles, espingardas de caça e pistolas em dois grandes cofres para armas. Munição, e muita, em prateleiras de metal. Uma longa bancada de trabalho continha ferramentas para fazer cartuchos de espingarda.

– Você mesmo faz?

Liam sorriu para Riley.

– Um hobby meu. Você vai gostar disso aqui.

Ele tirou uma Ruger do cofre e começou a passá-la para Doyle. Riley a interceptou. Ela verificou a carga – vazia –, testou o peso e a apontou para a parede do lado.

– Não sei se devo mencionar – disse Liam –, mas há muitas armas aí para uma mulher do seu tamanho.

– Houve um bêbado em um bar em Moçambique que pensou que eu era pequena demais para me opor quando ele pôs as mãos onde não devia. – Ela abaixou a arma e a passou para Doyle. – Ele e seu braço quebrado pensaram diferente.

– Eu nunca atirei com esse modelo. Gostaria de testá-lo.

– Você seria bobo se não testasse. – Liam tirou dois pentes da prateleira. – Lá fora, nos fundos, se não se importa. – Ele ofereceu protetores de ouvido. – Minha mulher está assando algo na cozinha. Me deixem apenas enviar uma mensagem para avisar a ela o que vamos fazer.

Eles saíram para os fundos do celeiro, onde a terra dava lugar a campos e muros de pedra, e um par de cavalos alazões pastava.

– São lindos – disse Riley.

– Meu orgulho e minha alegria – comentou Liam. – Não se preocupem, porque o pessoal daqui está acostumado com o barulho. Nosso Rory também. Às vezes gosto de atirar em alguns alvos de papel.

Ele apontou para círculos novos pregados em tábuas e escorados por grossos fardos de feno.

– Como vocês sabem, estes têm um bom alcance. Já que ainda não estão familiarizados com a arma, talvez queiram se aproximar mais.

– Aqui está perto o suficiente.

A uns 50 metros, calculou Riley. Na hora da batalha de verdade, teria que atirar de muito mais longe.

Ela encaixou o pente, ergueu a arma, posicionou-se e mirou. Esperou o coice, e o rifle não a desapontou.

Errou o centro do alvo por não mais que 2,5 centímetros.

– Muito bem – disse Liam, em um tom de agradável surpresa.

Riley se posicionou, atirou de novo e acertou o centro.

– Melhor – murmurou, e acertou mais uma vez no alvo. – Gostei da pegada, da pressão do gatilho. Tem um bom equilíbrio e não é muito pesado para mim. – Ela olhou para Doyle. – Sua vez.

Ele fez o mesmo que Riley, carregou o segundo rifle, se posicionou e atirou. Acertou fora do primeiro círculo branco e um dentro. Foi bem, embora não tanto quanto ela.

– Vai servir. – Doyle ejetou o pente.

– Agora, como vocês estão tornando isso tão fácil, vou incluir estojos para eles. Algo mais que eu possa mostrar para seu… torneio?

– Estes darão conta do recado, com a munição que combinamos.

– Parece que vai ser um torneio incrível. – Mas Liam deixou o assunto de lado e o negócio foi fechado.

Eles guardaram as armas nos estojos de lona e a munição na parte de trás do carro de Bran, e por cima estenderam um cobertor antes de se despedirem de Liam e do cão.

Riley relaxou no banco.

– Você é um bom atirador com uma arma de longo alcance, mas puxa um pouquinho para a esquerda.

Como Doyle sabia que ela tinha razão, não respondeu.

– De onde você tirou os dados sobre o nome de Liam e da mãe dele?

– Do meu cérebro. Você pode pesquisar isso. Refresquei minha memória sobre o sobrenome dele antes de virmos, caso precisássemos. Kennedy? Esse é fácil. Na maioria das vezes, se eu leio ou estudo alguma coisa, eu me lembro disso. Ou o suficiente disso. É interessante, não é? Ele ter ligações com os McClearys. Dado o local, é mais que provável que se cruzem com as suas.

– É só uma coincidência.

– Você pode querer acreditar nisso, mas no fundo não acredita. Muitos cruzamentos com você aqui, McCleary. A terra, a casa, a conexão mais direta com Arianrhod. Nossa profetisa encontrou a Estrela de Fogo; nossa sereia, a Estrela de Água. Você é um guerreiro exímio com a espada, amigo. Aposto que encontrará a de gelo. E se Nerezza fizer as mesmas conexões, virá com mais força contra você.

– Pode vir.

– Vamos vencê-la. Eu sou muito boa em terminar o que começo, e juro que gostaria de bancar a Viúva Negra dos Vingadores e acabar com ela. Mas estou interpretando os sinais, prestando atenção na vidente. Portanto, o mais provável é que isso caiba a você. A profetisa disse que uma espada a destruirá.

– Se eu fizer isso, será o maior prazer da minha vida. E já tive muitos.

– É mesmo? – Como Doyle havia aberto a porta, ela se virou para ele. – Então não é tudo triste e sombrio na terra dos imortais?

– Você é um pé no saco, Gwin.

– Sabia que eu tenho uma medalha por isso? Verdade – comentou Riley quando ele lhe lançou um olhar. – É um disco de prata com "pé no saco" gravado em letras garrafais. Eu a usei quando fiz meu discurso de despedida. Um professor da faculdade me deu quando o ajudei em uma escavação, uns cinco ou seis anos depois, e uma noite acabamos dormindo juntos.

– Só uma?

Riley apenas deu de ombros.

– Concluímos que estávamos atraídos pelo cérebro um do outro, mas que o resto não funcionava. Aquilo foi estranho. – Ela apontou para Doyle. – Sua vez. Qual foi sua noitada mais estranha?

– Nem vem.

– Ah, vai! – disse ela, com uma risada fácil e cativante. – Eu dormi com meu professor de antropologia em uma tenda em Mazatlán. Sua vez.

Ele mal conteve a vontade de rir.

– Está bem. Eu dormi com uma mulher que se apresentava em um circo itinerante. Acrobacia, corda bamba.

– O que há de estranho nisso?

– Ela era louca como uma gata raivosa, dizia que era uma cobra que havia assumido forma humana para procriar.

– Hummm. Qual século?

– Ah… – Ele teve que pensar um pouco. – Início do século XIX, se é que isso importa. Gostava dela. Era corajosa.

– Pode ter sido uma atração pela parte louca, mas corajosa. Ei, Doyle, pare. Agora!

– O quê?

– Pare – repetiu Riley.

Embora resmungando, ele parou no acostamento.

– Se você quiser fazer xixi, chegaremos a Ennis…

– Está vendo aquele pássaro? – Ela o interrompeu. – Na placa de sinalização.

– Estou vendo o maldito corvo.

– Não é um corvo, e é o sétimo que vejo desde que saímos do celeiro.

– Parece um maldito corvo. – Doyle sentiu um arrepio na nuca enquanto o pássaro os encarava. – E há mais de sete corvos no condado de Clare.

– Não é um corvo – repetiu Riley, e saiu do carro.

Quando Doyle a viu tirar o revólver de baixo da blusa, saltou rapidamente.

– Você não vai atirar em um maldito pássaro só para…

Enquanto Doyle falava, o pássaro gritou e voou na direção deles. Riley o alvejou no ar, reduzindo-o a cinzas.

– Não é um corvo – repetiu ela mais uma vez. Então se virou e alvejou dois outros que vinham de trás.

– Eu estava errado.

– Eu sei! – Riley esperou, observando, mas não apareceu mais nenhum. – Era um patrulheiro. Ela deve estar se sentindo melhor.

Depois de guardar a arma, Riley voltou para o carro.

Doyle segurou o braço dela.

– Como você sabia o que era? Eu tenho olhos, os mesmos que você.

– Com lua ou não, a loba sempre está em mim. A loba sabe quando um corvo não é um corvo.

Ela se encostou no carro e olhou por um momento para o campo próximo, onde ovelhas pastavam entre túmulos e a ruína do que ela julgava ter sido uma pequena capela.

E o silêncio era glorioso, como o de uma catedral deserta.

– Você não tem curiosidade de saber quem construiu aquilo e por que ali? Quem adorava ali e a qual deus adorava?

– Não. – A mesquinhez da mentira pesou nos ombros dele. – Sim – corrigiu-se. – Às vezes, quando passo por um lugar. Você tem razão ao dizer que é possível sentir o que e quem esteve lá antes. Em alguns lugares, em alguns momentos.

– Especialmente em campos de batalha, eu acho. Já esteve em Culloden?

– Sim, em 1746.

Riley se afastou do carro, com os olhos iluminados, e foi sua vez de segurar o braço dele.

– Dezesseis de abril? Você estava *lá*? Realmente lá, naquilo? Ah, você tem que me contar isso.

– Foi sangrento, brutal, e homens morreram gritando. Como em qualquer batalha.

– Não, mas... – Ela se interrompeu. Ele não contava histórias de guerra, as evitava. – Você poderia pelo menos me dizer em que lado estava.

– Perdemos.

– Você estava no exército jacobita. – Totalmente fascinada, Riley ergueu os olhos para ele. – Capturado ou morto?

– Capturado e enforcado. Foi uma experiência desagradável.

– Aposto que sim. Você...

Quando Doyle se afastou, contornando o capô, Riley decidiu se esquivar do assunto antes de ele simplesmente calar a boca.

– Você precisa aprender a viver em sociedade – disse ela ao entrar no carro.

– Eu tento não fazer isso.

– Os movimentos sociopolíticos, disseminados e resultantes de uma revolução ou não, formam o passado, o presente e o futuro. A Carta Magna, o Estabelecimento Religioso Elizabetano, a Declaração de Direitos, a Proclamação de Emancipação e o New Deal. E você pode voltar...

Doyle lhe agarrou a blusa na altura dos ombros e a ergueu do banco. O movimento, totalmente inesperado, a fez cair sobre ele. E ele estava com a boca sobre a dela antes que ela pudesse reagir.

Então a reação de Riley foi primitiva, porque a boca de Doyle era quente, um tanto frenética, e despertou desejos adormecidos.

E isso era bom.

Sem dúvida ele havia perdido o controle, mas pelo menos agora tinha algo que queria. Um sabor, um alívio, embora incitassem mais fome. Sabia, simplesmente sabia, que ela corresponderia. Sabia que o cobriria com aquele cheiro de terra e mato.

Então lhe agarrou os cabelos com aquele corte irregular sensual.

Depois a soltou, deixando-a cair de volta no banco tão abruptamente quanto a erguera.

Riley pôde jurar que suas entranhas ferviam, mas manteve a voz firme:

– Bem, isso foi interessante.

– Senti vontade, e você tornou isso pior quando não calava a boca.

– Curiosidade não é um defeito em meu mundo. – Levemente afrontada, Riley deu um cutucão no braço dele. – Desafio qualquer um sentado perto de um homem de 300 anos a não questioná-lo.

– Os outros não me azucrinam.

– Se Annika o azucrinasse, você acharia encantador. E quem pode culpá-lo?

Sawyer sabe como descobrir o que quer, e é perspicaz. Se Bran não lhe fez algumas perguntas diretas quando vocês estavam a sós, sou uma dançarina de Tupelo. Sasha não precisa perguntar, mas, quando isso acontece, soa… sei lá, maternal.

Ele esperou um segundo.

– Tupelo?

– Lá tem dançarinas. Espere.

Desta vez ela apenas abriu a janela, ergueu o braço e atirou no pássaro preto, derrubando-o da placa de sinalização onde estava pousado.

Satisfeita, guardou a arma, fechou a janela e se recostou.

– E agora, o que vamos fazer?

Era de admirar que ele tivesse sentido aquele maldito desejo?

– Agora… vamos comprar pizzas.

– Certo. Boa ideia.

Melhor fingir que aquilo nunca tinha acontecido. Foi o que Doyle disse para si mesmo. Eles dirigiram até o vilarejo em um bem-vindo silêncio, já que Riley havia pegado seu celular e começado a ler alguma coisa.

Foi preciso um esforço considerável para percorrer as ruas estreitas cheias de carros. Doyle supôs que os turistas achassem aquilo encantador: os pubs, as lojas, os muros pintados, as cestas transbordando de flores.

Ele preferia áreas abertas.

E Riley, ao contrário de Annika, parecia não se entusiasmar a cada vitrine pela qual passavam – de carro ou a pé, depois que estacionaram. Riley era uma mulher em missão, uma característica que ele apreciava.

– Devem estar prontas – disse ela, andando rápido, enquanto eles abriam caminho por entre os pedestres que aproveitavam o dia bonito. – Fiz o pedido por mensagem, na estrada.

Algo mais para apreciar, admitiu Doyle. Ela pensava à frente, não perdia tempo. Riley havia pedido quatro grandes, de sabores variados, e como era a vez de Doyle fornecer o jantar, esperou que ele pagasse. Ela carregou metade para o carro.

Eles puseram as caixas de pizza junto com as armas.

– Tive muito tempo para obter os recursos de que preciso.

Riley inclinou a cabeça, abaixou os óculos de sol e olhou para ele.

– Quase posso ouvir as perguntas em sua cabeça: "De onde vem seu dinheiro, McCleary?", "O que você faz com ele?", "O que pensa sobre a evolução do sistema tributário?".

– Eu não falei nada. – Ela lhe deu uma cutucada no peito. – Sr. Mal-Humorado.

– Vai falar. Posso tê-la assustado por um momento, mas você vai recomeçar.

Foi a vez de Riley puxar a camisa dele e lhe dar um beijo forte e provocador.

– Pareço assustada? – Afastando-o, ela entrou no carro.

Ele a havia azucrinado, admitiu Doyle, porque queria sentir novamente o sabor e o ímpeto dela. Agora bastava, preveniu a si mesmo.

Ele entrou e acionou o botão de partida.

– Eu não azucrino.

Doyle manobrou para fora do estacionamento lotado, e foi para a rua lotada.

– É a palavra que a irrita.

– A insinuação do termo, sim. Fui condicionada a aprender, e você tem séculos de conhecimento e experiência. Entendo que há conhecimentos e experiências que você não deseja recordar. Então é irritante ver algo que é natural para mim ser designado como rude e cruel.

– Você pode ser rude, não me importo. E não tive a intenção de ser cruel.

Ele podia respirar ar puro de novo enquanto dirigia para as colinas e os campos.

– Eu admiro a Declaração de Independência – revelou Doyle. – Como um documento criado pela inteligência, pela coragem e pela compaixão humana.

– Concordo. Obrigada. – Novamente ela abaixou os óculos e lhe sorriu com os olhos. – Para você, qual foi a melhor época para a música?

– Você acha que vou dizer que foi a época de Mozart ou Beethoven, uma época de esplendor e inovação.

– Acho mesmo.

– Mas vou responder que foi a segunda metade do século XX e o nascimento do rock, porque é tribal, e vem das entranhas. Nasce da rebeldia.

Ela ergueu os óculos e se recostou.

– Você tem potencial, McCleary.

8

SAWYER SAIU DA CASA ASSIM QUE DOYLE ESTACIONOU E RILEY O CHAMOU.

– Missão cumprida – disse Sawyer enquanto Riley tirava as caixas de pizza do carro. – Bran e eu discutimos superficialmente onde guardar as armas. Pensamos na sala de estar do segundo andar, do lado norte.

– O ataque ocorre à noite, é melhor deixarmos no mesmo andar dos quartos. – Riley assentiu. – Eu levo o jantar. Vocês, rapazes, levem o resto.

Ela carregou as caixas para a cozinha e viu Annika e Sasha sentadas ao ar livre, tomando vinho. Decidindo que merecia um pouco também, serviu-se de uma taça e saiu.

– Você voltou. – Sasha deu um tapinha nas pedras ao seu lado. – Sente-se.

– É um convite tentador, mas talvez vocês queiram entrar e ver o que compramos.

– Eu gosto de pizza. – Annika saltou agilmente. – Mas acho que você não comprou algo divertido como um vestido novo. O resto são armas.

– Sim, e sei que você não gosta delas, mas deveria saber o que são e onde estão. – Riley olhou para Sasha. – Você parece a Katniss com a besta, mas precisa se familiarizar com as Rugers.

– Tem razão. – Sasha apertou a mão de Annika. – O descanso foi bom enquanto durou.

– Vocês viram algum corvo? – perguntou Riley.

Sasha franziu as sobrancelhas.

– Corvos?

– Vou explicar. Na verdade, encontramos mais do que pizza e armas no caminho.

Riley tomou a dianteira e pegou a garrafa de vinho.

– Enquanto vocês estavam fora – começou Annika –, Sasha e eu ajudamos Bran. Ele está construindo um escudo de fogo.

– Legal! Um escudo *contra* fogo ou um escudo *de* fogo?

– Ambos! Você é muito inteligente.

– Se Bran conseguir fazer isso, eu diria que ele merece um prêmio pela inteligência.

Ela foi na direção das vozes masculinas e entrou na sala de estar, onde os três homens guardavam caixas de munição em um armário antigo com portas de vidro.

– Eduardiano – observou Riley. – *Circa* 1900. Bonito.

– Você realmente sabe tudo – comentou Sasha.

– Bom, vamos usar esse armário. Não é sua finalidade original, mas serve. E ficará mais fácil manter o inventário. Ainda assim, talvez seja melhor levarmos uma parte para o térreo.

– Doyle também disse isso. – Bran deu um passo para trás. – Estou pensando na despensa da cozinha.

– Boa ideia. – Riley viu quando Sawyer abriu um dos estojos de rifle.

– O coice dessa arma é forte – alertou ela.

– Não gosto de armas – sussurrou Annika.

Riley deu um tapinha nas costas dela.

– Eu sei. Mas vamos precisar de toda a ajuda possível.

– Fique com seus braceletes de Mulher-Maravilha.

Ao ouvir o comentário de Sawyer, Annika esfregou os braceletes de cobre que Bran havia conjurado para ela.

Sawyer levou o rifle para o terraço, testou o peso dele e puxou o gatilho algumas vezes com a arma descarregada.

– Nós o testamos a uns 50 metros. Precisamos treinar a uma distância maior. – Riley descarregou o segundo rifle e o ofereceu para Sasha. – Sinta.

Resignada, Sasha o pegou.

– É pesado.

– Comparado com sua besta ou com uma pistola, claro que é. Só que é mais potente. Vamos treinar um pouco amanhã, depois do mergulho. Prepare-se!

– Vamos mergulhar amanhã. – A tensão no rosto de Annika se dissolveu. – Isso é muito melhor. Posso lhes mostrar algumas cavernas, mas a água estará muito mais gelada para vocês do que a de Capri e a de Corfu.

– Sem problemas. – Riley encheu a taça de Annika, a de Sasha e depois a própria. – O que acham de uma caixa de cada calibre e uma aljava com flechas na despensa? Que tal se as levarmos para lá?

Como também achava que merecia uma bebida e a de Riley estava à mão, Doyle pegou a taça dela e bebeu metade.

– Faremos isso. Mas agora penso que deveríamos ter comprado um terceiro rifle. Ele tinha uma Remington. Poderíamos guardar este na despensa e ter outro no térreo, se necessário.

– Devíamos ter calculado isso. – Riley pegou sua taça de volta. – Se decidirmos que precisamos de outro, podemos comprar.

– Você disse que encontraram algo no caminho – lembrou-lhe Sasha.

– Sim. Eu voto por descermos e comermos pizza. Tive que resistir ao cheiro delas durante todo o caminho para casa, estou morrendo de fome.

– Não precisa falar duas vezes. Agora vou levar isto para baixo – disse Sawyer, com o rifle na mão. – Gostaria de experimentá-lo lá fora, depois que comermos.

Quando eles começaram a descer para o térreo, Sasha puxou Bran.

– Aconteceu algo entre eles. Riley e Doyle.

– Discutiram? Não me surpreenderia.

– Não é o que eu quero dizer.

– Aaah. – Bran sorriu. – Acho que eu também não deveria me surpreender com isso, não é? Duas pessoas atraentes em uma situação de proximidade e tensão. É meio inevitável. Por que isso a preocupa? – Ele pôs o dedo entre as sobrancelhas de Sasha. – Estou vendo sua preocupação.

– Uma coisa é se for só sexo. Apesar dos quadros de tarefas, das refeições familiares e das farras de compras de Annika, todos nós estabelecemos uma espécie de ordem e normalidade, e temos arriscado nossas vidas desde que nos conhecemos. Portanto, o sexo, bem, é outro tipo de normalidade. Mas… ele fechou seu coração, Bran. Essa é sua única defesa contra sobreviver década após década enquanto todos que conhece e ama morrem. Até mesmo a confiança, a conexão e o afeto que sente por todos nós são perturbadores e difíceis para ele.

– Sei disso. E Riley também.

– Mas Riley é, bem, um animal de alcateia. É a natureza dela. Precisa de solidão, assim como valoriza seus estudos, mas basicamente é voltada para o time e para a família. E os lobos, quando se acasalam, são parceiros por toda a vida, certo?

– Tenho uma forte suspeita de que Riley já se acasalou antes.

– Ele é a contrapartida dela.

Foi a vez de Bran franzir as sobrancelhas.

– O que quer dizer?

– Eu senti isso o tempo todo. Nela, não nele. Ele é tão fechado que é raro transmitir sentimentos ou emoções, e eu não tento entrar na mente dele.

– Não, não tenta.

– É mais o que eu sinto quando os vejo juntos ou quando penso neles juntos. Doyle tem o que Riley quer. Mesmo que ela não saiba disso ou não admita, ele é o que ela quer a longo prazo. Acho que Riley poderia se apaixonar por ele e acabaria magoada.

Bran pôs as mãos nos ombros de Sasha.

– Ela é a primeira amiga verdadeira que você já teve.

– Sim, e foi ela que ofereceu a amizade, a primeira que realmente soube o que sou.

– Então é natural que você se preocupe com ela. Mas Riley é uma mulher adulta e muito esperta e forte. Terá que seguir o caminho dela sozinha. E você vai estar lá sempre que necessário.

Assentindo, Sasha o abraçou e desejou de todo o coração que sua primeira amiga verdadeira fosse tão feliz quanto ela própria.

– Ei! – A voz impaciente de Riley ribombou na escada. – Podem se pegar depois ou comeremos sem vocês.

– Estamos indo. – Sasha se afastou e segurou a mão de Bran.

Eles abriram outra garrafa de vinho. Até mesmo para uma refeição tão informal, Annika havia posto a mesa com guardanapos dobrados em forma de cisnes, com flores diminutas ao redor de seus pescoços, como se estivessem nadando em um prato azul-claro.

– Trouxemos pizza de muçarela – começou Riley –, pepperoni, carne e também vegetariana.

– Acho que vou começar com a de muçarela e depois experimento as outras.

Sasha se sentou e riu quando Bran moveu rapidamente uma das mãos sobre as pizzas oferecidas e fez a muçarela borbulhar de novo.

– Riley e Doyle têm novidades. – Annika escolheu uma fatia da pizza vegetariana, porque era muito bonita. – Nós também. Quem quer falar primeiro?

– Ainda tenho trabalho a fazer – começou Bran –, por isso vou ceder a vez para Riley e Doyle.

– Como o Sr. Poucas Palavras aqui vai querer resumir tudo, eu tomo a palavra – começou Riley. – Acontece que Liam, meu contato para armas e munição em Clare, tem um meio-irmão mais velho. Um McCleary.

– Como Doyle – disse Annika.

– Sim. O Sr. Cético considera isso uma coincidência.

– Não é. – Sasha olhou para Doyle com certa compaixão. – Não pode ser.

– Sem mencionar que não encontramos muitos McClearys em Clare, Galway ou qualquer outro lugar do país – acrescentou Bran. – Não, não pode ser coincidência. Você já conhecia esse homem?

– Não. – Riley engoliu a pizza junto com o vinho e a considerou excelente. – É primo da ex-namorada de um amigo meu. Um homem interessante. Ele conhece você de nome, Bran. Senti respeito e curiosidade por parte dele. Resumidamente, a mãe de Liam se casou com um tal de James McCleary, que foi lutar na Segunda Guerra Mundial e nunca voltou, deixando a esposa grávida. Ela teve a criança e, alguns anos depois, se casou de novo. Eu poderia ter escolhido alguns caminhos para obter o que queríamos aqui, mas segui direto nesse. Liam foi justo no negócio, não fez muitas perguntas e tem uma conexão direta com o clã McCleary.

– Tenho uma observação a fazer – disse Sawyer, com a boca cheia de pizza. – Só descobrimos sobre os laços sanguíneos aqui, neste ponto. Portanto, considero que antes não era o tempo nem o lugar para isso. Este é.

– Já éramos uma família.

Ele se inclinou e beijou Annika.

– Tem toda razão. E talvez precisássemos já ser antes de chegarmos aqui.

– Não só um time – afirmou Bran. – Agora um *clann*.

– Sim! Nosso clã – continuou Riley. – Pessoas unidas por uma afinidade real.

– Começamos separados. – Sasha pôs a mão sobre a de Bran. – Formamos uma aliança, porque não éramos um time, não no início.

– Você nos tornou um. – Sawyer ergueu sua taça para ela. – Mais do que ninguém.

– Nós nos tornamos um, mas obrigada. E Annika tem razão. A partir de então, nos tornamos uma família. E uma família perdura, mesmo como um clã.

– Precisamos de um brasão.

Annika lançou um olhar intrigado para Sawyer.

– Um o quê?

– É um símbolo, um emblema.

– Um desenho heráldico – explicou Riley. – E sabem de uma coisa? Gosto da ideia. Sasha deveria desenhar um brasão para nós.

– Seria meu primeiro, mas posso tentar.

– Símbolos são importantes. – Doyle deu de ombros quando todos os olhares se voltaram para ele. – Isso tem sido dito com frequência neste grupo. Portanto, são importantes.

– Vou providenciar.

– Podemos encomendar camisetas, mas nesse meio-tempo… – Riley fez uma pausa para pegar mais uma fatia. – Estou certa de que Nerezza está se sentindo um pouco melhor.

– Ela atacou vocês. – Sasha estremeceu.

– Não diretamente – disse Riley. – Ela enviou patrulheiros. Corvos. Consegui eliminar alguns deles.

– Você matou pássaros? – Annika, claramente aflita, levou a mão ao coração.

– Pássaros não viram cinzas quando você mete bala neles. Esses se transformaram.

– A licantropa os reconheceu. – Quando Riley lhe lançou um olhar de desprezo, Doyle apenas sorriu. – Parece que a loba sabe distinguir um corvo de um subordinado de Nerezza.

– Eram patrulheiros – corrigiu Riley. – Não que não fossem enfiar as garras nos nossos olhos se tivessem alguma chance, mas estavam fracos, o que espero ser um sinal de que ela ainda está fraca.

– Mas sabe onde estamos – interpôs Sawyer.

– Eu diria que Nerezza não está pronta para executar um ataque, mas sabe que estamos aqui.

– Quando estiver pronta – disse Bran –, nós também estaremos. Um clã, um brasão e, da minha parte, um escudo. Vamos combater fogo com fogo.

– Também fiz minha patrulha – disse Sawyer. – Analisei o terreno e acho que lá fora, nas… vamos nos divertir chamando de ameias… é o melhor local para treinar com os rifles de longo alcance. Lá temos uma boa visão de todos os ângulos. Se alguma criatura de Nerezza surgir a, digamos, 30 metros, nós a teremos na mira.

– Boa ideia. Quero dar uma conferida.

– Já conferi – disse Doyle para Riley. – Sawyer está certo. É uma posição melhor para alvejar na terra, no céu e no mar.

Riley refletiu.

– Bran, você sabe como fazer aquelas bolas voadoras para Anni, nossa Mulher-Maravilha?

– Sei, e isso também foi uma boa ideia. Posso lhe dar alvos, na terra, no mar e no ar.

– Ótimo. Podemos experimentar isso hoje à noite, depois que terminarmos aqui.

– Posso limpar tudo. – Annika lançou um olhar de súplica aos outros ao redor da mesa. – Não gosto do barulho das armas. Prefiro ficar aqui, limpando.

– Está bem. – Sawyer apertou a mão dela debaixo da mesa.

– Vamos mergulhar amanhã. – Esperando fazer Annika sorrir de novo, Riley mudou de assunto: – Precisamos estar prontos para pegar a estrada às oito e meia e buscar o barco e o equipamento. Ou então alguns buscam o barco e Sawyer transporta o resto para bordo. Manteremos o barco aqui enquanto isso durar, e só teremos que encher os tanques quando precisarmos.

– Mais prático – comentou Sawyer. – Riley e Doyle, os melhores pilotos, vão para o barco. Quando virmos vocês voltando, eu conduzirei o resto de nós a bordo.

– Ótimo. Oito e meia – disse Riley para Doyle, que apenas assentiu.

Eles subiram, deixando a limpeza a cargo de Annika, e saíram para contemplar o crepúsculo.

– Os dias estão mais longos – disse Riley. – Nerezza gosta da escuridão, mas costuma atacar à luz do dia. Essa é a última rodada, e ela perdeu as duas primeiras.

– De dia ou de noite, vamos acabar com ela – disse Sawyer enquanto carregava um rifle. – Me dê um alvo a pelo menos 50 metros.

– Onde? – perguntou Bran.

– Surpreenda-me.

Prestativo, Bran enviou um globo para o ar, acima do mar. Sawyer ajustou sua posição e atirou, acertando bem no meio.

– Típico. – Riley ergueu o segundo rifle. – Me dê um.

Bran o lançou bem alto. Riley o derrubou.

– Certo, agora a 100 metros, com múltiplos alvos. Está pronto para o desafio? – perguntou Riley para Sawyer.

– Não é um desafio para mim. Atire.

Depois da chuva de balas, Riley abaixou sua arma.

– Você não erra, caubói.

– Você também não.

– Alguns eu só tirei uma lasca. Você acertou todos em cheio. Tenho que treinar mais. Sasha, você precisa experimentar isso.

Riley ofereceu a arma para a amiga.

– Não sei como vou atirar no que mal vejo.

– Bran vai lançar mais perto para você. Comece com 20 metros, Bran, em linha reta, acima da água.

Doyle foi para o lado de Sasha.

– O rifle vai dar um coice, você precisa se preparar para isso. – Ele ajustou a posição de Sasha e pôs suas mãos sobre as dela. – Use a mira, segure firme. Está vendo?

– Bem, estou vendo na mira.

– Firme – repetiu ele. – Não faça nenhum movimento brusco quando puxar o gatilho. Tem que ser suave, aumentando a pressão, como se estivesse traçando uma linha. Continue mesmo depois de disparar. O tempo todo, devagar. Inspire, prenda a respiração e atire.

Sasha fez como Doyle disse, mas gritou de constrangimento quando o coice a atirou contra ele.

– Desculpe. Errei feio!

– Você puxou para cima e para a direita – apontou Riley.

– Firme – repetiu Doyle. – Tente de novo.

Desta vez ela não gritou, mas silvou. Na terceira, lascou a base do globo.

– Essa não será sua arma principal – comentou Doyle.

– Graças a Deus. – Ela passou o rifle para Doyle.

– De qualquer forma, você precisa aprender a limpá-lo, carregá-lo e usá-lo com precisão.

– Está bem. – Ela massageou o ombro dolorido. – Vou aprender.

– E você. – Doyle apontou para Bran. – Essa não será nem de perto sua arma principal.

Bran concordou.

Eles passaram vinte minutos destruindo globos.

– Vou descer com Anni para ela nadar. Isso a acalmará depois de todos os disparos.

– Lembre-se que temos uma missão ao raiar do dia, como de costume – disse Doyle.

– Não vou esquecer.

– Vou trabalhar por mais uma hora – decidiu Bran.

– E eu vou começar a elaborar o brasão – anunciou Sasha.

Quando os outros saíram, Riley fechou a porta. Doyle guardou os rifles.

– Amanhã vamos na minha moto.

– Por mim, tudo bem. Com Sawyer trazendo todos até o barco, acredito que vamos poder começar a mergulhar por volta das nove e meia. Annika está certa sobre a temperatura da água, por isso teremos que dosar nosso tempo submersos. Talvez fazer alguns mergulhos de trinta minutos amanhã, até nos aclimatarmos.

Como Doyle não havia feito nenhuma menção de sair, ela o observou.

– Você já mergulhou no Atlântico Norte?

– Algumas vezes.

– Não me diga que fez parte das Forças Especiais.

– Pareceu uma boa ideia na época.

– Sério? – Uma dúzia de perguntas surgiu na mente de Riley, mas ela balançou a cabeça.

– Cinco anos. Mais do que isso com um grupo é arriscado.

– Entendo. Agora não somos apenas um grupo, e já sabemos quem você é. Isso deveria tornar as coisas mais fáceis para você.

– Não torna.

Quando ele saiu depois dessa resposta, Riley deu um suspiro.

– Deveria tornar – murmurou.

De manhã, depois de suar por uma hora sob a chibata de treinamento de Doyle e de tomar um café da manhã em que eles aperfeiçoaram o plano de mergulho, Riley vestiu uma jaqueta de couro surrada. Como um sol animador havia rompido a penumbra e a garoa, ela pôs os óculos escuros.

Estava com a roupa de mergulho sob o moletom e a calça cargo, com a arma no quadril sob a jaqueta e o celular protegido no bolso interno.

E se considerou pronta para ir.

Tinha sido rápida, saído às oito e meia, e não soube dizer exatamente por que ficou irritada ao ver Doyle esperando ao lado da moto. Ele lhe estendeu um capacete preto com um pequeno emblema de dragão, o mesmo que voava na lateral da moto.

– Por que você tem isso? – perguntou ela. – Uma fratura craniana não o deteria por muito tempo.

– É a lei em muitos lugares, e você chama menos atenção se segue as leis locais. E uma fratura craniana não me mataria, mas dói pra caramba.

Ele pôs o capacete.

– Não passei por essa experiência, mas aposto que sim.

Ele montou na moto.

– Me guie.

– Você poderia me deixar dirigir.

– Não. Vá dizendo o caminho.

– Sul pela estrada costeira na direção de Spanish Point. Meio quilômetro depois deve haver uma placa para Donahue's Diving. Siga por ali até a praia.

– Certo.

– Só lembrando que eu tenho carteira – acrescentou Riley, montando atrás dele.

– Ninguém dirige minha moto.

Doyle a ligou. Ela sempre havia apreciado o rugido do dragão das motos, e a sensação de liberdade de disparar por uma estrada exposta ao vento.

Isso tudo lhe agradava… menos quando estava na garupa.

Moto dele, regras dele.

Riley se agarrou à cintura de Doyle e *imaginou* que estava dirigindo.

Descendo pela entrada acidentada, fazendo as curvas onde Bran havia deixado as sebes de fúcsia se erguerem para formar divisas. Flores silvestres atrevidas brotavam da estrada de terra. Ao redor e além da floresta, onde a estrada se tornava pavimentada.

Embora apreciasse a velocidade e o cheiro de mato ainda úmido da manhã, Riley ficou atenta a qualquer corvo ou a algo que lhe parecesse *errado.*

Devido ao rugido e ao açoite do vento, não era possível conversar nem orientar Doyle, que os conduzia pela estrada costeira. Riley imaginou que ele havia feito aquela viagem mais de uma vez, a cavalo ou em uma carruagem.

Doyle tinha brincado na praia quando criança, chapinhado nas ondas e na água fria? Tinha navegado em um barco de vime e couro, pescado no mar?

Ela podia imaginar isso, podia vê-lo: um garoto alto com cabelos escuros e compridos, olhos verdes como as colinas, correndo sobre xisto e areia como seus irmãos fizeram e fariam.

Uma vida boa, pensou Riley, inclinando-se com Doyle em uma curva.

Ela mudou um pouco de posição e olhou para a água, de um azul rústico com toques de verde. Gaivotas se precipitavam, brancas e cinzentas. Ao longe, ela avistou um barco de pesca branco.

Doyle reduziu ao passar por vilarejos coloridos, depois acelerou de novo.

Riley deu um tapinha no ombro dele e apontou quando viu a pequena placa logo à frente. Doyle apenas assentiu e desacelerou para fazer a curva.

O vento os açoitou mais forte e mais rápido ao descerem pela estrada estreita. Riley sentiu o cheiro do mar, fresco e salgado, das rosas do jardim de uma cabana e de fumaça da chaminé de outra.

Galinhas, pensou. Embora não as visse nem ouvisse, o odor das penas lhe fez cócegas no nariz. Sentiu o cheiro do cão antes de ele vir correndo ao longo de um muro caindo, para vê-los passar.

Ela deu outro tapinha no ombro de Doyle quando avistou o prédio azul com o longo píer. Viu o barco de mergulho, um barco de pesca e uma pequena e bonita lancha, com um homem no deque polindo pacientemente os acabamentos em madeira.

Doyle parou ao lado de duas picapes e um carro compacto, e desligou o motor.

– Eu cuido disso – disse Riley, saltando da moto e indo na direção do barco, onde o homem parou e pôs as mãos na cintura.

Lá vamos nós, pensou Doyle, e caminhou sobre o xisto para a fina faixa de areia dourado-escura.

Foi aqui, não foi?, pensou, sentindo a cutucada do destino nas costelas. Ele já havia estado ali quando tinha 9 ou 10 anos, se a memória não lhe falhava. Um primo morava por perto. Meu Deus, qual era mesmo o nome dele? Ronan. Sim, Ronan. Era um garoto mais ou menos da sua idade, filho da irmã de seu pai. E eles tinham ido visitá-los, a poucos metros de onde estava agora.

Suas duas irmãs com a idade mais próxima da dele correndo atrás de passarinhos. O irmão que veio depois delas chapinhando no raso enquanto uma irmã mais nova se agarrava timidamente às saias da mãe. Seu irmão, seu irmão condenado, mal dando os primeiros passos. E outro bebê na barriga da mãe, embora ele não soubesse disso na época.

Seus pais, seus avós, a tia, o tio, primos. Todos ali.

Eles tinham ficado três dias, pescando, festejando, tocando música e dançando até tarde da noite. E Ronan e ele nadaram.

No inverno seguinte, sua tia faleceu durante o parto. Ele não se recordava do nome dela, mas se lembrava do pai chorando.

A morte deprime todos nós, pensou Doyle.

Riley foi até ele.

– Você já esteve aqui.

– Sim.

– Com sua família?

– Sim. Você fez o negócio?

Ela o observou por mais um momento, depois assentiu.

– Feito. Podemos carregar os equipamentos.

Eles não falaram de novo, ou só falaram sobre assuntos práticos enquanto carregaram tanques, macacões de mergulho e equipamentos com Donahue. Riley conversava com Donahue informalmente, percebeu Doyle, sobre mergulhos que um conhecido dos dois fizera alguns anos antes.

Quando Donahue perguntou sobre a motocicleta, Riley apenas sorriu e disse que alguém a buscaria depois. E eles teriam que voltar para encher os tanques quando necessário.

Como fora ela a tratar do negócio, Riley assumiu a cabine de comando e afastou o barco da doca, acenando para Donahue, que já voltara a seu trabalho de polimento.

– Um pouco de papo furado suaviza as coisas – salientou ela.

– Você falou o suficiente por nós dois. É um bom barco.

– O amigo sobre o qual conversamos é um biólogo marinho, parceiro de uma antropóloga marinha. A antropóloga também é uma licantropa. Filha de uma amiga da minha mãe.

– Mundo pequeno.

– Dadas as circunstâncias.

Era um bom barco, e Riley sabia conduzi-lo. Dirigiu-se para o norte, mantendo-o visível da costa até avistar uma caverna.

– Um bom ponto para quatro pessoas caírem do ar! – gritou ela.

Ela navegou para dentro, usando a face do penhasco como cobertura, e pegou seu celular.

– Vou enviar a latitude e a longitude para Sawyer. Tenho um aplicativo para isso. É melhor subir, para ninguém cair em cima de você.

Ele subiu com Riley enquanto ela encontrava as coordenadas.

Notou que ela ainda cheirava a floresta, como se a floresta brotasse do mar.

– Oi, Sawyer, estamos no meio do caminho até aí. – Ela lhe passou as coordenadas. – Mesmo tipo de barco inflável de casco rígido que já usamos. Sim, isso mesmo. Estamos na cabine de comando, atracados em uma caverna, com a proa na direção do penhasco, por isso você verá o resto do barco. Não erre – acrescentou, e depois guardou o celular no bolso.

– Eles vão chegar em um minuto. Sabe, considerando minha linhagem e minha linha de trabalho, sempre fui aberta ao incomum. Mas até pouco tempo atrás não me via esperando quatro amigos caírem do céu.

– Um mundo pequeno e estranho.

– O estranho é bom às vezes.

A água bateu no barco. Doyle, capaz de ficar feliz durante semanas sem falar com ninguém, se viu incomodado com o silêncio.

– Os licantropos tendem a se dedicar à ciência?

– Eu não concluiria isso. Conheço alguns que são professores, artistas, empresários, chefs, vagabundos e políticos…

– Políticos?

– Sim. – Ela sorriu. – Tivemos alguns no Congresso e no Parlamento. Soube de um homem que, uns 25 anos atrás, tinha ambições mais elevadas, ser presidente e tudo mais, mas o conselho o desencorajou. Quando você se mete nesse tipo de coisa, as pessoas começam a buscar os podres do seu passado. Melhor não arriscar. Realmente uma pena.

– Um presidente licantropo.

– Poderíamos fazer muito pior.

– E provavelmente fizeram.

– Com certeza – disse ela, com um sorriso irônico. – E seria muito estranho um presidente que some por algumas noites, não acha?

– O serviço secreto chamaria isso de Codinome Peludo.

De forma deliberada, ela baixou os óculos de sol e o olhou por cima deles.

– Você fez uma piada?

– Já pensei em seguir carreira de comediante.

– Essa foi boa.

O modo como os olhos dela dançavam de divertimento, tão dourados à luz do sol, o fizeram querer tocá-la. Apenas nos cabelos, na pele.

Doyle começava a erguer a mão quando, com um brilho e um vácuo no ar, os outros apareceram no barco, impedindo-o de fazer o que ele percebeu que seria um grave erro.

– O Atirador ataca de novo – disse Riley. – Pouso perfeito.

– A prática leva à perfeição. – Sawyer olhou ao redor. – Você escolheu um bom ponto.

– Também achei. Acomodem-se, amigos e vizinhos. – Riley voltou para a cabine. – Para onde, Anni?

– Ah. – Annika conseguia ficar sensual até mesmo com uma das capas de chuva do vestíbulo de Bran. – Se você navegar como se estivéssemos voltando para a casa de Bran, eu aviso onde parar.

– Ótimo. Apreciem a brisa agradável enquanto podem.

– Você chama isso de agradável? – Enquanto Riley conduzia o barco para fora da enseada, Sasha se aconchegou a Bran.

– Comparado a como vai ser debaixo d'água? É quase tropical.

9

EMBORA ELES ESTIVESSEM COM ROUPAS DE MERGULHO, O ATLÂNTICO era gelado e anulava completamente o calor do sol. Riley, armada como Sawyer com uma pistola subaquática, ligou a lanterna de cabeça em sua balaclava para a luz romper a penumbra da água.

Nadavam em pares: Annika e Sawyer na frente, Annika dando piruetas às vezes; Sasha e Bran os seguiam, e Riley ia ao lado de Doyle. Não teve do que se queixar quando Bran, mexendo a mão em um círculo na água, produziu mais luz ao redor deles.

Todos sabiam o que poderia surgir do mar, se Nerezza tivesse forças para isso. Tubarões mutantes e enormes peixes com grandes dentes, sedentos de sangue. Tanto Doyle quanto Sasha carregavam arpões.

E olhe só para ela, pensou Riley, observando Sasha nadando e se lembrando de quanto a novata ficara nervosa em seu primeiro mergulho, ao largo da costa de Corfu.

Sasha havia aprendido rápido. Todos tinham fortalecido seus pontos fracos naquela busca. Talvez fosse parte da missão: transformar os pontos fracos em fortes e aprender a confiar o suficiente para ser parte daquele clã.

Riley viu um cardume de cavalinhas se afastar deles e seguiu a luz prateada de Bran na direção da boca de uma caverna. Ali, Annika executou um gracioso giro, acenou e deslizou para dentro.

Percorreram o trajeto um a um através das partes estreitas e dois a dois de novo quando o canal se ampliou. E o tempo todo procurando por… alguma coisa. Um brilho, uma centelha, uma *sensação*, qualquer coisa que pudesse conduzir à última estrela, a Estrela de Gelo.

Está frio o suficiente para isso, pensou Riley. Com a paciência que sua profissão exigia, ela vasculhou a caverna subaquática centímetro a centímetro, com os olhos e com as mãos enluvadas, fazendo tudo que podia para manter sua mente e seus instintos aguçados.

Quando Sawyer tocou no próprio pulso, avisando que estava na hora de voltar à superfície e ao barco, ela assentiu.

Ao sair da água, Riley viu Bran abraçando Sasha e a beijando com uma expressão séria.

– Ah, meu Deus, isto é *maravilhoso*! – exclamou Sasha. – Estou quente de novo.

– Beijo mágico?

Bran riu para Riley enquanto ela pingava água gelada no deque.

– No caso dela, eu estou me aproveitando – respondeu Bran.

Ele pegou os braços de Riley e os apertou levemente. E ela foi inundada de calor.

– Ótimo, mesmo sem o beijo.

Ele foi até Annika.

– Eu gosto de beijar – disse ela, roçando os lábios nos dele. – E gosto de calor.

Bran deu um tapinha no ombro de Sawyer e Doyle.

– Não faz sentido tremermos de frio. Alguma coisa, *fáidh*?

– Não, sinto muito. É muito diferente de onde estivemos antes. E, de certo modo, muito mais sombrio e desolador. Mas não senti nada. Alguém sentiu?

– Eu me senti bem – respondeu Annika. – Mas não ouvi nenhum canto, como aconteceu com a Estrela de Água.

– Prontos para a segunda rodada? – perguntou Riley.

Sasha se virou para Bran a fim de que ele a ajudasse a trocar seus cilindros de oxigênio.

– É para isso que estamos aqui – respondeu ela.

O segundo mergulho do dia não foi mais proveitoso do que o primeiro. Podiam riscar dois locais da lista de Riley.

Rotina, pensou Riley quando eles prenderam o barco abaixo dos penhascos da casa de Bran. Uma parte importante da descoberta era a rotina.

Eles voltaram para a casa de Bran do modo mais fácil: o de Sawyer. E Riley seguiu sua rotina comendo sobras de pizza e se fechando com seus livros.

A chuva voltou à noite, uma chuva forte com trovões. A tempestade a despertou de um sonho do qual não conseguiu se lembrar direito. E com as ondas batendo e as rajadas de vento, ela duvidava que conseguisse voltar a dormir.

Que ótimo, pensou, abrindo as portas. A tempestade brilhava e queimava, chicoteava e estalava, fazendo o vento uivar. Como uma *banshee*, já que estavam na Irlanda.

A natureza selvagem sempre a havia atraído, sempre lhe inflamara o sangue, e uma tempestade violenta sobre o mar escuro noturno e a terra escarpada a fez sair apenas o suficiente para deixar a chuva cair em seu rosto.

Então olhou para baixo e viu movimento, alguém perto da parede do penhasco. Instintivamente, procurou sua arma. Mas tinha se esquecido de trazê-la para o quarto.

À luz de um raio, a figura se tornou Doyle, e os instintos de Riley deram uma guinada na direção da luxúria.

Misterioso e pensativo na tempestade, com seu casaco ondulando e a espada na mão como se preparado para lutar contra os elementos. *Maravilhoso*, pensou ela. *Primitivo e muito sensual.*

Sim, definitivamente a natureza selvagem a atraía.

Enquanto Riley pensava nisso, Doyle se virou. À luz do raio que chiava acima deles, os olhos de ambos se encontraram. E aqueles pensamentos formaram um nó que ficou preso na garganta dela.

Por puro orgulho, Riley continuou lá por mais alguns segundos, olhando naqueles olhos mesmo quando a escuridão caiu de novo, transformando-o em uma sombra. Só então ela recuou, fechando as portas para se proteger da tempestade e de Doyle.

Mais uma vez, estava sozinha em seu quarto.

Rotina, lembrou-se Riley, quando eles a seguiram, passo a passo, no dia seguinte.

Uma corrida ao nascer do sol pela floresta úmida, saltando galhos derrubados pela tempestade. Seguida de suor em um treino na academia enquanto a luz pálida do sol tentava romper as nuvens.

Uma chuveirada, café da manhã, mais dois mergulhos, treinamento de armas.

Enquanto Bran trabalhava no alto da torre e Sasha pintava na sala de estar, ela optou por uma lareira na biblioteca. Sawyer e Doyle saíram para recarregar os cilindros de oxigênio e comprar mantimentos. E

Annika jogou seu charme para que a levassem, porque uma ida à vila significava compras.

De vez em quando, enquanto trabalhava, Riley ouvia um barulho no andar de cima e presumia que Bran estivesse fazendo progressos. Duas horas depois, entretanto, ficou inquieta. *Preciso de ar fresco*, decidiu. Tinha que se mexer, pensar. Em algum ponto da pesquisa, você precisava parar, se desligar e fazer outra coisa.

Aproveitaria a luz solar pálida intensificada pelo final da tarde para dar uma caminhada pela floresta. *Armada, é claro*, pensou, dando um tapinha na arma em seu quadril. Atenta, como sempre. Mas uma boa caminhada pela floresta.

Havia poucas chances de se deparar com a estrela ali, mas tempo para pensar nunca era desperdiçado. Então vestiu um velho casaco com capuz, fechou o zíper, saiu pela porta principal e quase voltou ao ver o carro e a moto lá fora.

Deviam ter retornado enquanto ela trabalhava. Como o porta-malas continuava aberto, com os mantimentos dentro, ainda estavam descarregando.

Provavelmente precisavam de ajuda. Estava indo na direção do carro quando Sasha a chamou.

– Oi! – Riley cumprimentou a amiga, que estava ao lado das árvores, na frente de um caminho. – Parece que você teve a mesma ideia que eu. Eu ia dar uma caminhada, mas…

– Ótimo. Venha comigo.

– Sim. Só vou ajudar a descarregar o carro primeiro – disse Riley.

– Preciso mostrar uma coisa para você. Não tenho certeza… Quero que você veja.

– O quê? – Intrigada, Riley se desviou do carro.

– É difícil explicar. Eu saí do caminho, quase me perdi. Só que encontrei marcas em uma árvore. Entalhes. Não sei o que são.

– Entalhes? – Ao ouvir isso, Riley apressou o passo. – Recentes?

– Acho que não. – Enquanto falava, Sasha olhou para a floresta. – Eu deveria ter tirado uma foto, mas na hora não pensei nisso. Só voltei para contar a todos. Vou mostrar onde é. Vamos registrar para mostrar aos outros.

– Sash, você nem trouxe sua faca.

– Ah. Não sei o que eu estava pensando, mas… bem, agora estou com você. – Sasha pegou a mão de Riley e a puxou. – Quero muito que você veja isso. Deve significar alguma coisa.

– Está bem. Vá na frente.

Ao sair, Doyle viu ambas entrando na floresta. Ele balançou a cabeça e pegou duas sacolas de mercado.

– Obrigado pela ajuda – resmungou, indo para dentro.

À luz do dia, Riley respirou fundo.

– Eu só queria fazer uma pausa dos livros e tomar um pouco de ar. Não esperava encontrar algo legal. Você sentiu alguma vibração?

– O quê? Vibração?

– Você sabe, uma sensação.

– Senti que era antigo, mais antigo do que fazia sentido. Se é que isso faz sentido. – Sasha andou rapidamente e apontou, enquanto avançava na mata. – Só… acho que me senti atraída nesta direção.

– Deve haver um motivo. Então, são letras, símbolos?

– As duas coisas. Nunca vi nada assim.

– Eu corri por duas noites nesta floresta e não vi nada. Deveria ter percebido – acrescentou Riley enquanto elas se desviavam de sarças e arbustos. – Tenho uma boa visão noturna, o que me faz pensar que era para você encontrar isso. Como não teve nenhuma sensação forte, nenhum tipo de visão…

Ela virou a cabeça. O tapa com as costas da mão causou uma explosão de dor em seu rosto e a atirou para o ar. Riley bateu com força em uma árvore, viu estrelas e sentiu algo *se esfacelar* em seu braço direito.

Gritou, porque sua reação instintiva de pegar sua arma lhe provocou uma dor profunda. Sasha pulou os arbustos e pousou no tronco coberto de musgo de uma árvore caída.

Seus olhos brilhavam.

Defensivamente, Riley tentou rolar e pegar sua arma. Os chutes selvagens nas costelas, costas e barriga lhe tiraram o fôlego.

Sasha riu.

Um pesadelo. Estava sonhando. Aquilo não era real. Mergulhada em dor, nadando em choque, Riley tentou desembainhar a faca com a mão esquerda.

O som que emitiu quando Sasha pisou em sua mão com a bota foi um grito agudo. Sua visão falhou, seu estômago se revirou.

Então as mãos de artista da amiga se fecharam ao redor de seu pescoço.

Doyle entrou a passos largos na cozinha, onde Annika guardava alegremente os mantimentos e Sawyer cheirava um suculento tomate.

– Tem mais coisas? – Sawyer pôs o tomate de lado. – Vou ajudar você.

– Vai fazer aquela salsa mexicana?

– Pode ter certeza.

– Boa. Então fique aí preparando tudo. – Doyle pegou uma cerveja na geladeira e tomou um longo gole. – Deixe que eu vou buscar o resto.

– Combinado.

Depois de mais um gole de cerveja, Doyle colocou a garrafa em cima da mesa e começou a voltar pela casa. Uma cerveja e salgadinhos com a salsa mexicana de Sawyer seriam um ótimo modo de esfriar o entusiasmo por compras de Annika.

Eles tinham tudo de que precisavam para uma boa semana. E, na vez seguinte, outra pessoa lidaria com a sereia.

Ele ergueu os olhos, momentaneamente confuso quando Sasha desceu a escada correndo.

– Não o ouvi voltar. Estava pintando do outro lado da casa. Como…

– Você estava lá em cima o tempo todo?

– Sim. Acabei de passar pela biblioteca para ver se podia ajudar Riley, mas…

– Meu Deus! Chame Bran, chame os outros. Riley está em perigo.

– O quê? Como?

– Chame todos. – Ele desembainhou a espada que levava às costas e já estava correndo. – Ela está na floresta.

Mal havia chegado à beira da mata quando ouviu o grito de Riley. Ele não pensou, apenas se mexeu. O som fora agonizante, e já poderia ser tarde demais.

Ouviu uma horrível risada de triunfo e disparou na direção do som. Não havia tempo para ser furtivo. Seus instintos lhe diziam para não ser silencioso. O barulho de alguém vindo, e rápido, poderia interromper o que quer que estivesse sendo feito com Riley.

Doyle não parou ao ver Riley encolhida no chão, sangrando e imóvel, e Sasha – ou o que assumira a forma dela – em pé acima da licantropa com um enorme sorriso.

– Ela está morrendo – disse a criatura com a voz de Sasha, e então longos dentes brilharam por entre seus lábios e garras surgiram em suas mãos. – Vocês todos morrerão em breve.

Mesmo quando Doyle se precipitou para a frente, a criatura deu um chute cruel na cabeça de Riley. Ele atacou com a espada, mas atingiu o vazio enquanto a coisa se movia em espiral e corria através das árvores com uma velocidade sobrenatural.

Doyle se deixou cair no chão e pôs os dedos no pescoço ferido de Riley. Encontrou uma pulsação. Fraca, mas estava lá.

Dominado por medo, raiva e um tipo de pesar que jurara nunca mais sentir, passou as mãos por Riley, verificando seus ferimentos. O rosto pálido dela, o sangue e as abrasões eram o menor dos males.

Ouviu correria e gritos, e apertou com mais força a espada, pronto para defender Riley e seus amigos. O resto do grupo apareceu por entre as árvores, armado para a batalha. Mas Doyle sabia que por enquanto tudo havia terminado.

– Ela está respirando, mas foi asfixiada e tem fraturas na mão e nas costelas. Acho que seu cotovelo direito foi esfacelado. E…

Com um som de lamento, Sasha praticamente desabou no chão ao lado de Riley.

– Não, não, não, não.

– Deixem-me ver. – Bran também se abaixou.

– Precisamos levá-la para casa e curá-la. – Com os olhos marejados, Annika se ajoelhou do outro lado de Riley e lhe acariciou os cabelos ensanguentados.

– Acho que não devemos movê-la enquanto não soubermos… – Os nós dos dedos de Sawyer estavam brancos no cabo de sua arma. – Não devemos movê-la, porque pode piorar as coisas, não é?

– Sawyer tem razão. É o mais sensato a fazer. – Calmo como um lago, Bran pôs as mãos em concha sobre a cabeça de Riley. – Pescoço e coluna vertebral. Temos que ver se sofreram lesões.

– Posso fazer isso – disse Sasha.

Bran olhou nos olhos vidrados de choque da namorada.

– Com calma, *fáidh*. Devagar.

– Está bem.

Fechando os olhos, Sasha inspirou e expirou até sua respiração se tornar quase regular. Ela usou as mãos e o coração, e com as mãos de Bran em seu ombro para ajudá-la, se permitiu sentir.

– Ah, meu Deus, meu Deus. Tantas fraturas, tantas lesões!

– Pescoço e coluna vertebral, Sasha – repetiu Bran calmamente. – Comece por aí.

– Ferimentos, contusões. Não há fraturas.

– Então podemos levá-la para casa. – Algumas lágrimas escorreram pelas faces de Annika. – Riley não pode ficar no chão. Está frio. Ela está fria.

– Sim, podemos movê-la agora. – Quando Bran começou a erguê-la, Doyle o empurrou delicadamente para o lado.

– Eu a levo. – Riley gemeu quando Doyle a pegou. Suas pálpebras tremeram e ele considerou as duas coisas um bom sinal. Por um instante, os olhos de Riley se abriram, cegos de dor e choque, e encontraram os dele. – Eu estou com você, *ma faol.*

Os olhos dela se reviraram e se fecharam de novo enquanto ele a carregava para fora da floresta.

– Direto para o quarto dela – ordenou Bran. – Vou buscar meu kit médico. Anni, toalhas e água quente. Sawyer, água fresca. Não gelada, fresca, e um copo de vidro transparente. Sasha, afaste as cobertas da cama dela.

Eles se espalharam enquanto Sasha subia a escada correndo atrás de Bran. Embora Doyle também quisesse correr, moveu-se cuidadosamente, fazendo o possível para não causar dor a Riley.

Quando ele se virou para o quarto dela, Sasha afastou as cobertas e o travesseiro.

– Eu posso ajudá-la.

– Espere por Bran.

Como se Riley fosse feita de porcelana, Doyle a pôs na cama.

– Eu posso ajudar. Se ela voltar a si antes... Não sei como ela poderia aguentar isso.

– Ela é forte. Vai aguentar. – Com muito cuidado, Doyle abriu o casaco de Riley, ignorou o sangue e tirou o coldre e a bainha da faca dela. – Espere por Bran.

Lutando contra as lágrimas, Sasha se sentou na beirada da cama e segurou a mão boa de Riley.

– Como você soube que Riley estava em perigo? – perguntou ela.

– Quando estava descarregando o carro, eu a vi entrar na floresta com você.

– Comigo? *Comigo*?

– Acalme-se. Você não vai poder ajudá-la se não se acalmar.

– Tem razão. Farei isso. E se Bran não chegar aqui em trinta segundos, vou...

– Estou aqui. – Bran veio com seu kit e uma mochila. – Precisei pegar mais algumas coisas. Despeje meio copo disto – disse a Sawyer quando ele entrou. – Tenho que erguê-la o suficiente para ela engolir.

– Não assim, Bran, não assim. Deixe-me tentar ajudar primeiro.

Ele olhou para Sasha.

– Riley está gravemente ferida. Entenda isso e aja com suavidade. Faça apenas o suficiente para aliviar a dor.

– Vou tomar cuidado.

Sasha tocou a bochecha ferida e inchada de Riley e conteve um gemido ao sentir a dor.

– Apenas o suficiente – repetiu Bran.

Sasha tentou agir com suavidade, apenas aliviar a dor, passar a mão de leve sobre o que percebeu serem lesões críticas internas e ossos fraturados e esfacelados.

Foi então dominada por um sentimento de ternura e uma habilidade que apenas havia pouco aprendera a usar.

Pôs a mão sobre a mão esmagada de Riley, sentiu o cruel golpe com a bota, a agonia quando ossos estalaram e se esfacelaram. E, horrorizada, viu seu próprio rosto assomando sobre o corpo de bruços de Riley. Seu próprio rosto tomado por ódio e júbilo.

A dor, aquela dor absurda, a atingiu.

Bran xingou quando Sasha desabou no chão.

– Eu a pego, eu a pego. – Sawyer correu para Sasha enquanto Annika entrava com toalhas debaixo do braço e uma panela com água nas mãos.

– Lembrei que você pode esquentar a água mais rápido do que o fogão.

– Claro. Não tinha pensado nisso. Ponha ali – disse Bran para Annika.

– Sinto muito. – Sasha esfregou o rosto. – Fui fundo demais. – Vou tentar de novo.

– Espere. Doyle, Sawyer, preciso que vocês contenham Riley.

– Não. – Sasha se agitou. – Ah, não.

– Vou ser rápido, mas Riley precisa disso agora. Erga a cabeça dela para que beba – disse Bran para Doyle. – E a mantenha imóvel.

Sasha se ajoelhou ao lado da cama e segurou novamente a mão boa de Riley.

– Só para que ela saiba que estamos aqui. Posso fazê-la saber que todos nós estamos aqui. Vai ajudar.

– Sim. – Bran ergueu as mangas da camisa. – Annika. Oito gotas do frasco azul. Duas do vermelho. Azul, depois vermelho.

Enquanto Sawyer segurava as pernas de Riley, e Doyle, na cama por trás dela, lhe erguia a cabeça e segurava os ombros, Bran se pôs em cima de Riley e pegou o maxilar roxo dela.

Os olhos dele, pretos como ônix, se aprofundaram e se tornaram mais escuros. Riley se agitou, lutou. Uivou.

– Droga – murmurou Sawyer, tendo que segurá-la com mais força. – Droga.

– Faça-a beber – pediu Doyle, e depois sussurrou no ouvido de Riley: – Tome o maldito remédio, Gwin. Não aja como um bebê.

Bran tirou o copo das mãos de Annika e despejou o líquido, implacavelmente, garganta abaixo de Riley.

Riley abriu subitamente os olhos e virou a cabeça. Seu corpo se arqueou, os membros sacudindo enquanto o grupo tentava contê-la. Então ela desabou, tremendo sem parar até ficar pálida e imóvel.

Saindo da cama, Bran enxugou o suor da testa.

– Agora podemos começar.

Ela acordou em agonia, inundada por sonhos. Debatia-se em pesadelos, buscava a paz.

De vez em quando a encontrava, ouvindo as vozes de seus amigos.

Sawyer… lendo? Sim, lendo Terry Pratchett, um livro antigo, sobre uma policial que era licantropa.

Como ela.

Annika cantando suavemente – ópera e Adele. Enroscada na cama com ela, dizendo-lhe que não estava sozinha e que a dor diminuiria.

Bran passando as mãos sobre ela, às vezes cantarolando em gaélico ou latim e em outros momentos falando com ela ou outra pessoa que lhe respondia com um sotaque tão irlandês quanto o dele.

E Doyle, muito frequentemente Doyle. Ele lia Shakespeare. Quem diria que tinha uma voz tão adequada a Shakespeare? E quando os demônios a perseguiam, demônios com rostos de amigos, ele a abraçava.

– Lute contra eles, *ma faol* – instava-a. – Você sabe como. Lute!

Então ela lutava e divagava. E sua agonia se transformava em dores insuportáveis.

Doyle estava lá quando a mulher veio e despejou o conteúdo de uma ampola entre os lábios dela.

– Não, eu não quero…

– Você precisa. Engula, seja uma boa garota.

Ela tinha cabelos ruivos, olhos muito verdes e uma beleza que se mantinha havia décadas.

– Arianrhod.

– Na verdade, não. Mas uma das filhas dela, ao que parece. Como você. Durma um pouco mais, e esse belo jovem cuidará de você.

– Sou muito mais velho do que você.

A mulher riu do comentário de Doyle e passou a mão pela bochecha de Riley.

– Durma – disse.

E Riley dormiu.

Quando acordou, minutos depois – horas, dias? –, Doyle estava ao seu lado, apoiado em travesseiros, lendo *Muito barulho por nada* em voz alta à luz da luminária.

– Eu escrevi um ensaio sobre Beatriz, a partir do ponto de vista feminista.

Doyle baixou o livro e mudou de posição para observar o rosto de Riley. Parecia exausto.

– Não estou surpreso.

– Por que está na cama comigo?

– Ordens médicas. De médicos bruxos. Você está com uma aparência péssima, Gwin.

– Combina com o modo como me sinto. O que aconteceu? Eu não… – Então ela se lembrou e tentou se erguer, mas Doyle a impediu. – Sasha está possuída! Você tem que…

– Não, não está. Aquilo não era Sasha.

– Eu levei uma surra e tanto, por isso devia saber... Não. – Riley fechou os olhos. As lembranças vinham em fragmentos. – Não, não foi Sasha. Malmon.

– Essa é a nossa teoria.

– Tenho certeza disso. A pessoa se assemelhava a Sasha e falava como ela, até me atacar. Parece que fui atingida por um tijolo. – Cautelosamente, ela levou sua mão à bochecha e a pressionou. – Acho que está melhor agora. Eu não consegui pegar minha arma. Não consegui... Minha mão.

Ela ergueu a mão esquerda e olhou para a atadura.

– Você está quase curada. Mas eles querem que, por enquanto, não mexa muito os dedos.

– Ela... ele... pisou em minha mão. Acho que desmaiei.

– Há muitos ossos na mão. É natural desmaiar quando são fraturados ou esmagados.

Ela se preparou.

– Estou muito mal?

– Não está morta. Estaria se não fossem Bran e Sasha. Aliás, poderia estar até mesmo com a atuação deles. Sofreu lesões internas nos rins, no baço e no fígado, graves a ponto de quase a levarmos para o hospital, mas Bran apresentou outra solução. A avó dele.

– Ela parece Arianrhod. Falei com ela. Eu acho.

– Pelo que soube, falou mais de uma vez. Ela tem o dom da cura, é empática. Bran jurou que ela tinha essa habilidade, e não exagerou. Não sei se você voltaria a ter o pleno uso dessa mão sem ela.

– Então sou muito grata. Quanto tempo estive inconsciente? Um dia? Dois dias?

– Você entrou na floresta há cinco dias.

– *Cinco*?

Quando Riley tentou se erguer e cerrou os dentes de dor, Doyle saiu da cama e despejou algo em um copo.

– Beba.

– Não quero dormir de novo. Cinco dias?

– Sim.

– Aonde você vai? – perguntou ela, quase em pânico, quando Doyle se virou para a porta.

– Chamar os outros.

– Não. Espere. Quero me levantar.

– E eu quero dançar com Charlize Theron nua. Todos nós temos limitações.

– Estou falando sério. Que horas são? Onde estão todos?

– Embora você falasse dormindo, era muito mais tranquilo quando estava inconsciente. São quase dez e meia da noite, e imagino que estejam lá embaixo.

– Então quero descer. Se você pudesse ao menos me ajudar a me levantar...

Doyle bufou, voltou e a tirou da cama.

– Eu não lhe pedi para me carregar. Não quero ser carregada – disse Riley, mortificada.

– Vou descer e trazê-los para cá ou carregá-la para baixo. Escolha.

– Vou aceitar que me carregue. Espere... O espelho.

Doyle se virou a fim de que ela pudesse se olhar no grande espelho no canto do quarto. Riley viu um homem grande todo de preto segurando-a como se ela fosse uma criança. E ela parecia pálida, frágil, magra demais.

– Realmente estou com uma aparência péssima. Eu deveria agradecer por sua sinceridade.

– Não tenho por que mentir sobre isso. Você estava com uma aparência ainda pior ontem. Ele quase a matou por asfixia.

No espelho, os olhos deles se encontraram, e os de Doyle se tornaram inexpressivos.

– Não me lembro disso. Por que ele parou?

– Meu melhor palpite é que me ouviu chegando.

– Você? Como você soube que devia ir até lá?

– Eu a vi entrar na floresta com o que pensei ser Sasha – começou Doyle, enquanto a carregava para fora do quarto. – E depois vi Sasha descendo a escada da casa. Foi fácil ligar os pontos. Não fui rápido o suficiente para impedi-lo de lhe dar um chute na cabeça. Nos primeiros dois dias, sempre que você acordava, tinha visão dupla. Vomitou até o caldo que eles tentaram lhe dar ontem à tarde.

– Ainda bem que não me lembro disso. Odeio vomitar. Você leu para mim. Você, Sawyer e...

– Brigid disse para lermos e falarmos. Disse que essa proximidade ajudaria na cura. A gente se alternou, como quando Sawyer estava ferido.

– Ele foi torturado, esfaqueado, surrado e queimado, e não ficou inconsciente por tanto tempo.

– Homens fizeram aquilo com ele. A criatura de Nerezza fez isso com você. Havia veneno em você. Fique feliz por Bran ter vencido a discussão sobre o hospital. Eles nunca teriam tirado o veneno.

– Mais grata ainda. – Quando Riley ouviu vozes, se retesou.

– Não era Sasha.

– Eu sei.

Doyle parou.

– Saiba que ela tem sofrido por causa disso. Qualquer preocupação e até mesmo medo que os outros possam ter sentido nos últimos dias, ela sentiu ainda mais.

– Não foi culpa dela.

– Convença-a disso – falou Doyle simplesmente, e a carregou na direção das vozes.

10

QUANDO DOYLE ENTROU COM RILEY NOS BRAÇOS, A CONVERSA PAROU. Sawyer, que estava demonstrando a Annika como segurar um taco de bilhar, riu como um louco. Annika deixou escapar uma risada de alegria e de algum modo conseguiu executar um salto mortal para trás no espaço relativamente reduzido.

No bar, despejava uísque em um copo. Então, Bran parou e colocou a mão no ombro de Sasha. Ela estava sentada no sofá com a avó de Bran, que abria agilmente um baralho de tarô.

– Ela vai ficar bem agora – disse Brigid quando Sasha se ergueu de um pulo, prendendo a respiração e com os olhos marejados.

– Aí está você! – Sawyer largou o taco na mesa e afastou uma cadeira do caminho. Então segurou o rosto de Riley e a beijou ruidosamente. – Sim, aí está você!

– Ponha-me em algum lugar. – Riley deu um tapinha no ombro de Doyle. – Sawyer, não foi nada grave.

– *É* grave. Aqui, dê ela para mim. – Sawyer tirou Riley de Doyle e a rodopiou. – Senhoras e senhores, ela está de volta!

– Pare com isso. – Enquanto Riley ria, Sasha explodia em lágrimas. – Ah, sério, pare com isso. Me coloque no chão – murmurou ela para Sawyer.

Ele a levou para o sofá e a pousou gentilmente.

– Sash…

– Me desculpe. Me desculpe. – Ainda enxugando os olhos, Sasha caiu de joelhos diante de Riley e segurou suas mãos. – Sinto tanto!

– Você não fez *nada*. Então pare. Não, isso está errado. Você fez. Todos vocês fizeram. Por isso sou grata, extremamente grata. Posso comer alguma coisa? Qualquer coisa.

– Tem canja na panela, em fogo baixo. – Brigid continuou a pôr as cartas na mesinha de centro à sua frente. – Sasha quis preparar uma canja, e é exatamente do que você precisa.

– Vou buscar para você. Riley, estou tão feliz! – disse Annika, saltitando até o fogão.

– Também estou. – Ainda segurando as mãos de Sasha, Riley observou Brigid. – Você é igualzinha a ela.

– Com a diferença de algumas décadas. Eu sei. Também vi os desenhos.

– Acho que você salvou minha vida. Obrigada.

– Foi um grande prazer. Bran, você vai me dar aquele uísque ou vai deixar meu copo vazio para sempre?

Ele despejou uns bons quatro dedos no copo, levou-o para Brigid e lhe deu beijos nas bochechas.

– Minha eterna gratidão, Móraí.

– É muita gentileza. Você ainda está pálida – observou Brigid, avaliando Riley por cima do copo. – Mas lúcida. Sasha, pode dar uma olhada nela?

– Ah, eu não...

– Você, sim. – Brigid ignorou o protesto. – Você sabe olhar, ver. Então veja sua irmã, sem reclamar.

Sasha tomou fôlego, trêmula, e fechou os olhos lacrimosos.

– Ainda há dor, mas tolerável. Ainda há cura a ser feita, mas está progredindo. Ela está com fome, o que é um bom sinal. Precisa comer, por enquanto com cautela, e descansar por mais um ou dois dias.

– E a mão? – perguntou Brigid.

– Ah... Vai doer quando a atadura for retirada. Bran pôs remédio para diminuir a dor – explicou para Riley. – Mas tudo está se curando bem. A atadura deve ser retirada amanhã. – Sasha olhou para Brigid. – Isso está certo?

– Sim. Você possui muito mais do que pensa. Ela sabe que está tudo bem na cabeça – disse Brigid para Riley –, mas sente culpa no coração.

– Então ela é boba. Isso é tolice.

– Claro. – Brigid desceu a mão pelos cabelos de Sasha. – Mas o amor costuma ser tolo, não é?

– Aqui está a comida! – Radiante como o sol, Annika trouxe uma bandeja. – Sasha fez canja com macarrão e legumes, e Móraí fez pão integral.

– Você cantou para mim – disse Riley assim que Annika colocou a bandeja na mesa.

– Você me ouviu? Mórai disse que você ouviria em seu coração se nós falássemos ou cantássemos, e que deveríamos nos deitar com você, ficar próximos.

– Fiquei sabendo. – Ela se virou para Sawyer. – Terry Pratchett.

– Encontrei *Homens de armas* em sua pilha. Acho que você o leu um milhão de vezes.

– Perto disso. – Riley se serviu de canja, que deslizou gloriosamente para dentro de si. – Ah, meu Deus.

– Devagar – preveniu Brigid. – Senão vai vomitar.

– Depois que eu terminar aqui, podemos fazer um resumo de todos os acontecimentos. Sinto como se não comesse há semanas. – Riley pegou mais, tentando comer devagar.

– Você pediu ajuda da sua avó – disse ela para Bran.

– Eu não tinha conhecimento suficiente. Estávamos perdendo você.

– Vi homens mortos no campo de batalha que pareciam mais vivos do que você – comentou Doyle, do bar, se servindo de uísque.

– Que animador – murmurou Sawyer.

– Nada como a sinceridade. – Riley tomou mais uma colherada de canja e se recostou. – Você tem razão. É melhor ir devagar. Era Malmon.

– Tem certeza? – perguntou Bran.

– Absoluta. As lembranças ainda estão um pouco fragmentadas, mas me lembro de ter ido dar uma caminhada. Precisava de uma pausa. Vi o carro. Não tinha ouvido Doyle nem os outros voltarem, mas vi o carro. Vi os mantimentos, por isso comecei a ir até lá para ajudar. E Sasha...

Ela se interrompeu quando Sasha pareceu desconcertada e abraçou o próprio corpo.

– Não era você, está bem? Ele assumiu sua aparência. Ou Nerezza o fez assumir.

– Se eu tivesse saído em vez de Riley, poderia ter sido Bran, Sasha ou você – disse Doyle enquanto se recostava no bar. – A ilusão se adaptou à circunstância.

– Sim. – Grata pelo esclarecimento, Riley mordiscou o pão com cuidado. – Acho... acho que se eu tivesse simplesmente ido para a floresta, como pretendia, ele estaria esperando por mim lá dentro. Na forma de Sasha ou de qualquer um de vocês. Mas me desviei do caminho, fui até o carro, por isso ele teve que me atrair. Ele disse que havia encontrado uma coisa que eu precisava ver. Não hesitei. Por que hesitaria? Entrei direto na floresta. Algo sobre entalhes em uma árvore.

As lembranças oscilaram, causando-lhe dor de cabeça.

– Algo assim. Eu estava distraída e ele me atacou. Saí voando. Atingi algo. Uma pedra ou árvore. Senti coisas estalando e se partindo dentro de mim. Meu braço... não funcionava. Não consegui pegar minha arma ou minha faca. Não consegui me defender, simplesmente não consegui, e ele não parava de me chutar. Pensei que morreria ali.

– Sasha nos chamou. – Annika levou uma caneca de chá para Riley. – Ela veio correndo, disse para nos apressarmos. Doyle falou que você precisava de nós. Saímos o mais rápido que podíamos. Mas...

– Ele já tinha ido embora quando chegamos – completou Sawyer. – Doyle alcançou você primeiro. Ele a encontrou, e o viu. Malmon.

– Ele não conseguiu ou não quis manter a ilusão. – Doyle deu de ombros. – A ilusão de Sasha se manteve, mas apenas por um instante. Malmon não quis continuar e lutar. Fugiu.

– Doyle a carregou para casa, Bran fez magia e Sasha tentou curá-la, começando a cuidar de você, mas foi demais para ela... Ela... Como se diz? – perguntou Annika para Sawyer.

– Ela desmaiou.

– Eu não... eu não tive poder suficiente – conseguiu dizer Sasha.

– Nem eu – lembrou Bran. – A extensão das lesões, como foram infligidas, e o veneno que já havia entrado no seu organismo... Cura não é minha especialidade.

– Poderia ter sido. – Brigid ergueu o dedo no ar. – Mas você era mais propenso a brilhar. Você é amada, *sí-mac tíre*.

A palavra irlandesa para "licantropa", traduziu Riley, se divertindo.

– Muito amada e valorizada. Meu garoto aqui me chamou. E sem demora. Você tem coração, corpo e espírito fortes. Isso a ajudou.

Brigid ergueu seu copo em um brinde e bebeu.

– Obrigada, *máthair*, por minha vida.

Brigid assentiu.

– Você é digna. Coma. Bran, sirva meia taça de vinho para nossa garota.

– Eles não me deixaram beber nem uma cerveja quando eu estava ferido – queixou-se Sawyer, e Brigid riu.

– Claro, você deveria ter me chamado. Uma cerveja nunca faz mal a um homem forte e bonito como você.

– Da próxima vez eu chamo. Aliás, matamos algumas dúzias de corvos enquanto você estava inconsciente – acrescentou Sawyer.

– Corvos.

– Estou achando que Nerezza quis se vangloriar. Só não lhe demos muita chance para isso. – Bran trouxe o vinho. – Você está com uma cor melhor. Estou feliz em vê-la, querida.

– Yeats – lembrou-se Riley. – Você leu Yeats.

– Me pareceu adequado. Você precisava dormir.

– Já me sinto melhor.

– E dormindo se sentirá melhor ainda.

– Eu não…

– Agora durma. – Brigid deu um tapinha no ombro de Riley. E Riley dormiu. – Leve-a para cima, Doyle. Você é um bom rapaz. – Brigid acariciou os cabelos de Riley, sorriu e assentiu. – Ela vai conseguir. Vai ficar bem.

A luz solar se infiltrava no quarto quando Riley acordou de novo, e uma brisa fresca com cheiro de flores e floresta entrava pelas portas abertas do terraço.

Por um momento, todo o resto pareceu um pesadelo… até Riley se sentar e sentir aquela onda de fraqueza que acompanha uma doença ou lesão grave.

E Sasha entrar pelo terraço.

– Espere. – Imediatamente ela se apressou a pôr travesseiros nas costas de Riley. – Vá com calma. Meu Deus, como você parece melhor! Muito melhor.

– Se você me disser que dormi por mais cinco dias, vou lhe dar uma surra de cinto.

– Nem um dia inteiro. Pouco mais de doze horas. – Com uma voz alegre, Sasha misturou em um copo os líquidos de uma ampola e de um frasco.

Riley estreitou os olhos, desconfiada.

– O que é isso?

– Um tônico. Brigid disse que você estava pronta para tomar quando acordasse naturalmente.

Então Riley olhou para o copo com mais interesse.

– Como o que Bran fez para Sawyer?

– Brigid o tornou mais fraco.

– Estraga-prazeres. – Riley o pegou e bebeu. – Quanto tempo isso demora para...? Opa. – A ressaca do longo sono desapareceu e finalmente ela sentiu a cabeça leve. – Eu gostaria de algumas amostras disto para a próxima vez que tomar um porre de tequila.

– Riley...

– Não comece, Sasha. Talvez eu estivesse um pouco confusa na noite passada, mas me lembro do suficiente. Aquilo não teve nada a ver com você.

– Preciso desabafar. – Sasha foi para o lado da cama. – Me faça um favor. Me deixe fazer isso.

– Está bem, mas se você começar com tolices, vou interrompê-la.

– Eu sei que poderia ter sido qualquer um que saísse da casa sozinho, que foi fortuito e oportunista.

– Até agora você está raciocinando direito.

– Mas era você. Sei que qualquer um de nós poderia ter sido usado como um rosto falso para atraí-la para longe da casa, e a floresta. Mas fui eu. Isso me horroriza, me deixa furiosa. Saber que você tem uma imagem minha a atacando, machucando e quase matando. Ponha-se no meu lugar por um minuto e me diga se você não se sentiria da mesma forma.

Grata por sua mente estar clara, Riley demorou um momento para organizar seus pensamentos e sentimentos.

– Eu pensei que *fosse* você. Quando você me chamou, quando fui com você. Pensei que fosse você quando me derrubou com toda a força. Eu pensei que fosse você – repetiu, mesmo quando os lábios de Sasha tremeram. – E que você tinha sido possuída por Nerezza. Naquele momento foi o que me ocorreu, deitada ali olhando para você. Pensei que, de algum modo, ela a tivesse possuído. Lembro que tentei pegar minha arma e, se meu braço não estivesse inutilizado, poderia ter conseguido e atirado em você. Eu teria tentado atingi-la na perna, mas teria atirado em você...

– Defendendo-se contra...

– Isso é o que me deixa aterrorizada e furiosa. Saber que eu teria atirado em você. Nós duas vamos ter que superar esse horror e essa fúria, Sash. Deixar isso para trás. Senão, eles vencerão esta rodada.

– Eu quero a fúria. – E era raiva o que ardia nos olhos azuis de Sasha. – Quero causar dor e sofrimento a ela, e horror por fazer você pensar, mesmo que por um instante, que eu a machucaria. Por fazer você ter que escolher, mesmo que por um instante, me ferir.

– Certo – assentiu Riley. – A fúria é boa. Vamos mantê-la. Mas eu e você estamos quites.

– Sim.

– Ótimo. Tenho que me levantar.

– Você ainda deve descansar.

– Eu preciso fazer xixi. Sério.

– Vou ajudá-la.

– Me deixe apenas tentar me levantar sozinha. Estou me sentindo razoavelmente bem.

Riley conseguiu. Um pouco vacilante, mas o quarto não girou e sua visão não falhou.

– Até agora tudo bem. Não tem a ver com pudor, porque não tenho muito quando estou em boas condições, mas vou tentar esvaziar minha bexiga desesperada sozinha. Só fique por perto.

Ela não disparou para o banheiro contíguo, mas andou rápido e se sentiu grata por conseguir fazer isso. Só que nenhuma gratidão podia se igualar à que sentiu quando esvaziou a bexiga.

– Sucesso! Agora, será que eu posso tomar um banho quente? – Ela saiu do banheiro e estendeu a mão enfaixada. – Que tal tirar isto primeiro?

– Vou chamar Bran ou Brigid.

– Por quê?

– Porque eles têm muito mais experiência.

Riley apenas ergueu as sobrancelhas.

– Eu estou em pé. Lúcida. Posso escolher minha própria terapeuta.

Então Sasha tirou a atadura. Entendeu que Riley distinguia: a criatura com seu rosto que havia destroçado a mão; a amiga que avaliaria sua condição.

– Fique quieta – tranquilizou-a Sasha, pondo as mãos de Riley entre as suas. – Parecem… limpas. Doloridas, rígidas, mas limpas. Você consegue mexer os dedos?

Senti-los e observá-los se mexer trouxe tanto alívio para Riley que ela mal pôde falar. Quando o fez, foi com uma voz trêmula:

– Eu temia perder o movimento da mão, ou parte dele.

Ela a fechou, abriu e fechou de novo.

– Sim, está dolorida. Talvez 1,5 em uma escala de 10. – Encorajada, girou o ombro direito, flexionou o bíceps e testou a amplitude do movimento. – Talvez 2 na escala, mas vai melhorar com o uso.

Para o teste principal, foi até o grande espelho. *Magra e com os olhos fundos*, pensou.

– Meu Deus, como eu pareço fraca.

– Além da canja ontem à noite, você não faz uma refeição sólida há quase uma semana.

– Vou compensar isso. Sobrou um pouco? Da canja?

– Sim.

– Eu quero. Depois do banho.

– Ficarei por perto.

O chuveiro pareceu um milagre, como também ser capaz de usar as mãos e os braços com apenas um mínimo de desconforto. Enquanto se vestia, Riley notou o cavalete de Sasha no terraço e a pintura que ela estava fazendo da floresta.

– Também senti raiva da floresta – disse Sasha. – É ridículo, mas senti. Pensei que pintar iria exorcizá-la, e ajudou. Ver você em pé pôs fim a isso.

– Espere até me ver comer. Enquanto isso, talvez você possa me contar o que aconteceu enquanto estive inconsciente.

– Bran fez um grande progresso no escudo que está criando. Doyle tem nos dado uma canseira quando não está debruçado sobre os livros.

A ideia de Doyle pesquisando espontaneamente fez Riley parar.

– Livros?

– Na maioria das vezes, traduzindo. Algumas passagens em grego, outras em gaélico ou latim, sobre as estrelas e a ilha. Ainda não há nenhuma resposta definitiva.

Enquanto elas desciam a escada dos fundos, Sawyer veio do vestíbulo.

– Ei! Eu já ia subir para ver como estavam as coisas. Olhe só para você!

– Não olhe muito de perto – aconselhou Riley, mas ele a abraçou. – Ah, você sentiu minha falta.

– Senti. Ninguém aqui quer discutir comigo os detalhes e os problemas de *Star Wars*.

– É muito sofrimento.

– Nem me diga. – Embora ele fosse sutil, manteve o braço ao redor da cintura de Riley para conduzi-la à mesa. – Quer comer alguma coisa?

– Com certeza.

– Eu cuido disso – disse ele para Sasha. – Bran ainda está lá fora com Doyle, praticando com as armas. E Brigid está ensinando Annika a tricotar – explicou ele, tirando o recipiente de sopa da geladeira.

– Tricotar?

– Sim, elas têm um interesse em comum por fios. Vão gostar de saber que a filha pródiga voltou.

– Vou avisar. – Sasha deu uma última olhada para Riley e saiu.

Curiosa, Riley se recostou.

– Está bem, você se livrou dela.

– Só queria saber se ela está com medo de você olhá-la de um modo diferente.

– Não, não está. Já resolvemos isso.

– Sabia que resolveriam. – Enquanto a canja esquentava, ele cortou uma fatia generosa de pão, fatiou habilmente uma maçã e cortou um pouco de queijo em cubos. – Antepastos.

– Obrigada. Também senti sua falta. Imagino que a busca pela estrela tenha ficado em suspenso.

– Não totalmente. Até pensamos em mergulhar, porque Brigid estava aqui para cuidar de você, mas não fez sentido e não pareceu certo. Tem que ser os seis. A decisão foi unânime. Doyle e eu mapeamos algumas áreas na terra. Annika comentou que ele está um pouco apaixonado por você.

– Que tipo de áreas… O quê? *O quê*?

Obviamente achando graça da reação dela, Sawyer deu um risinho.

– Talvez seja porque Sasha deu seu *Orgulho e preconceito* para ela ler para você. Annika acha que Doyle é como o Sr. Darcy.

– Ah, *por favor.*

– Foi o que eu falei. – Ele ergueu o dedo no ar. – Ela é romântica, o que é bom para mim. Doyle está muito confuso com o que aconteceu com você. Todos nós ficamos, mas…

Por precaução, ele olhou para a porta enquanto enchia a tigela de canja.

– Acho que também notei um pouco isso. Tivemos que contê-la. – Com um suspiro, Sawyer pôs a canja na frente de Riley. – Não gosto de me lembrar disso. Foi horrível, em todos os níveis. Mas tivemos que contê-la enquanto Bran e Sasha trabalhavam em você. Eu estava bastante concentrado, segurando suas pernas. Doyle estava por trás de você na cama, erguendo-a e segurando seus ombros para que Bran pudesse lhe despejar uma poção garganta abaixo.

– Eu não me lembro disso… não exatamente.

– Provavelmente isso é bom. Deixe como está. Bem, ele pareceu forte.

Não deixou transparecer muito, sabe? Mas pareceu forte. Acho que todos nós parecemos. Não pensei muito nisso até Annika começar com aquela história de Darcy. Doyle ficou falando com você na maioria das vezes em gaélico, em voz baixa, por isso não sei o que ele disse, porém a questão era mais *como* disse. Apenas especulação, encare como quiser. Só imaginei que você gostaria de saber.

– Anni está influenciando você.

– Sempre que possível.

Rindo, Riley deixou aquilo para lá e se concentrou na canja.

– Sabe o que eu falei quando você estava preocupado e carrancudo por estar fraco e ferido?

– Eu não estava carrancudo. – Sawyer ficou um pouco carrancudo com essa ideia. – Talvez pensativo.

– Jogue isso na minha cara se eu fizer o mesmo.

– Com todo o prazer.

– Cheguei muito perto de morrer? Fale a verdade.

Ele primeiro lhe dirigiu um longo olhar, seus olhos cinzentos a avaliando.

– Você estava comprando a passagem para o outro lado, dizendo aos seus parentes mortos que a chamavam para ficarem com o troco.

Assentindo, ela comeu.

– Então não vou me preocupar nem ficar carrancuda, porque estou viva.

– Uma boa atitude – disse Brigid, entrando com Annika. – Isso vai ser útil para você. Vamos dar uma olhada. – Contornando a mesa, Brigid pegou o queixo de Riley com uma das mãos e pôs a outra no alto da cabeça dela. – Com a mente clara, um pouco fraca, um pouco dolorida. Por um ou dois dias, você se sentirá cansada mais rápido do que gostaria. Descanse, e o tônico ajudará. A dor vai passar, e a fraqueza também. Coma carne vermelha esta noite, garota.

– Minha gratidão é sem limites.

– Ela pode comer biscoitos? Móraí me ensinou a fazer. São muito bons.

– Um pouco de doce nunca fez mal a ninguém, e acompanhe com um pouco de chá, meu anjo – acrescentou Brigid. – Com apenas duas gotas da ampola. Você é um rapaz gentil, Sawyer King, e corajoso. Quase a está merecendo.

– Estou me esforçando.

Quando os outros entraram, Riley tentou esquecer as especulações de

Sawyer e retribuir casualmente o olhar de Doyle. Foi mais fácil quando Bran foi até ela e repetiu o gesto de sua avó.

– Quase totalmente recuperada. Eu lhe recomendaria um bife malpassado esta noite.

– Já recebi essa recomendação.

– Vamos tomar chá com biscoitos – anunciou Annika.

– Ótima ideia. Sasha me inteirou um pouco do que aconteceu nos últimos dias. Ela disse que você fez progressos.

Bran se sentou e esticou as pernas.

– Estaremos prontos se ela vier, como Sasha previu. Podemos ter perdido tempo de mergulho, mas isso me deu mais tempo para a magia. E Doyle e Sawyer aproveitaram para explorar os arredores.

– Existem algumas possibilidades que deveríamos considerar – acrescentou Sawyer. – Annika encontrou mais algumas cavernas para além da costa.

Riley pegou um biscoito da bandeja que Annika pôs na mesa.

– Eu soube que você ficou trabalhando na biblioteca – disse ela para Doyle.

– Não encontrei mais do que fragmentos, e nada para acrescentar ao todo. Agora que você se recuperou, pode voltar a assumir sua posição.

Riley provou o biscoito e achou excelente.

– Ninguém acha estranho não termos sido atacados quando um de nós estava fora de combate?

– Os corvos vieram – disse Annika, ainda ocupada em fazer o chá.

– Mais corvos… Você comentou algo sobre isso ontem à noite. Lembro vagamente.

– Eles vieram dois dias depois que você foi atacada. – Doyle permaneceu em pé. – Logo depois do amanhecer. No dia seguinte, não saímos.

– Bran mandou buscar Móraí. Você estava muito ferida e precisávamos de ajuda, por isso não tivemos calistenia nem treinamento.

– Mas quando vocês saíram, ela enviou corvos?

– Algumas dúzias. – Doyle olhou pela janela, como se procurasse outros. – Mais chateação do que ataque.

– Ela está fraca.

As atenções se voltaram para Sasha.

– Não fique com medo disso – murmurou Brigid.

– Não estou com medo. Só receio que ela encontre um modo de me usar. Mas posso sentir… ela está fraca. Fortalecendo-se, mas… ah… transformar

Malmon, criar a ilusão para esconder a criatura, consumiu tudo que ela tinha. Ele fracassou. Mesmo com tudo que ela lhe deu, fracassou. Ela quer fazê-lo sangrar. Só que precisa dele. Ele a alimenta e serve. Ama-a além da razão. Malmon perdeu o raciocínio totalmente. Para ele, Nerezza é tudo. E talvez o Globo de Todos... Esperem, esperem.

Sasha estendeu as duas mãos, com as palmas viradas para cima.

– Ela bebe uma mistura de sangue. Isso a sustenta. E o Globo de Todos está turvo, só fica límpido por alguns momentos, e a muito custo. Ela vê a casa no penhasco, e o que era antes. Ah, se tivesse destruído o que era antes, não haveria nada agora. Não haveria nenhum guardião. Por que ele não *acabou* com a mulher, a loba? Acabe com um, acabe com todos. Por que ele não fez isso antes de o imortal aparecer? Traga-me o corpo moribundo dela, o sangue dela. O sangue da loba, o sangue da guardiã. O sangue deles, meu sangue. Eu me empanturrarei deles, e levarei as estrelas para a escuridão.

Suspirando, Sasha se sentou.

– Uma gota no chá de Sasha também, querida – disse Brigid para Annika.

– Eu estou bem. Ela me sentiu e me rechaçou, mas ainda está muito fraca. Não era para Malmon matá-la, apenas para chegar perto disso e levá-la. Você ou quem quer que ele conseguisse pegar. Para sugá-la e recuperar as forças, a juventude e o poder. Para manter Nerezza viva, sugando Riley lentamente. O sangue dos vivos é mais poderoso que o dos mortos.

– Sempre é, para esse tipo de coisa. – Brigid pegou seu chá. – Negócio nojento.

– Quase o suficiente para me fazer desistir deste biscoito. – Riley o mordeu.

– É a primeira vez que consigo ultrapassar as defesas dela desde que você foi ferida. Não sei se isso significa que tenho andado distraída demais ou se apenas precisávamos ter você de novo. Seja como for... – Sasha pegou um biscoito e o mordeu. – Estamos de volta.

– Estamos de volta – concordou Riley. – Agora vamos acabar com essa filha da... Opa! Desculpe – disse a Brigid.

– Sinto o mesmo. Amanhã de manhã vou embora, e deixarei tudo por conta de vocês.

– Ah, não vá, Móraí. – Annika abraçou Brigid por trás.

– Eu voltarei quando vocês terminarem, e espero que todos encontrem um modo de visitar a mim e os meus. Agora quero minha cama e meu homem.

Mais? – Ela deu um tapinha na mão de Annika enquanto olhava nos olhos do neto. – Isto é para você. Para vocês seis. Tudo que sou estará com vocês. Beba seu chá – disse para Riley. – E deixe que alguém a leve para caminhar um pouco. Vai lhe fazer bem.

– Sim, senhora.

– Móraí – corrigiu Brigid. – Porque sou sua também.

– Móraí. – *Avó*, pensou Riley, e bebeu o chá.

11

COMO DE COSTUME, DOYLE FEZ UMA ÚLTIMA RONDA DEPOIS DA MEIA--noite. A chuva caía, obscurecendo a lua minguante e transformando o mundo em uma névoa escura e serena que abafava o som constante das ondas do mar, tornando-o o pulso do mundo.

Às suas costas, atrás da fina cortina de chuva, a casa ganhava vida com luzes acesas aqui e ali.

Embora a ronda fizesse parte de sua rotina, Doyle nunca deixou de ficar alerta e preparado. Portanto, ao ver a figura encapuzada em pé entre as lápides, imediatamente desembainhou a espada.

Não era Nerezza, pensou ao se aproximar, silencioso como um gato. Delicada demais para isso. Por um momento, achou que fosse Riley. E se enfureceu à ideia de ela estar na chuva quando mal havia se recuperado.

Então a figura se virou. *Mãe?*

O espírito de sua mãe surgindo na névoa. Para conforto? Tormento? Às vezes uma coisa era igual à outra.

Então ela falou, e ele a reconheceu como sua própria carne e sangue.

– Você se move como o ar – comentou Brigid. – Mas seus pensamentos gritam.

– Pensei que fosse Riley. Já ia dar uma bronca. Aliás, a senhora também não deveria estar aqui, na chuva e no escuro.

A água escorria do capuz dela, formando uma moldura escura e úmida para o rosto forte e dotado de uma beleza antiga.

– Eu sou irlandesa. A chuva não me incomoda. E que bruxa se preocupa com a escuridão? A moça gentil homenageia seus mortos.

Doyle olhou para baixo. Annika havia posto conchas e flores frescas nas lápides.

– Eu sei.

– Eles vivem em você, e nos outros também. Em mim e nos meus. Você lembra meu tio Ned, irmão do meu pai. Era um rebelde, morreu lutando. Vi retratos dele quando tinha a sua idade.

– Sou mais de trezentos anos mais velho.

Brigid deu uma risada sonora.

– Está conservado, hein? Ned não tinha a sua disciplina, embora acreditasse em sua causa e desse a vida por ela. Tentei ver se vocês sobreviverão, mas não consegui. Não tenho o poder de Sasha.

Vendo a surpresa de Doyle, ela sorriu.

– Eu fui feita para a ciência da magia. Gosto de pensar que Bran puxou isso de mim. E feita para curar. As cartas podem me fornecer algumas respostas, mas Sasha é a vidente mais poderosa que já vi em minha longa vida, e ela ainda não sabe da totalidade de seus poderes. Quanto aos seus, meu rapaz, só os conhecerá quando derrubar as barreiras que ergueu para si mesmo.

– Eu não tenho poderes.

Brigid ergueu o dedo na névoa.

– Lá vem você. Essa é uma de suas barreiras. Querendo ou não, cada um de vocês possui o que lhe foi concedido. Eu amo um homem há mais de meio século. Isso pode não ser nada para um imortal, mas não é pouca coisa. Tive filhos, alegrias e tristezas, frustrações e prazeres. O orgulho e os desapontamentos que os filhos trazem para o mundo de uma mãe. E posso lhe dizer, aqui neste solo sagrado, que você proporcionou à sua mãe isso tudo, tudo o que uma mulher deseja de um filho.

– Não fui o único filho dela.

– O mal levou seu irmão mais novo. Sua mãe levou essa dor para o túmulo. Não por sua culpa, rapaz. – Ela ergueu o queixo na direção da casa e sorriu. – Sua loba está inquieta.

Doyle olhou para trás e viu que a luz do quarto de Riley fora acesa.

– Ela não é minha loba.

Brigid apenas suspirou.

– Alguém que viveu tanto não deveria ser tão cabeça-dura. Talvez seja coisa de homem, tenha ele 20 ou 220 anos. Eu lhe desejo uma boa jornada, Doyle, filho de Cleary, e felicidade ao longo do caminho. Boa noite.

– Boa noite.

Ele a observou ir e entrar em segurança na casa. Então continuou sua ronda. Antes de dar a noite por encerrada e entrar, viu que a luz do quarto de Riley se apagara de novo, e esperou que ela estivesse dormindo.

Riley se levantou ao raiar do dia, determinada a voltar a sua rotina e a participar do treinamento. Ao sair de casa, lançou um olhar desafiador para os outros.

Embora um alongamento básico lhe causasse algumas pontadas de dor, tinha certeza de que que seus músculos lhe agradeceriam depois. E, embora movimentos alternados, agachamentos e avanços fizessem seu coração trabalhar mais e seus músculos tremerem, cerrou os dentes e prosseguiu.

Fez mais uma dúzia de flexões antes de seu corpo desistir e ela desabar de cara na grama úmida.

– Faça uma pausa – aconselhou Sasha.

– Não me trate como um bebê.

Com um suspiro sibilante, Riley se pôs na posição de prancha. Tinha baixado o corpo metade do caminho quando seus braços desistiram de novo.

Ela praguejou quando Doyle pôs a mão sob seu casaco, a agarrou pelo cinto e a ergueu e desceu. Quando a soltou, não muito gentilmente, ela caiu de joelhos, pronta para rosnar e morder.

Sawyer se agachou na frente dela e pôs o dedo entre suas sobrancelhas franzidas.

– Preciso contê-la?

Por um momento de altivez, ela desejou lhe dar um soco. Mas se controlou.

– Não. Não vou ter nenhuma explosão de raiva.

– Você fez mais do que qualquer pessoa em recuperação faria – salientou Sasha. – Chega a ser um pouco irritante.

– Certo, isso é notável.

– Corrida de 5 quilômetros – anunciou Doyle.

– Costumamos correr 8 – contrapôs Riley.

– Hoje serão 5.

– Eu posso correr 8.

– Bobagem. E se você se forçar a correr 8, vai ficar em pior forma amanhã. Cinco, e vamos seguir seu ritmo.

Riley começou a reclamar, viu a sobrancelha arqueada de Sawyer e decidiu que não queria que suas próprias palavras fossem jogadas na sua cara.

– Que tal assim: vocês correm a distância normal e eu corro 5 quilômetros na esteira da academia, para não atrasar todos.

– Posso ficar com Riley – disse Annika.

– Não precisa. Vou ficar na academia, dentro de casa. Cinco quilômetros na esteira. – Riley beijou os dedos em X para jurar.

– Combinado. Mexam-se – ordenou Doyle.

Riley odiou o fato de que ele tinha razão. Só conseguiria correr 8 quilômetros mancando ou se arrastando. Melhor se limitar a 5, em um ritmo moderado, e tentar correr mais da vez seguinte.

Mal conseguiu completar os 5 quilômetros, mesmo se distraindo com a música. Pingando suor, sentou-se em um banco e bebeu água. Alongou-se, satisfeita por recuperar o fôlego.

E olhou para a prateleira de pesos. Não havia prometido não levantá-los. Pegou um par de 9 quilos e começou uma série de flexões.

– Reduza para 4 quilos – disse Doyle, da porta.

– Posso levantar 9.

– E lesionar seus músculos em vez de fortalecê-los.

Apenas por teimosia, ela fez mais uma repetição antes de trocar os pesos.

– Tem razão. – Ela se reposicionou para um exercício de tríceps. – Não preciso de um vigia.

– Um cuidador seria mais adequado. Você é esperta demais para agir assim, Gwin. Sabe que atrasará sua recuperação se exagerar nos exercícios.

– Não vou exagerar, mas preciso fazer alguma coisa. Nunca fiquei realmente doente, pelo menos nada grave. Só alguns dias, com infecção alimentar, uma gripe, coisas do gênero. Ressaca, com certeza. Mas me recuperei. Preciso me recuperar.

Sem dizer nada, Doyle foi até a prateleira e pegou um peso de 20 quilos. Ele se sentou calmamente e fez suas flexões.

– Exibido!

Ela passou para elevação de ombros e flexão de peito, encontrando um ritmo agradável com ele se exercitando perto.

– Chega – anunciou Doyle quando Riley terminou a segunda série.

Ela teria argumentado que precisava entrar em forma, mas uma terceira série estava além de suas forças.

– Só quero fazer uma série de supino. *Uma*. Estou um pouco dolorida, mas é uma dor boa. Você sabe o que eu quero dizer.

Ele foi até o banco.

– *Uma* série.

Riley guardou os pesos livres, enxugou o rosto com uma toalha e foi se deitar.

– Não vou dizer que não preciso de um vigia, porque não sou idiota.

Doyle ajustou os pesos e assentiu.

– Estou com você.

Algo veio à lembrança dela ao ouvir aquelas palavras, despertou alguma coisa, e depois desapareceu. Riley se concentrou e ajeitou sua pegada.

– Estou conseguindo – murmurou enquanto fazia o exercício. – Uma série de três.

Ela terminou a terceira repetição trêmula, mas satisfeita.

– Pronto. Já está bom. – Foi só quando ela se sentou é que notou os pesos. – Você reduziu para 40 quilos.

– Estou impressionado por você ter conseguido isso. Depois de amanhã pode tentar 45. Alongue-se.

Ela decidiu que levantar 45 quilos não era tão humilhante, dadas as circunstâncias. Além disso, sentia-se bem, realizada, saudavelmente cansada em vez de exausta.

– Estou bem.

– Segundo a avó de Bran, a loba em você acelera o tempo de recuperação.

– Provavelmente. Como eu disse, nunca tinha ficado tão mal assim.

Riley se alongou, e Doyle também. Quando ele fez isso, ela notou que tudo se ondulou, se arqueou e se alisou do modo exatamente certo.

Tinha que admitir que o homem era bem definido.

E se Doyle realmente sentisse algo por ela? Que mal havia em brincar um pouco? Eles tinham conseguido se exercitar na academia sem irritar um ao outro. Poderiam tentar outra forma de atividade saudável.

– E se a gente transasse?

Doyle estava com o braço esquerdo sobre o peito, apoiado na dobra do direito. Apenas virou a cabeça.

– O quê?

– Não me diga que nunca pensou nisso. – Ela foi pegar mais uma garrafa d'água e depois o avaliou, como fazia com um possível parceiro sexual.

Suado como ela, os fartos cabelos escuros um pouco encaracolados pela umidade. Olhos verdes a observando desconfiadamente de um rosto com ângulos marcantes. E o corpo? Meu Deus, que mulher não gostaria de brincar com um corpo daqueles?

– Somos solteiros. Eu estou aqui, você está aí. – Enquanto falava, Riley apontou para ele e para si mesma. – Já nos beijamos e não foi nada mau.

– Nada mau.

– Sou boa nisso. – Ela bebeu um gole d'água. – Bem, foi o que me disseram. Aposto que você é bom também. Sexo, Doyle, que não faço há oito meses e cinco dias.

– Quanta precisão.

– Eu estive em um projeto na Bretanha, encontrei um velho amigo e satisfiz uma necessidade. Meu recorde sem sexo é de oito meses e 23 dias. Sinceramente, detestaria quebrá-lo.

– Você quer que eu a ajude a manter seu recorde atual?

Riley deu de ombros. Não se importou com o fato de ele continuar se alongando enquanto a observava. Se não se podia ser direto em relação ao sexo, de que adiantava ser adulto?

– A menos que eu a esteja interpretando errado, o que duvido muito, para você tanto faz que seja comigo ou não. Também me ocorreu que vamos voltar à maldita batalha a qualquer momento. O que quero dizer é que eu aceito. Nós dois podemos satisfazer nossas necessidades. Sem frescuras nem preocupações.

Riley tampou a garrafa.

– Pense um pouco antes. Se achar que não é uma boa ideia no fim das contas, sem problemas.

Ela estava a meio caminho da porta quando Doyle lhe agarrou o braço e a virou.

– As pessoas passam tempo demais pensando em sexo.

– Bem, é uma atividade infinitamente fascinante e diversificada.

Doyle lhe agarrou a blusa e a pôs nas pontas dos pés.

– Pensar e falar sobre sexo significa que você não está fazendo.

– Nisso eu concordo.

Os dois estavam se divertindo, excitados. Riley deu um pequeno pulo e pôs as pernas ao redor da cintura dele.

– Então, quer pensar e falar mais?

– Não.

Ele beijou aquela boca inteligente que só sabia tagarelar. Ela tinha gosto de água fresca e sal quente, e o som que emitiu não era de palavras, mas de puro prazer.

O corpo quente, flexível e úmido de Riley se apertou contra o de Doyle enquanto ele lhe segurava os quadris e ela lhe agarrava os cabelos.

Eles começariam e terminariam o que estava contido nele havia tempo demais.

Doyle se virou com o único intuito de carregá-la para o quarto.

E Sasha entrou.

– Ah. Ah, me *desculpem*! Eu... Ah, meu Deus.

Antes que uma vibrante Riley pudesse reagir, Doyle a colocou de volta em pé.

– Acho que o café da manhã está pronto. Você precisa comer – disse ele para Riley, e saiu.

– Riley. Meu Deus, Riley, eu poderia ter escolhido uma hora pior?

– Bem, pelo menos ainda estávamos vestidos. – Ela agitou a mão no ar. – Tudo bem. Não deveríamos ter começado isso em uma área pública, por assim dizer. Sabe, acho que vou me sentar um segundo.

E assim o fez, desabando no chão.

– Eu não sabia... Quer dizer, sabia. – Gaguejando, Sasha se acomodou ao lado dela. – Mas não sabia. Só vim chamá-la para comer e... Eu deveria ter *imaginado*. Eu senti... Pensei que vocês estivessem fazendo exercícios... empolgados.

Riley pôs as mãos no rosto e riu.

– Nós fizemos, e estávamos. Com certeza faremos de novo. Não tem como deixar isso inacabado.

– Desculpe.

– Não se preocupe. – Ela deu um tapinha no ombro de Sasha. – Agora preciso mesmo comer. Tenho que ficar em boa forma para as próximas rodadas.

Ela se levantou e estendeu a mão para Sasha.

– O que temos para o café da manhã?

Riley comeu como uma loba. Junto com os outros, despediu-se de Brigid e depois se retirou por algum tempo para a biblioteca antes do treinamento de armas.

Doyle não se juntou a ela, o que não a surpreendeu. Ele sabia que, com aquilo inacabado, eles rolariam nus no chão dez minutos depois que ficassem a sós com as portas fechadas.

Ela esperaria, ele esperaria. Ambos esperariam. Se ele não fosse até o quarto dela naquela noite, ela iria até o dele.

Estava decidido.

A expectativa lhe deu ânimo, que ela usou ao selecionar livros e abrir o bloco de anotações. Aparentemente, alguns séculos de prática não tinham tornado a letra de Doyle clara e legível.

Olhe para o passado para encontrar o futuro.
Ela espera na escuridão, fria e imóvel.
Sangue do sangue a libertará. E então o gelo arderá,
brilhante como um sol.

Riley releu as anotações de Doyle, e leu outras. Pelo menos ele havia marcado os livros e as páginas, o que lhe permitiu conferi-las.

Enquanto trabalhava, franziu o cenho diante de algumas traduções de Doyle e anotou dúvidas e suas próprias interpretações. Quando precisou, tirou um cochilo de dez minutos, fez mais café e se aprofundou nas pesquisas.

– Veja o nome, leia o nome – murmurou enquanto lia. – Fale o nome. Que nome?

Enquanto ela continuava a ler, Annika irrompeu na sala.

– Sasha avisou que algo está vindo. Temos que nos apressar.

Riley se ergueu de um pulo e deixou a pergunta sem resposta.

Quando chegou ao térreo, saiu correndo. Lá fora, os outros estavam armados e à espera.

– Do mar. – Sasha apontou. – Não é ela. Ela não está pronta, mas está enviando muitos. Uma nuvem escura. Vejo uma nuvem escura bloqueando o sol.

– Podemos ocupar as torres, Sawyer e eu – disse Riley.

– Não desta vez. – Doyle olhou para o pálido céu azul e o amontoado de nuvens brancas e cinzentas. – Essa é nossa tática para quando ela vier com força total. Isto é um ensaio. – Ele apontou a espada. – Ali, bem a oeste.

Eles vieram, formando um redemoinho que escureceu as nuvens, antes de se tornarem as próprias nuvens, vivas e pretas. Girando, como uma espécie de chicote e onda que deixou o pálido céu azul da cor da meia-noite.

– Impressionante. – Sawyer sacou suas duas armas. – Qual será o objetivo disso?

Assim que proferiu essas palavras, o chicote produziu um estrondo que sacudiu o chão e ofuscou o sol.

– Esse é o objetivo – disse ele quando o mundo caiu em absoluta escuridão. – Não podemos atingir o que não podemos ver. Bran?

Então veio o troar de asas, o ciclone. Bran combateu a escuridão transformando o preto em um cinza-escuro tingido de verde.

– Isto vai resolver.

Riley disparou com a direita e agarrou a faca de combate com a esquerda. Eram corvos de olhos vermelhos, morcegos de presas compridas com cabeças enormes e corpos deformados.

Ela sabia que as asas deles cortariam como lâminas se encontrassem carne.

As balas encantadas por Bran atingiram os alvos. O exército alado de Nerezza se incendiou e caiu em uma chuva de cinzas sangrentas. À esquerda de Riley, Annika lançou luz de seus braceletes, deu um salto mortal e lançou de novo. As flechas de Sasha voaram, precisas e mortais, enquanto Bran incendiava uma fileira com dois raios de luz azul.

E o tempo todo, mesmo acima do uivo do vento, ela ouviu a espada de Doyle golpeando e cantando a música brutal do campo de batalha.

Essas criaturas estão mais lentas?, perguntou-se Riley. Eram muitas, sem dúvida, mas poderiam ser vencidas facilmente apenas pelos poderes de Bran. Ela quase havia calculado mal os golpes a alguns dos alvos, pois se moviam mais devagar do que outros.

Riley saltou e rolou para evitar um ataque, aproveitando esse tempo para recarregar a arma. Ergueu-se de um pulo, atingindo com a faca um pássaro que se aproximou. Então o vento a atirou para cima e para trás. Seu corpo, não totalmente curado, conheceu uma nova dor.

Sem fôlego, ela disparou de novo e se agachou com dificuldade. Seu sangue gelou quando um grupo se separou do grupo maior e se precipitou em sua direção.

Não tenho balas suficientes, pensou, mas fez o que era possível, rolando e rastejando contra o vento forte. Sentiu uma asa roçar em sua panturrilha e outra em seu ombro, enquanto chutava e golpeava com a faca.

Dezenas de aves caíram ao seu redor, destruídas pelos seus amigos. Mas as criaturas não paravam.

Riley disparou de novo e esfaqueou uma antes que pudesse atingi-la no rosto com as asas e as garras. Três se juntaram, com olhos loucos e brilhantes, lançando-se em sua direção enquanto ela tentava recarregar a arma.

A espada de Doyle golpeava e cortava em meio àquele vento louco. Com a outra mão, ele agarrou a gola do casaco dela e a puxou para suas costas.

– Fique abaixada!

Riley não achava certo. Usando o corpo de Doyle como quebra-vento, ela se ergueu e recarregou a arma. Ficou em pé com ele, um de costas para o outro, ela um pouco enlouquecida enchendo o ar de balas.

Annika saltou com seus braceletes brilhando e, em seguida, Sawyer e Sasha.

– Bran? – gritou Riley.

– Ele disse para ficar aqui, ficar aqui! – berrou Sasha, e lançou uma flecha que acertou duas criaturas de uma vez só. – E ele…

Por um instante, a luz foi cegante, trazendo uma onda de calor, um poder ardente que fez o ar queimar. A ave que morreu não teve sequer chance de gritar.

O céu ficou azul de novo.

Mais trêmula do que gostaria, Riley se curvou e pôs as mãos nas coxas, recuperando o fôlego.

– Você está ferida? – Annika a abraçou.

– Não. São só alguns arranhões.

Embora não adiantasse, ela protestou quando Doyle afastou seu casaco do ombro e avaliou o ferimento.

– Superficial.

– Foi o que eu falei. – Ela puxou o casaco de volta.

– Eles partiram em massa para cima de você. – Sasha baixou a besta e olhou para Bran, que vinha na direção deles. – Só percebi isso quando era tarde demais.

– Mais quantidade do que qualidade. – Sawyer enxugou um respingo de sangue no rosto. – O suficiente para nos manter ocupados por pouco tempo.

– Sim – assentiu Riley. – Também pensei isso. Então o vento me ergueu e me sacudiu, como se eu tivesse sido atingida por um tornado. Algumas centenas deles foram na minha direção. – Ela tomou fôlego. – Nerezza sabia que eu estava ferida, então calculou que eu era o elo mais fraco. Bem, ela se ferrou.

– Estávamos muito longe para ajudar. – Annika esfregou o braço de Riley. – Se Doyle não estivesse por perto, se ele não tivesse…

Percebendo que ainda segurava sua arma com um punho de ferro, Riley a embainhou.

– Obrigada pela ajuda.

– Fiz apenas meu dever.

Os olhos dele dizem algo diferente, pensou Riley, algo não tão frio e insensível. Ela manteve os olhos fixos nos de Doyle enquanto Bran examinava seu ombro.

Riley o ouvia, mas não registrou as palavras. Era como se ele e os outros estivessem em outra dimensão. O mundo dela, cheio de adrenalina e luxúria, tinha pressa.

Doyle agarrou seu braço e disse:

– Agora.

Riley embainhou a arma.

– Agora.

Eles entraram na casa. Aparentemente, ela não foi rápido o suficiente, porque ele a pegou no colo. Por ele, tudo bem: pôs as pernas ao redor da cintura de Doyle e puxou a cabeça dele para a sua.

– Ah. – Encantada, Annika abraçou o próprio corpo. – Eles vão fazer sexo!

Sasha observou Doyle carregar Riley pela varanda.

– Não deveríamos tratar os ferimentos dela antes…?

Bran simplesmente segurou a mão da namorada.

– Por enquanto, ela ficará bem. Vamos tomar um banho, pegar algumas cervejas e deixá-los… cuidar um do outro.

– Banho. Boa ideia. – Sawyer segurou a mão de Annika.

– Vamos fazer sexo também – disse Sasha.

Rindo, Bran a abraçou.

– Ah, ótima ideia – disse ele, e, com uma piscadela, subiu com ela direto para a cama.

Doyle ignorou a cama. No minuto em que abriu com um chute a porta do terraço, encostou Riley na parede.

– Sem frescuras, você disse.

– Desnecessárias. – Riley o beijou de novo, mordiscando-lhe os lábios enquanto tentava tirar a espada e o coldre dele.

Ela queria carne, o cheiro, o sabor, a *sensação* daquilo, e deixou o coldre cair com um baque para poder tirar a camisa de Doyle.

As mãos de Doyle já haviam subido por debaixo da blusa dela e se fechado ao redor dos seios. Mãos grandes e rudes – exatamente o que ela desejava.

Doyle tinha seus próprios arranhões e cortes. Juntos, eles cheiravam a guerra – sangue, suor e batalha.

Impaciente, ele não tirou a blusa dela, mas enganchou os dedos nos furos e a rasgou. A violência do ato bombeou o sangue de Riley e a fez arrancar o cinto de Doyle.

O desejo rugia dentro dela, causando-lhe tremores.

Doyle puxou para baixo o jeans dela e – finalmente – penetrou nela com ferocidade.

Uma pausa, uma palpitação, um suspiro. Absorvendo o choque, a *glória*, mais uma vez os olhos deles se encontraram.

E se mantiveram fixos um no outro enquanto a respiração de Riley se acelerava e ele a penetrava. Ela atingiu o clímax em uma torrente, um abençoado alívio, depois agarrou aqueles cabelos fartos e o deixou investir de novo, arqueando-se para recebê-lo.

Quando Riley atingiu novamente o orgasmo, em uma onda de calor, sentiu o corpo de Doyle estremecer e desabar sobre o dela.

12

RILEY ESTAVA PRESA ENTRE DOYLE E A PAREDE, AINDA SUSPENSA. PODIA se desvencilhar, mas quis continuar agarrada nele. Depois de uma experiência daquelas, não iria se desgrudar tão facilmente.

A rapidez e a fúria a satisfizeram. Uma ótima transa. E o fato de estar ofegante só aumentava sua satisfação.

Explorou os músculos das costas de Doyle. A velocidade com que tudo acontecera não lhe permitira notar alguns dos detalhes mais sutis. Ele realmente tinha costas excepcionais. Um peito bonito também, agora pressionado contra o seu com toda a sua robustez.

Na verdade, em um nível estritamente físico, ela nunca havia visto, muito menos tido um espécime melhor. O que era um bônus, decidiu, finalmente abrindo os olhos e encontrando os dele.

– Bom trabalho, Sr. Garanhão. Avise quando quiser me pôr no chão.

Doyle conseguiu mantê-la no lugar e erguer as calças. Virando-se e ainda a carregando, foi até a cama e deixou ambos caírem lá.

Ela deixou escapar um *ufa*. O espécime físico excepcional era um pouco pesado.

– Desculpe. – Ele rolou para o lado e ficou deitado de costas por um momento. – Mas foi você quem pediu para não ter frescuras.

– Eu pareço ser do tipo que tem frescuras?

– Não, mas há certos detalhes… Eu não pensei… não estava pensando em proteção.

– Verdade. Acabei de quebrar um jejum de mais de oito meses. Estou saudável. Presumo que você também esteja.

– Sou imune a qualquer tipo de doença ou distúrbios. Há outros motivos para proteção.

– Eu uso contracepção de longa duração. Não se preocupe.

– Ótimo.

Ela olhou para si mesma e os restos de sua blusa.

– Eu gostava dessa blusa.

– Já estava arruinada mesmo. E você não reclamou na hora.

– Na hora eu estava meio excitada e rasgá-la aumentou o tesão. Só estou dizendo que gostei.

Riley tirou a blusa.

– Vou precisar pegar algo emprestado até poder trocar de roupa. Não que ninguém saiba o que acabamos de fazer, mas prefiro não deixar isso tão explícito para Sawyer ou Bran.

– Pegue o que precisar.

Ele se ergueu para tirar as botas e olhou para trás. Então transformou o olhar em um longo estudo de Riley, ainda com os jeans na altura dos joelhos.

– Você emagreceu um pouco.

– Vou recuperar.

– Vai. Seu corpo é ágil e forte. Compacto, eficiente.

Divertindo-se, ela pestanejou.

– As mulheres adoram ouvir como seus corpos são eficientes.

– É um elogio quando se trata de guerra e guerreiros – comentou Doyle. – Eu queria isso. Eu queria você.

– A descrição também se aplica a você, exceto pela parte compacta. Você tem os músculos bem definidos.

– Vou querer repetir o que fizemos.

– Por mim, tudo bem. Na verdade... – Ela se sentou para tirar as botinas. – Por que não partimos para outra rodada agora mesmo, depois que você se recuperar?

– Eu me curo e me recupero bem rápido.

– Melhor ainda. Então... – Riley ergueu as sobrancelhas enquanto ele se levantava para tirar a calça. – Ah, bem. Ei. – Rindo, ela atirou os sapatos no chão. – Aposto que esse é um benefício da imortalidade do qual você não pode reclamar.

– Veremos se você aguenta.

– Ah, eu aguento – respondeu Riley quando ele foi para cima dela. – Com certeza.

Ela aguentou, e aguentou de novo quando eles tomaram banho para tirar o cheiro de sexo e guerra. Sem saber ao certo se poderia aguentar uma quarta vez, vestiu uma camisa de Doyle e correu para o próprio quarto.

Trocou de roupa, atirou a camisa em uma cadeira para devolver depois e foi se olhar no espelho.

Parecia tão relaxada quanto uma mulher que não estivesse em coma poderia parecer. E muito cansada. Na verdade, poderia se jogar na cama e dormir horas, exceto pelo fato de que estava morrendo de fome.

Além disso, todos eles precisavam conversar sobre a batalha que tinha acabado de acontecer.

Ela afastou a blusa limpa a fim de avaliar o ombro. Doyle o havia tratado, assim como a perna, com o unguento de Bran – e ela tinha feito o mesmo com os ferimentos superficiais dele. Como já parecia melhor, tocou-o, e não sentiu nenhuma dor.

Apenas um arranhão, pensou. Um céu repleto de morte, e apenas um arranhão.

As criaturas de Nerezza estavam fracas. Um ensaio, como dissera Doyle.

Mas o ataque se concentrara nela, o que era preocupante. Pela segunda vez, fora um alvo. Pretendia dar o troco em Nerezza.

Ela pôs o cinturão – com a arma de um lado e a faca no outro – e desceu para encontrar comida, bebida e seus amigos.

Todos estavam na cozinha. Ela foi até a travessa que Annika tinha preparado e pegou um pouco de ovos mexidos.

– Sasha fez Bellinis! – Annika imediatamente serviu um para Riley, que emitiu sons de aprovação ao comer um biscoito de água e sal com salame e queijo. – O sexo foi bom?

– Foi, sim. – Riley deu um sorriso amplo e exagerado para Doyle, que já estava tomando uma cerveja.

– Sawyer e eu também fizemos, e Bran e Sasha. Acho ótimo todos nós termos feito, agora que Móraí disse que faz bem para o corpo, a mente e o espírito, especialmente em uma busca.

Bran engasgou.

– O quê? Minha avó?

– Móraí é muito sábia. Saudades dela. Ela me ensinou a tricotar. Estou fazendo cachecóis. Quando não estivermos mais juntos assim, eles serão como um abraço meu.

Riley aproveitou a deixa e abraçou a amiga.

– Vou vê-la onde você estiver. Onde está Sasha?

– Ela queria terminar algo – disse Bran. – Não vai demorar. Está sentindo dor?

– Nenhuma. Alguns arranhões já estão sarando. Se não fossem vocês, os ferimentos teriam sido mais profundos. Não só porque eu não estava cem por cento, mas porque o ataque se concentrou em mim. Mesmo se eu estivesse bem, não teria conseguido me defender sozinha.

– Ela não nos entende, não entende nossa união. – Bran fez um gesto amplo com sua cerveja, abrangendo a sala. – Que não só lutamos juntos, como procuramos juntos. Defendemos e protegemos uns aos outros, não importa a ameaça.

– Sim. – Sasha entrou carregando uma tela. – E continuaremos dessa maneira. Eu queria terminar isto porque, como dissemos, símbolos são importantes. Considero isto o símbolo desta união. Do que somos individualmente e juntos.

Ela se dirigiu à mesa, virou a tela e a encostou em um vaso de flores colhidas do jardim naquela manhã.

– Um brasão de armas! – exclamou Sawyer.

– Na verdade, não é bem um brasão de armas, já que mostra não só as armas e o brasão, mas... – A voz de Riley falhou quando ela notou os olhares intrigados ou, no caso de Doyle, o olhar de reprovação. – Deixa pra lá! Vamos dizer que é um brasão de armas. É lindo.

– Essa sou eu, a sereia. – Annika deu a mão para Sasha, a apertou e apontou para a mulher com uma cauda iridescente e braceletes de cobre nos dois pulsos, sobre uma pedra onde o mar batia. – E este é Sawyer.

O homem tinha uma arma de cada lado do corpo e a bússola que estendia na palma da mão parecia brilhar contra o céu cintilante.

– E você, Riley!

– Sim, estou vendo.

Sasha havia pintado uma mulher com o rosto erguido para a lua e o corpo de loba.

– Eu falei que queria pintá-la na metamorfose. Isso o exigia.

– Você captou muito bem. Quer dizer, nunca me vi durante a metamorfose, porque sempre fico meio ocupada, mas você apreendeu o júbilo do momento. E também captou você bem, Doyle, carrancudo, com seu casaco esvoaçando e a espada na mão.

– Não estou carrancudo. Estou pensativo. E lá está ela – acrescentou, com a besta e o pincel, e os olhos cheios de visões.

– E você. – Sasha se virou para Bran. – O bruxo no penhasco, lançando o raio.

– Cada um de nós como indivíduo nos painéis – observou Bran – e aqui, sob a insígnia, os seis em pé juntos, como um só.

– Dragões como suportes – acrescentou Doyle.

– Eu gosto deles. – Sasha estudou o próprio trabalho. – Queria algo forte e místico.

– As três estrelas e a lua compondo a insígnia – observou Sawyer. – Acertou na mosca, Sasha. O que o lema significa? Isso é latim?

– *Buscar as estrelas. Servir à luz. Guardar os mundos.*

Sasha olhou para Riley, aliviada.

– Traduzi direito? A princípio não conseguia me decidir entre gaélico, latim ou grego. Sempre voltava ao latim, por isso optei por ele.

– Está perfeito.

– E lindo – acrescentou Annika. – As cores são tão fortes quanto nós. E tem seis lados, porque somos seis. Até mesmo a…

Quando ela não conseguiu encontrar a palavra, tocou na beirada do brasão.

– Borda – completou Sawyer.

– Isso, a borda. São três linhas duplas… entrelaçadas.

– Porque estamos entrelaçados. Você pode fazer desenhos, como os esboços, para todos nós?

– Acho que posso fazer até algo a mais – interveio Bran. – Deixem comigo. Isso, *fáidh*, é magnífico, e poderoso. Você me deixaria usá-lo?

– Claro.

– Você uniu estranhos, com o objetivo de formar uma família.

– Eu não…

– Sua visão – interrompeu Bran. – E sua coragem. Acho que não teríamos nos unido se não fosse por você.

E ele a beijou com suavidade.

– Eu pretendia fazer isso quando estivéssemos a sós. Esta noite, com velas e vinho, sob uma lua calma. Agora penso em fazer aqui, com todos juntos.

Ele tirou do bolso uma caixinha branca com o símbolo da eternidade gravado em prata na tampa.

– Bran…

– Móraí me deu isto hoje de manhã, antes de ir embora. Eu tinha pensado em criar um para você, mas este foi da avó dela, criado pelo avô com amor, magia e compromisso. Aceita este símbolo da eternidade?

– Sim, claro. – Sasha segurou a mão dele. – Eu te amo.

Quando Bran abriu a caixa, ela ofegou. O anel captou a luz, projetando todas as cores no ambiente antes de emitir um brilho calmo e constante.

– É lindo. É...

Magnífico, elegante, no centro um coração de puro branco emoldurado por pequenos diamantes redondos que brilhavam como um arco-íris.

– Ofereço-lhe este coração porque você é o meu.

– Eu vou usá-lo porque você é o meu. Ah, deu certinho no meu dedo.

– Magia – disse Bran, puxando-a e lhe dando um longo beijo.

– Está bem, parem. Me deixem dar uma boa olhada. – Riley segurou a mão de Sasha. – É uma pedra e tanto. Lindo – disse ela para Bran.

– Que tipo de homem pede a namorada em casamento numa situação como a nossa? – perguntou Sawyer, dando um soquinho no ombro de Bran.

– Eu adoraria ganhar um anel como este. Estou tão feliz! – Chorosa, Annika abraçou Bran e Sasha. – Estou tão feliz!

– Fica bonito em você – disse Doyle.

Sasha sorriu para ele.

– A sensação é ainda melhor. – Ela abraçou Bran. – Estou muito feliz também. E isso me fortalece. Faz com que eu me sinta destemida. Faz com que eu acredite, mais do que nunca, que conseguiremos o que diz nossa insígnia. Vamos procurar as estrelas.

– E servir à luz – completou Bran.

– E guardar os mundos – disseram os outros, juntos.

Riley deu um passo para trás e pegou sua bebida.

– Fazer essas três coisas significa lutar, sobreviver e destruir Nerezza, seus subalternos e o que Malmon se tornou.

– Concordo. Como estamos todos aqui agora – começou Bran –, por que não nos sentamos e falamos sobre essa última luta?

– Só me dê cinco minutos. – Sawyer abriu uma gaveta da cozinha procurando a tesoura. – Preciso de algumas coisas da horta para preparar um escabeche. Quando decidi fazer costelas de cordeiro, não pensei que comemoraríamos um noivado oficial. Seremos sofisticados esta noite, senhoras e senhores.

Quando ele saiu, Riley foi se sentar no lounge e pôs os pés na mesinha de centro.

– Sempre estou preparada para uma refeição comemorativa – disse ela –, mas isso parece ainda mais oportuno esta noite.

Sasha se acomodou ao lado dela.

– É mesmo?

Lendo as entrelinhas, Riley riu.

– Sim, estamos juntos. Vamos festejar. O que quero dizer é que Sasha ficou noiva e nós ganhamos um brasão e um ótimo lema. Mas o melhor de tudo é estarmos todos vivos.

– Apenas com arranhões – salientou Bran.

– Sawyer disse que eles estavam lentos e fracos… – Fazendo uma pausa, Annika olhou na direção da porta. – Deveríamos esperar para conversar… mas concordo com ele.

– Eu não teria pensado isso se fosse o primeiro ataque – comentou Sasha enquanto bebia. – Desta vez eram muitos, mais do que antes. Mas sem… sem a mesma ferocidade. Exceto em relação a Riley.

– Temos que… Ei, aí está ele – disse Annika quando Sawyer voltou com um cesto de ervas.

– Continuem. Sou multitarefas.

– Está bem. Primeiro eu quero dizer que no início não percebi o foco deles em Riley. E quando percebi… – Sasha pôs a mão na perna estendida de Riley e a acariciou. – Era quase tarde demais.

– Eles, ou Nerezza, acharam que eu estaria fora de forma.

– Você estava – respondeu Doyle, impiedoso.

Ela deveria se irritar, mas apenas deu de ombros.

– Só um pouco. Eu queria ver se fosse com vocês, centenas de pássaros mutantes infernais determinados a bicar e dilacerar até a morte.

– Ele praticamente passou por isso – disse Sawyer, enquanto picava as ervas. – O resto de nós estava muito espalhado.

– Sim, tem razão. E, mais uma vez, obrigada por me salvar.

– Eu não salvei você em busca de agradecimentos. Você estava fora de forma – repetiu Doyle. – Um soldado luta. O que vem mais ao caso é que nós *estávamos* espalhados. Nerezza também pode estar fora de forma, mas usou uma boa tática: nos afastou uns dos outros. Melhor dizendo, ela nos afastou de Riley, na esperança de eliminar a que considerava mais vulnerável.

– E chegou perto de conseguir. – Em sua cadeira, Bran olhava para sua cerveja. – Não podemos nos esquecer de proteger uns aos outros.

– Vamos nos proteger. Sem dúvida, ela quase conseguiu. Usou o choque e o medo, certo? Bloqueou o maldito sol. E funcionou. Temporariamente. Cada um de nós estava muito ocupado derrubando as criaturas, e não guardamos a retaguarda uns dos outros. Mas depois fizemos isso.

– Eu a vi voar – murmurou Annika. – O vento estava vivo. Ele a envolveu e arremessou.

– Foi o que senti também – admitiu Riley. – Foi como se eu estivesse sendo sugada por um tornado… não que já tenha passado por essa experiência.

– Ele a arremessou – repetiu Annika – para ainda mais longe de nós. Eu a vi cair, e senti medo. Mais ainda, senti raiva, muita raiva.

– Eu estava um pouco irritada. Vocês vieram correndo. Todos vocês. A tática dela não previa isso. Essa coisa de todos por um. E estou me sentindo muito melhor.

– Ela se sentirá melhor também – salientou Sasha. – E da próxima vez não vai enviar algo tão lento ou fraco.

– Vamos treinar nossas posições. – Doyle assentiu quando Sawyer tirou outra cerveja da geladeira e acenou com ela. – Ninguém deve ser isolado, separado ou afastado. Eles podem ter sido mais lentos e fracos, mas nós não estávamos atentos. Não o suficiente.

– Se eu tivesse percebido a intenção deles, mesmo que apenas cinco segundos antes…

– Não se culpe, loirinha – disse Doyle. – Estávamos cercados.

Como um dos blocos de desenho de Sasha estava na mesa, Doyle o pegou, bem como um lápis, e rascunhou rapidamente.

Riley achou que o desenho parecia mais um celeiro do que a casa de Bran, mas servia a seu objetivo. Assim como as linhas curvas, os rabiscos representando caminhos de jardins, arbustos, árvores e a parede do penhasco.

E até onde percebia, ele tinha posto tudo em seu lugar, quase em escala.

– Começamos aqui. – Ele usou suas iniciais, SK para Sawyer, para mostrar posições. – Annika veio para cá, Bran para cá. – Então usou linhas pontilhadas para marcar as mudanças de posição quando Riley fora arremessada.

– Como você sabe onde estávamos no momento mais difícil? – perguntou Sasha.

– Eu sei onde os meus estão.

Riley se inclinou para mais perto, estudando o desenho.

– Impressionante. Presumindo que esteja correto, e tenho certeza de que está – acrescentou antes que Doyle a repreendesse –, vemos como foi fácil nos separar. Bran estava do lado oposto ao meu quando fui atacada. Independentemente do que ela pense sobre o resto de nós, respeita o poder dele. Sawyer está mais perto, mas não muito, o que diminui suas chances de pegar a bússola e me tirar dali.

– Sasha está junto à parede acima do mar.

– Olhando para o outro lado. Eu estava olhando para o outro lado. Isso provavelmente também foi deliberado.

– Eu estava mais perto, mas… – Annika encarou Doyle. – Ela acharia que sou mais forte no mar do que na terra, não é?

– Sim, mas estaria errada.

– E você aqui, mais perto de mim do que todos. Ainda assim, longe. Você pode desenhar o que deveríamos ter feito? As posições?

Doyle sorriu.

– O caso é que essas posições precisam ser flexíveis. Você tem que reagir no momento. Pode ser atingido. Pode precisar ir ajudar outra pessoa. Mas…

Enquanto Doyle desenhava e explicava a estratégia no campo de batalha, Riley se levantou para pegar outra bebida e observou Sawyer terminar de esfregar ervas e alho – e o que ela achou que fosse mostarda – nas grandes costelas de cordeiro.

– Isso está com um cheiro muito bom.

– Depois de algumas horas nisto? – Ele pôs as costelas em um enorme saco plástico e despejou azeite por cima. – Vai apurar o sabor – prometeu, virando o saco plástico para cobrir a carne. – Ela nos manipulou – disse ele para Riley, e depois o repetiu para os outros: – Nerezza nos manipulou. Portanto, nós a subestimamos. Aprendemos a lição.

– Pensar em uma estratégia tem valor. – Bran apontou para os esboços. – Assim como terão os treinos exaustivos aos quais acredito que Doyle nos submeterá.

– A partir de agora.

– Agora? – Riley quase engasgou com a azeitona que pusera na boca. – Nós bebemos cerveja.

– Isso não mudaria nada se fôssemos atacados neste momento. Precisamos saber como nos dividir em equipes. Já ensaiamos isso, mas hoje foi um desastre. Então vamos treinar.

– De quanto tempo você precisa para terminar de preparar o jantar? – perguntou Bran para Sawyer.

– Uma hora.

– Então daqui a uma hora. – Ele se levantou e ajudou Sasha a ficar de pé. – Eu também preciso de uma hora com a pintura.

Eles treinaram. Riley detestava admitir, mas Doyle tinha razão. O treinamento era necessário. Talvez fosse estranho pensar que batalhas contra forças demoníacas haviam se tornado uma espécie de rotina, mas, como ela quase tinha morrido, precisava reconhecer que aquilo era importante.

Tinha ficado cansada – e não só ela.

Quando o treino terminou, Riley escapuliu. Não para se dedicar aos livros, mas para se recuperar. Estirou-se no sofá da biblioteca da torre, com a lareira crepitando, e tirou um cochilo.

Renovada, voltou para a cozinha e para o maravilhoso aroma de carne assada com batatas.

– Bem na hora – disse Sawyer. – A carne está descansando. Vamos comer daqui a dez minutos.

Olhando ao redor, Riley viu que Annika já havia posto a mesa. Ela a havia decorado com uma noiva e um noivo representados por moedores de sal e pimenta. Tinha posto um guardanapo de linho branco sobre o que representava Sasha e uma gravata-borboleta feita com uma fita preta no que representava Bran. Fizera até um caramanchão com flores acima deles.

– Fofa – declarou Riley.

– Ela é assim – concordou Sawyer, para logo em seguida dizer: – Pensei em água-marinha.

– Como assim?

– Para um anel de noivado. Para Anni.

– Ah. Porque representa o mar. Boa, Sawyer.

– Imagino que você não saiba onde posso conseguir uma. Apenas a pedra. Estou pensando que Sasha poderia me ajudar a desenhar um anel, e talvez Bran pudesse…

Ele agitou os dedos.

Outro fofo, pensou Riley.

– Vou dar alguns telefonemas.

Tiveram uma refeição comemorativa, com a representação dos noivos na mesa e champanhe. Doyle preferia cerveja, mas achou que alguns momentos exigiam a bebida borbulhante.

Não falaram sobre guerra, mas sobre casamento, e como um homem que vivera durante tanto tempo como soldado, Doyle também sabia que em certos momentos é preciso deixar as batalhas de lado e se dedicar ao amor e à vida.

Ele poderia não ter muito a dizer sobre tais temas, mas seus companheiros pareciam não precisar disso, porque a conversa corria solta.

– Você se casaria comigo aqui? – perguntou Bran. – Quando as estrelas forem devolvidas e nossas vidas nos pertencerem de novo?

– Aqui? Não consigo pensar em lugar mais perfeito nem mais bonito. Minha mãe…

– Vamos convidá-la, e minha família virá em massa, acredite.

– Móraí. – A ideia encantou Annika. – Eu poderia mostrar a ela os cachecóis que fiz. Mas…

– Você tem medo de não poder vir, por ter que voltar ao mar – disse Sasha. – Bran?

– Vou construir uma piscina para você – prometeu ele. – Se seu tempo em terra tiver terminado, terá uma piscina e participará do casamento.

– Você faria isso por mim?

Bran estendeu o braço para pegar a mão de Annika e lhe beijar os nós dos dedos.

– Você é minha irmã.

– E minha também – disse Sasha. – Tanto você quanto Riley. E vocês serão nossas damas de honra, não é?

– Nada vai nos impedir, certo, Anni? – disse Riley.

– Ah, vou ficar muito feliz em ser uma dama de honra. O que é isso?

Enquanto Sasha ria, Riley se servia de mais batatas.

– É como uma assistente. Uma tradição com uma longa história, que vou me abster de contar.

Ela ignorou os aplausos ao redor da mesa.

– Nos dias atuais, significa apoiar Sasha, ajudar a tornar o dia perfeito para ela. E depois festejar.

– Eu adoraria.

– E eu tenho meus padrinhos aqui, Doyle e Sawyer. É muito parecido com o que você e Riley serão para Sasha.

– Pode contar conosco, irmão. Vamos preparar a melhor das despedidas de solteiro. Certo, Doyle?

– O que é isso? – perguntou Annika.

– Despedidas de solteiro são uma desculpa para o noivo e seus amigos beberem até cair e contratarem strippers – explicou Riley.

– Eles têm classe demais para strippers – replicou Sasha.

– Não, não temos. – Doyle pegou mais champanhe.

– Vamos ter nossa própria versão – garantiu Riley.

– Já sei. Você vai dar alguns telefonemas – disse Doyle.

– Tenho alguns contatos.

Bran esperou terminarem de comer.

– Gostaria que vocês me encontrassem lá fora daqui a uma hora. Para uma espécie de cerimônia, por assim dizer. Levem suas armas.

– Mais exercícios depois da refeição... – Riley gemeu enquanto se levantava.

– Não. É outra coisa. Daqui a uma hora – repetiu Bran. – Ao lado do quebra-mar.

Riley passou a maior parte daquela uma hora dando telefonemas, depois enfiou o celular no bolso para pegar suas armas. Como Bran não havia sido específico, decidiu levar todas.

Quando Sawyer entrou na sala de estar transformada em arsenal, ela percebeu que ele tivera a mesma ideia.

– Eu ia chamar você depois de descer com o primeiro carregamento.

– Nem precisou, e acho que conseguimos descer com tudo em uma só viagem.

– Falando em viagens... – disse Riley, pondo o rifle de longa distância no ombro. – Consegui um fornecedor para sua pedra.

– Já?

– Vamos levar. Bran não disse munição, mas... – Ela pôs pentes extras nos bolsos.

– Espere. Onde? Como?

– Acontece que conheço um cara que conhece uma garota cuja família é dona de uma joalheria em Dublin. Eles também são designers de joias, por isso têm pedras e gemas avulsas.

– Em Dublin.

– Sim, do outro lado do país, mas não vejo como isso seria um problema para um viajante como você. O tio da garota deve ter algumas gemas para lhe mostrar daqui a alguns dias. Se você quiser, podemos dar um pulo lá.

– Eu… Uau! Não esperava que fosse tão rápido.

– Você decide, caubói.

– Certo. Eu topo.

– Ótimo. Carregue as armas. Vamos ver o que Bran está preparando.

Ele estava literalmente preparando algo, notou Riley ao vê-lo com um caldeirão pairando acima do chão. A pintura de Sasha flutuava acima.

– Você começou o espetáculo sem nós – repreendeu Riley.

– Vocês ainda não viram nada. – Bran olhou quando os outros atravessaram o gramado. – Falamos sobre união. E a temos demonstrado. Sasha nos deu um símbolo de união. Vamos dar outro passo aqui, se todos estiverem dispostos.

– Estamos com você – disse Sawyer simplesmente. – Todos nós.

Riley assentiu.

– Todos concordamos.

– Então aqui eu lanço o círculo. – Bran tirou um punhal *athame* do cinto, o apontou para o norte, o sul, o leste e o oeste. – Nesta terra e nesta hora, lançamos nossa luz e alçamos nosso poder. Que se acenda o fogo e agite o ar.

Sob o caldeirão, o fogo ardeu. O vento aumentou, fazendo brilhar o círculo de luz ao redor dos seis.

– Contra a conspiração do mal, que se mantenha nos bons e nos maus momentos. Flor da terra, água que flui. Que o sol e a lua afastem a penumbra para que testemos nossa determinação contra a escuridão.

Flores surgiram da grama dentro do círculo. Água pura azul fluiu do ar para o caldeirão.

– Somos parentes, de sangue e de coração. Juntos ou separados. Criamos este símbolo para celebrar nossa união.

O ar vibrou. Riley sentiu a vibração no próprio sangue, sentiu a loba dentro de si se abrir para o poder e a pura beleza, enquanto Bran estendia a palma das mãos acima do caldeirão. Nelas brilhavam duas ampolas brancas.

O que saiu delas parecia luz líquida.

Uma névoa se ergueu e o que se mexeu dentro do caldeirão cantarolou.

– Isto me foi passado de mão em mão, de magia em magia, de filho para filha e de filha para filho. – Bran ergueu o punhal e o deslizou para dentro do caldeirão. – Sua besta, *fáidh*.

Sasha a entregou. Nos olhos dela, Riley viu não só amor e fé absoluta, mas a admiração que ela própria também sentia.

Depois de pôr a besta no caldeirão, Bran se virou para Annika, que, sem dizer uma só palavra, lhe estendeu os braços. Ele tirou seus braceletes, e os acrescentou.

Com total confiança, Riley entregou para Bran suas armas, até mesmo a faca que levava no quadril. Sawyer fez o mesmo, depois pegou a bússola.

– Você pode acrescentar isto também.

– Tem certeza? – perguntou Bran.

– Foi passada para mim, de mão em mão.

Acrescentando-a, Bran se virou para Doyle, que lhe entregou sua besta.

– Você também me confiaria sua espada?

– A você e a todos dentro deste círculo, como não confiei a ninguém em três séculos.

Bran conseguiu mergulhar a espada no caldeirão, ainda que não houvesse espaço para isso.

– Lutamos pela luz e pela justiça. Tudo que somos em corpo, espírito e mente vai além das estrelas que encontrarmos. Nesta noite, com esta marca, somos um clã, e sob este símbolo a união permanece.

A névoa acima do caldeirão se mexeu e formou o símbolo do brasão de armas.

– É da vontade de vocês que seja assim?

Em vez de falar, Riley segurou a mão de Sawyer e a de Doyle. E todos os seis se deram as mãos ao redor do círculo.

– Então, pela nossa vontade, que assim seja.

Na fumaça, a réplica do brasão de armas brilhou e se incendiou, depois desceu para o caldeirão.

E tudo ficou em silêncio.

– Uau. Estou ouvindo um amém? – perguntou Sawyer.

Riley deu um suspiro.

– Amém, irmão. O que você fez foi ótimo, irlandês.

– Bem, a gente faz o que pode. – Bran pegou a espada de Doyle e a estendeu ao luar. Logo abaixo do punho, o brasão de armas estava gravado no aço.

– É nosso – murmurou Annika. – Da nossa família.

Bran ergueu os braceletes de Annika e os pôs de volta nos pulsos dela. Annika passou os dedos nos novos símbolos.

– Estão mais bonitos agora.

– E talvez mais poderosos. – Bran entregou as armas para Riley. – União é força, e acredito que isso se traduzirá nelas.

Sawyer pegou as armas que usava e estudou o símbolo nas coronhas, como nas de Riley.

– Isso é bom. – Pegou sua bússola, agora ostentando o brasão de armas. – Realmente bom.

Pode vir, Nerezza, pensou Riley, examinando o céu. *Pode vir e testar o Clã dos Guardiões.*

13

NEREZZA NÃO VEIO NAQUELA NOITE, NEM NA SEGUINTE. NÃO ENVIOU nenhuma criatura malévola para atacá-los quando eles mergulharam nas águas geladas do Atlântico em sua busca.

Nada espreitou na floresta ou pairou no céu.

Sasha não teve nenhuma visão.

Riley usou o tempo a seu favor. Treinou e se exercitou até sentir que seu corpo estava em perfeitas condições. Passou horas com livros, computadores e anotações. E mais outras tantas com Doyle na cama. Ou no chão.

Foi com Sawyer para Dublin, com a desculpa de que iam comprar mantimentos, deixando uma desgostosa Annika para trás. Aproveitou e comprou uma blusa para substituir a que fora arruinada por Doyle.

E, já que estavam lá, arrastou Sawyer, em estado de choque, para tomarem uma cerveja num pub.

– Talvez eu devesse ter simplesmente comprado um anel.

– Não. Seu plano é muito mais significativo.

– Sim, mas… aí tudo já estaria resolvido.

Riley se recostou para saborear a cerveja, porque, em sua opinião, não havia nada como saborear uma encorpada Guinness à meia-luz de um pub irlandês. Acompanhada de um prato de batatas fritas salpicadas de sal e vinagre? Era perfeito.

– Está nervoso?

– Não. Não, é só que… – Sawyer tomou um gole rápido, sem saborear. – Vou ficar noivo, com aliança e tudo. É um momento importante.

Feliz em beber a isso, Riley ergueu sua cerveja.

– A este momento!

– Sim. – Doyle encostou seu copo no dela e olhou ao redor, como se tivessem se esquecido de onde estavam. – Parece estranho estarmos aqui, com todas essas pessoas, apenas sentados bebendo cerveja. Ninguém além de nós sabe de nada, Riley.

Mordendo uma batata frita, Riley também olhou ao redor – o burburinho das conversas, a energia e a cor.

Luzes fracas em um dia em que o sol não poderia mudar de ideia, o ar cheirando a cerveja, batatas fritas e sopa.

Vozes – alemãs, japonesas, italianas. Americanas, canadenses, inglesas, sotaques escoceses.

Ela sempre havia considerado um bom bar europeu uma espécie de Nações Unidas mais informal.

– Eu estava sentindo falta de pessoas – percebeu –, e não costumo sentir. Senti falta do burburinho e da vibração. De rostos e vozes de estranhos. É bom que não saibam de nada. Não podem fazer nada mesmo. Então este é outro momento, apenas sentados aqui como pessoas normais tomando uma cerveja normal em um pub normal.

– Tem razão. Tem razão. No fundo, é para isso que temos lutado.

– Um mundo em que todos possam tomar uma cerveja às quatro da tarde de uma quarta-feira.

– Ou ficar noivos de uma sereia.

– Seria demais para a maioria das pessoas. Mas, sim, posso beber a isso.

Ela olhou para a garçonete, uma jovem de rosto corado e cabelos cor de violeta.

– Quando eu terminar e este mundo estiver na escuridão, beberei seu sangue.

A garota deu um rápido sorriso e sua voz se elevou um pouco. Seus olhos estavam cegos e enlouquecidos. Riley deslizou a mão por baixo de sua jaqueta e abriu o coldre.

– Não – sussurrou Sawyer, com os olhos fixos na garçonete. – Ela é inocente.

– Vocês estão fracos. Pensaram que poderiam me destruir com o que possuem? Eu estou me fortalecendo.

Enquanto a observavam, os cabelos violeta se tornaram grisalhos e os olhos azuis ficaram negros.

– Posso mantê-la como um animal de estimação e dá-la para Malmon.

Embora mantivesse a mão na arma, Riley ergueu seu copo.

– Não, obrigada – disse ela, e bebeu.

A mesa balançou, as cadeiras chacoalharam. E os outros clientes continuaram a beber e conversar, sem perceber nada.

– Ei, já que está bancando a garçonete, um bom disfarce para você, talvez possa nos trazer amendoins para acompanhar a cerveja e as batatas fritas.

A raiva avermelhou a pele clara da irlandesa.

– Vou arrancar a carne de seus ossos e dá-la aos meus cães.

– Sim, sim. Amendoins?

– A tempestade virá.

A garçonete pestanejou e afastou confusamente os cabelos violeta.

– Me desculpem, minha mente estava em outro lugar. Desejam mais alguma coisa?

– Não, obrigada. – Riley tomou um grande gole e esperou a garota se afastar. – Isso foi divertido.

– Não vieram os amendoins.

Com uma risada, Riley ergueu o punho para bater no dele.

– Você tem suas gemas, Sawyer. Acho melhor voltarmos para casa e contar o que aconteceu. Nerezza está se recuperando e se aproximando cada vez mais.

Sawyer suspirou enquanto eles se levantavam para sair.

– Agora vamos ter que contar que estivemos em Dublin.

– Não há como evitar – concordou Riley. – Deixe que eu explico tudo.

– Ficarei feliz em apenas ficar calado.

Dada a situação, Sawyer não tinha nenhum problema em permitir que Riley assumisse a liderança. Quando eles voltaram e foram para a cozinha, limitou-se a enfiar as mãos nos bolsos – sobre os saquinhos com águas-marinhas que guardara lá – e ficou de boca fechada.

Sasha estava sozinha, sovando massa de pão.

– Ei, vocês voltaram.

– Sim, e algo está cheirando muito bem.

– Estou preparando molho para lasanha e tentando fazer pão italiano. É divertido. Espero que tenham trazido ricota e muçarela.

– Ah. – Foi a vez de Riley enfiar as mãos nos bolsos. – Sobre isso…

– Precisam de ajuda para trazer as compras para dentro? Annika está lá em cima com Bran, e Doyle… não sei onde se encontra. – Escolhendo uma faca, Sasha fez cortes diagonais nos pães. – Vou só cobrir isto para descansar e depois ajudo vocês.

– Na verdade, não fizemos compras.

– O quê? Por quê? Aonde vocês foram?

– Annika está lá em cima, não está? Sawyer queria comprar algumas gemas para um anel de noivado, por isso…

– Sawyer! – Pondo o pano de prato de lado por um momento, Sasha correu para ele e o abraçou com força. – Isso é tão… Gemas? Para um anel de verdade?

– Pensei que você poderia me ajudar a desenhar um, e depois, talvez Bran…

– Ah! Essa é a melhor ideia do mundo! – Ela o abraçou de novo. – Annika vai adorar. Mal posso esperar para começar. O que tem em mente?

– Na verdade, isso vai ter que esperar um pouco, certo? – Ele apelou para Riley.

– Certo. Quando estávamos em Dublin, nós…

– Dublin? – Sasha ofegou e deu um pequeno empurrão em Sawyer ao passar por ele. – Vocês foram para *Dublin*.

– Resumindo tudo: eu tinha um contato, por isso fomos até lá, compramos as gemas, e estávamos tomando uma cerveja quando…

Sasha ergueu o dedo e Riley se calou.

– Vocês foram para Dublin… Não importa a rapidez com que voltaram… – disse Sasha, efetivamente pondo por terra o principal argumento de Riley. – Não contaram para ninguém aonde realmente iam. E depois pararam para tomar uma *cerveja*?

– Talvez você devesse ter ido também. E eu comprei uma blusa. Estava precisando. Não foi como se estivéssemos na farra.

– Qualquer um que deixa a propriedade precisa avisar para onde vai. Obviamente aconteceu alguma coisa enquanto estavam lá. Vou chamar os outros, e vocês mesmos poderão explicar.

Enquanto Sasha cobria cuidadosamente os pães com o pano de prato, Sawyer, desconfortável, passou o peso do corpo de um pé para o outro.

– Pode omitir por que nós fomos até lá? Pelo menos enquanto Anni estiver por perto?

Sasha o olhou friamente.

– Tudo que você tinha que fazer era contar para mim, Bran ou Doyle. Nós sabemos manter um segredo. Vou buscá-los.

Sozinha com Sawyer, Riley deu um longo suspiro.

– Mamãe está muito desapontada conosco.

– Eu me sinto um idiota. Como ela conseguiu fazer com que eu me sentisse um idiota sem levantar a voz?

– Ela é boa nisso. Vou abrir um vinho. Não chegamos a terminar aquela cerveja e tenho a sensação de que vamos precisar de álcool.

– Também não fizemos as compras. Como fomos nos esquecer disso?

– Estávamos com um pouco de pressa para voltar – lembrou-lhe Riley.

Ela abriu uma garrafa de vinho tinto e pegou taças. E se preparou para encarar as consequências.

Annika descia a escada saltitando quando Doyle entrou.

– Vamos tomar vinho? Bran e eu trabalhamos muito. Eu amo vinho. – Ela abraçou Sawyer e se aconchegou a ele. – E amo você também.

Acariciando-lhe os cabelos, Sawyer deu um sorriso amarelo para Riley por cima da cabeça de Annika.

– Demonstre um pouco de solidariedade – disse Riley para Doyle antes que ele fosse buscar uma cerveja. Ela serviu seis taças.

Antes de pegar uma, ele examinou o rosto de Riley.

– Qual é o problema?

– Vou contar quando todos estiverem aqui.

Quando Bran entrou com Sasha, ela notou, pelo olhar dele, que já estava parcialmente inteirado do ocorrido.

– Está bem, eis o problema. – Para tomar coragem, Riley pegou uma taça e tomou um gole. – Sawyer e eu fomos a Dublin.

– O que é Dublin? – perguntou Annika.

– A capital da Irlanda. – O olhar de Doyle se endureceu. – Na costa leste do país.

– É um lugar muito longe para fazer compras. É uma cidade? – continuou Annika, afastando-se de Sawyer. – Por que você não me levou?

– Não, eu… Bem, nós…

– Ele precisava ir lá fazer uma coisa. Uma surpresa para você.

Longe de ficar aliviada, Annika franziu as sobrancelhas para Riley.

– Uma surpresa para mim? O que é?

– Annika, uma surpresa significa que você ainda não pode saber. Eu fui para ajudá-lo nisso.

– Não importa – interrompeu Bran, seu tom tão frio quanto o de Sasha tinha sido. – Viajar para tão longe, por qualquer motivo, sem nos avisar, é totalmente oposto a tudo que fizemos e nos tornamos.

– A culpa é minha – começou Sawyer.

– Não, estávamos nisso juntos – interrompeu Riley. – E você tem razão. Eu me limito a dizer que fomos pegos. Sawyer pode rastejar e pedir desculpas depois.

– Ei.

– Só acho que você é melhor nisso do que eu. Podemos continuar a falar sobre quanto fomos estúpidos, irresponsáveis ou o que for. Ou contar o que aconteceu, que é muito mais importante.

– Bem, você é mesmo péssima em pedir desculpas – murmurou Sawyer.

– Eu sei.

– Nerezza. Foi ela. – Sasha deu um passo para a frente. – Sinto isso agora.

– Viva e em pessoa. Ou melhor, usando uma garçonete naquele pub perto da Grafton College.

– Vocês foram tomar uma cerveja? – perguntou Doyle.

– Ah, como se você não fosse fazer o mesmo. Terminamos nosso… negócio e fomos tomar uma cerveja antes de voltar. E eu mal tinha começado a saborear minha Guinness quando a garçonete apareceu. No início, com o próprio rosto e corpo, e a própria voz. Mas as palavras?

Riley fechou os olhos por um momento para se lembrar.

– Ela disse: "Quando eu terminar e este mundo estiver na escuridão, beberei seu sangue." – Riley olhou para o vinho tinto em sua mão, pensou e depois o bebeu quase de má vontade. – E se vocês não acham chocante ouvir uma garçonete jovem e bonita falar isso com um sotaque irlandês, *eu acho.*

– Eram só pessoas comuns – acrescentou Sawyer. – Não podíamos atacá-la. Era apenas uma garota. Nerezza a estava usando, por isso não podíamos fazer nada.

– Nerezza disse que estamos fracos e que ela está se fortalecendo.

– Para provar isso, se exibiu – continuou Sawyer. – A garota mudou e lá estava ela, naquele pub lotado. Com certa idade e os cabelos grisalhos, não totalmente brancos, mas não como quando eu a segurei em Capri.

– Ela está recuperando suas forças e seus poderes – murmurou Sasha.

– Ela ameaçou dizendo que podia fazer de Riley um animal de estimação e dá-la para Malmon – comentou Sawyer.

– Até parece.

– Não despreze isso, Riley – argumentou Sawyer. – Por algum motivo, agora o alvo de Nerezza é você. O pub tremeu quando ela se irritou com suas palavras. Garrafas e copos tilintaram. Ninguém notou.

– Então Sawyer a provocou, falou que talvez ela pudesse nos trazer amendoins. Isso a irritou ainda mais. Ela vociferou, dizendo que ia arrancar a carne de nossos ossos e dá-la aos seus cães. Como não podíamos partir para cima de Nerezza, demos de ombros. A última coisa que ela disse foi: "A tempestade virá." Então a garçonete voltou, parecendo confusa.

– Ela não tentou nada contra vocês. – Assentindo, Bran finalmente pegou o vinho e passou uma taça para Sasha. – Estava só com vocês dois, em um espaço público fechado em que vocês teriam hesitado em usar de força ou violência. Mesmo assim, não os atacou.

– Porque não podia – concluiu Sasha. – Ainda não estava forte o suficiente para isso. Só para ilusões, para usar outros meios. Não para nos atacar.

– Ela não estava realmente lá, não é? – Doyle se virou para Bran. – Era só uma ilusão.

– É o que eu acho.

– Se ela estivesse mais forte, não estaríamos aqui com vocês. – Annika foi até Sasha. – Não sabíamos que vocês estavam tão longe. E se acontecesse alguma coisa, não teríamos como descobrir.

– Não aconteceu nada. – Sawyer achou vital salientar isso. – Me desculpem, foi uma decisão errada, mas não fomos capturados nem feridos. E todos nós ficamos sozinhos ou com apenas parte do time o tempo todo.

– Não em Dublin! – disparou Doyle.

– Por isso foi uma decisão errada. Mas obtivemos algumas informações. Vocês podem continuar a nos repreender ou usar as informações que trouxemos.

– Você também é péssimo em pedir desculpas.

– Aparentemente. Olhem, o que fui fazer lá era realmente importante. Eu errei, e sinto muito. *Mea culpa* elevada ao quadrado. Sinceramente.

– Talvez devêssemos apenas nos acalmar um pouco, e depois falar sobre isso de forma mais racional. – Sasha foi mexer o molho. – E ainda precisamos fazer compras.

– Vocês não trouxeram a droga das compras?!

– Estávamos um pouco distraídos – disparou Riley para Doyle. – Vamos ao mercado agora.

– Não, Annika e eu vamos.

– É. – Annika deu o braço para Doyle. – Nós vamos, e vou me acalmar para podermos conversar de novo.

Ela estendeu a mão para Sawyer, com a palma virada para cima.

– A lista de compras, por favor.

Ele a tirou do bolso de trás e a entregou.

– Droga – disse quando a namorada saiu ao lado de Doyle.

– Ela vai esquecer. Vocês todos vão – disse Riley. – Enfrentamos as consequências do que fizemos. Se vão continuar nos repreendendo, quero mais vinho.

Ao fogão, Sasha olhou para trás.

– Foi um risco desnecessário.

– Não parecia ser. – Riley deu de ombros.

– Mesmo quando vocês esperavam que a deusa da escuridão lhes trouxesse amendoins? – sugeriu Bran.

– Sim. Era uma clara intimidação, irlandês. Se nos assustamos? Claro. Mas o que ela ia fazer? Ela não vem sozinha, ou pelo menos não costuma vir. Deveríamos ter contado para vocês, exceto Anni. Foi um erro estúpido não termos contado, simplesmente estúpido. Só posso dizer que estávamos tão envolvidos na missão secreta que não pensamos nisso.

– Estúpido, impulsivo. E compreensível.

– Compreensível? – Sasha se virou para Bran, boquiaberta.

– *A ghrá.* Um homem apaixonado pensa mais com o coração do que com a cabeça.

Sawyer tentou dar um sorriso triunfante para Sasha e levou a mão ao coração.

Ela torceu o nariz.

– Riley não é um homem apaixonado e deveria agir direito.

– Também fazemos bobagens por amizade.

– Bobagens não… Vou calar a boca – decidiu Riley. – Ora, vamos, Sash, tudo está bem quando terminamos todos vivos. E admita que quer ver as gemas. Não quer ver as pedras brilhantes que Sawyer comprou para o anel?

– Eu não… Droga, é claro que quero ver.

Suspirando de alívio, Sawyer pegou os saquinhos do bolso.

– Esta é a principal.

Ele despejou a pedra na mão. Perfeitamente redonda, lindamente azul, brilhante como um minúsculo lago.

– Água-marinha. – Sorrindo, Bran acariciou o ombro de Sasha. – Rezam as lendas que antigamente as sereias apreciavam essa gema.

– Até o nome combina. E é azul. Perfeita – acrescentou Riley.

– É linda, Sawyer. Posso? – Sasha a pegou e ergueu. – Vejam quantos tons de azul surgem à luz. Você não poderia ter escolhido nada mais certo para ela.

– Você acha? Comprei estas também. – Do segundo saquinho, ele despejou pequenos diamantes, safiras cor-de-rosa e mais águas-marinhas. – Eu estava pensando que você poderia sugerir um design, e comprei estas. De um terceiro saquinho, ele tirou dois aros de platina. – Depois, talvez Bran pudesse juntar tudo isso.

– Ficarei feliz em ajudar.

– E já tive algumas ideias. – Sasha estudou novamente a pedra e a devolveu. – Isso não significa que não estou mais chateada.

– Chateada já é um progresso. – Sawyer guardou as pedras.

– Em nome do progresso, eu gostaria de acrescentar uma coisa: quando a desgraçada falou que a tempestade viria, os pelos da minha nuca se eriçaram – disse Riley.

Sawyer olhou para ela.

– Os seus também?

– Ah, sim. Havia algo ali, grande. Não só ameaças vazias. Algo travestido de raiva, mas para mim teve peso. Talvez algo ocorra a você.

– Não agora – disse Sasha.

– É algo para se refletir. Vou pensar enquanto pesquiso nos livros. É meu castigo.

– Pesquisar nunca foi um castigo para você. Já fazer uma salada…

– Sou melhor nisso; ela é melhor nos livros – disse Sawyer, dando aquele sorriso amarelo de novo. – Vamos explorar nossos pontos fortes.

– Boa ideia. Estarei em meu quarto, entrincheirada. – Riley escapou quando teve chance.

Embora não lhe agradasse que Doyle e Annika ainda estivessem irritados, Annika não era de ficar irritada por muito tempo. Quanto a Doyle, tinha um plano para ele.

Ao abrir as portas de sua varanda, Riley os ouviu voltando. Esperando seu momento, continuou a pesquisar e fazer anotações. Não teve que esperar muito.

Quando Doyle entrou, ela estava sentada à escrivaninha usando nada além da camisa dele.

Ele fechou a porta bruscamente.

– Essa é sua roupa de pesquisadora?

– Isto? – Riley se virou na cadeira. Sim, ainda estava irritado, mas… interessado. – Achei que você viria buscar sua camisa, só queria que estivesse à mão.

– Acha que pode me distrair com sexo?

– Claro. – Ela se levantou. – Eu queria devolver sua camisa, mas me parece desnecessário, já que você está usando uma.

Enquanto Doyle ficava em pé, ela lhe tirou a espada da bainha e a pôs ao lado da cama. Então voltou e começou a desabotoar a camisa dele.

– Acha mesmo que pode me seduzir?

– Seduzir? Por favor. Tenho todas as partes femininas necessárias. Isso é sedutor o suficiente, ainda mais para um homem que já as conhece.

Ela atirou a camisa para o lado e empurrou Doyle de leve na direção da cama.

– Deite-se, figurão.

– Não teve medo de que Sawyer ou Bran entrassem em vez de mim?

Outro empurrão.

– Em primeiro lugar, eu estou coberta. Em segundo lugar, você é o único que entra sem bater. Deite-se – repetiu.

– Não vim aqui para sexo. – Mas ele se sentou na beirada da cama.

– A vida é cheia de surpresas. – Ela tirou as botas de Doyle e sorriu enquanto abria seu cinto. – Surpresa.

– Não posso transar e ainda ficar irritado com você.

– O que vem a calhar para nós dois. – Ela o empurrou para que se deitasse. Movendo-se rapidamente, tirou-lhe a calça jeans e a chutou para um canto. Então subiu na cama para montar nele.

– O que me diz de conversarmos depois?

Doyle agarrou os cabelos dela, não muito gentilmente, e a puxou. Quando seus lábios se encontraram, ele a virou para deitá-la.

Riley esperava que ele apenas a possuísse, simplesmente penetrasse, e não teria se oposto a isso. Então ele soltou seus cabelos e segurou seus pulsos, erguendo-lhe os braços acima da cabeça.

O instinto a fez tentar se soltar.

– Ei.

– Cale a boca.

Ele assaltou a boca dela, pondo o organismo de Riley em marcha acelerada. Ela lutou – não em protesto, mas tentando tocá-lo.

Ela teria que lhe dizer não, para parar imediatamente, ou aceitar o que lhe desse. A raiva ainda ardia nele, junto com uma luxúria abrasadora. Tinha pensado que podia brincar com Doyle – tinha pensado bastante –, mas não conheceria a intensidade do que ele queria dela até que terminasse.

Doyle gostou de vê-la pelo menos uma vez indefesa debaixo dele, com as mãos presas pelas dele. Com o corpo tremendo e se arqueando quando ele beijou o seio dela e o mordiscou.

Riley podia prendê-lo com aqueles olhos. Agora ela saberia como era sentir sua escolha se dissolver em um violento desejo.

Ele abaixou os braços de Riley, mas continuou segurando os pulsos. E desceu implacavelmente pelo corpo dela. Riley gritou quando ele usou a língua. Gritou, se contorceu e gritou de novo quando ele não parou.

Mas a palavra que gritou não foi *não*.

Foi *sim*.

Ela sabia o que era luxúria. Sabia o que era ceder aos desejos, por mais ferozes que fossem. Só que aquilo ia além do que conhecia. Ele a levou ao limite apenas para levá-la a outro. E novamente sua respiração se acelerou e seus pulmões arderam como se fossem explodir.

Quando ele soltou as mãos de Riley para poder acariciá-la, ela agarrou os lençóis e permitiu que ele a dominasse. Todas as partes que aquelas mãos rudes tocavam tremiam, como se os nervos dela estivessem à flor da pele.

Quando ele a puxou para cima de si, Riley atirou a cabeça para trás. Cada centímetro de seu corpo estremeceu à espera de mais. Querendo mais.

– Abra os olhos e veja aquele que a possui como deve ser possuída. Olhe para mim, droga, olhe para aquele que sabe o que vive em você.

Riley abriu os olhos e encontrou os de Doyle, quase ofuscantes de tão verdes. Neles viu desejo e conhecimento. Por ela, dela.

Ela agarrou os quadris de Doyle.

– Estou vendo.

Meio enlouquecido, ele a penetrou. Mergulhou nela enquanto seu sangue fervia e seu coração parecia saltar do peito. Porque eles viam e conheciam um ao outro.

Então ele temeu que ambos estivessem condenados.

Dominada, pensou ela quando ambos amoleceram. Aquele passo que nunca havia se permitido dar com outro, se permitira com ele. Dominar seu corpo, sua mente e tudo que ela era.

Depois de avançar, como recuaria?

Como poderia?

Quando Doyle rolou para o lado a fim de se deitar de costas, o instinto dela foi se aconchegar a ele, mas se conteve e permaneceu como estava.

Vá com calma, preveniu a si mesma. Ela sabia como abordar fatos e se manter calma.

– Acho que vou ficar com aquela camisa. Cai bem em mim.

– Pode ficar com o que restou dela.

Intrigada, Riley olhou para baixo e viu os restos da camisa aos pés da cama.

– Se continuarmos assim, vamos acabar andando nus por aí.

Doyle se virou, pegou a garrafa d'água na mesa de cabeceira e bebeu metade. Então lhe ofereceu o resto.

– Deixei marcas em você.

Riley olhou para si mesma. Havia roxos nos pulsos, e mais alguns aqui e ali.

– Não muitas.

Doyle se levantou e trouxe o pote de unguento dela para a cama.

– Você me irritou – disse ele, passando-o nos hematomas dela.

– Reclame comigo quanto quiser, porque nada vai chegar ao nível de desaprovação de Sasha. – Riley suspirou. – Aquilo me arrasou. Deveríamos ter contado para alguém o que íamos fazer, para onde íamos. Sawyer queria o material para o anel de noivado de Anni, e…

– Eu descobri sozinho, mas achei que você fosse avisar. Não me venha com desculpas.

– Mensagem recebida, em alto e bom som. Foi um tapa na cara de todo o grupo. Foi insensato. Mesmo com tudo isso… São velhos hábitos. Sinto muito. O melhor que posso fazer é pedir desculpas.

Como ainda se sentia um pouco fraca, Riley saiu da cama e pegou a camisa rasgada.

– Vou… Espere. Você disse que descobriu por que nós fomos. Anni também?

– Ela poderia ter descoberto, porque não é nenhuma idiota, mas eu a despistei. Sugeri que vocês podiam ter ido comprar um vestido novo para ela, talvez brincos. Um presente.

– Boa ideia.

– Isso a amoleceu. A torturante meia hora que passamos na lojinha de quinquilharias também ajudou.

– Eu diria que fiquei lhe devendo essa, mas, considerando as atividades recentes, acho que você foi bem recompensado. Vou tomar um banho e depois descer para terminar de me redimir ajudando em algum serviço doméstico.

Quando Doyle não fez nenhuma menção de se juntar a ela, Riley entrou no banheiro e fechou a porta.

E fechou os olhos.

Deu-se conta de que ele havia abalado todas as suas estruturas. Abalado e atirado para o ar, fazendo-as cair em uma ordem que não entendia.

Mas ia descobrir, garantiu a si mesma. Qualquer que fosse o enigma, o problema, o código, acabaria descobrindo.

Tirou a camisa e percebeu que estava com o cheiro dos dois, uma mistura de ambos. Uma combinação. E, ao dobrá-la sobre a pia, sentiu-se ridícula porque sabia que não tinha nenhuma intenção de jogá-la fora.

14

DEPOIS DE DIAS DE SOSSEGO, TREINAMENTO E MERGULHO, DOYLE calculou que era hora, ou já passava da hora, de combinar as coisas. Procurou Bran na torre e ficou por um momento observando o amigo escrever no grosso livro de feitiços.

A magia não se resume a evocar redemoinhos e raios, pensou. Um pouco da magia era apenas... bem... trabalho e esforço, e outros elementos aparentemente tão prosaicos quanto caneta e papel.

Bran largou a caneta na mesa e releu o que escrevera. Então pôs a mão na página. Uma luz brilhou por alguns segundos.

Grande parte, considerou Doyle, era um poder surpreendente.

– Tem um minuto? – perguntou ele quando Bran o viu.

– Agora tenho. É preciso anotar coisas e selar a magia. Para nós mesmos e os que vierem depois.

Curioso, Doyle foi ver o que Bran escrevera.

– Na língua antiga?

– A língua dos meus antepassados, e dos seus – respondeu Bran. – Dos deuses antigos e dos poderes antigos.

– Uma espécie de feitiço de localização – concluiu Doyle, traduzindo. – Usando o brasão de armas como... dispositivo de correção de rumo?

– Mais ou menos. Vamos tomar chá.

Ele se levantou, deixando o livro aberto, e ligou a chaleira elétrica.

– Você não precisa de eletricidade ou bules – comentou Doyle.

– Bem, digamos que os deuses ajudam quem se ajuda. Não faz sentido ter preguiça de executar coisas simples.

– Outros teriam.

– E têm – disse Bran, voltando a ele enquanto pegava folhas de chá. – Pensei no que aconteceu com Riley e no que Sawyer e ela fizeram. Então esse feitiço encontrará qualquer um de nós que não esteja aqui. Tenho me dedicado um pouco a isso desde que Annika e Sawyer foram raptados, em Capri, mas outros assuntos se tornaram prioritários, por isso demorei para concluí-lo.

– Estamos com um pouco mais de tempo nos últimos dias, não é?

– Essa boa vida não vai durar para sempre. Impaciente?

– Irmão, eu posso ter todo o tempo do mundo, mas, se o tempo for este, e todos nós acreditamos que é, não devemos desperdiçá-lo.

– Concordo, embora tenha sido bom ter Sasha aqui com tempo para pintar, sem ser assombrada por visões.

Ele preparou o chá e ofereceu uma caneca para Doyle. Depois, olhou para o livro de feitiços.

– O que tem em mente?

– Sawyer está com Sasha na outra torre.

– Sim, desenhando o anel. – Bran sorriu e se recostou. Doyle deu de ombros.

– Eu respeito as mulheres sem ressalvas. Só que estou mais acostumado a falar sobre guerra com homens.

– Todos nós juntos não temos sua experiência em batalhas.

Apesar de ter dito isso mesmo antes, Doyle agora balançou a cabeça.

– O que não ajuda nada neste momento. Deixando isso e a igualdade de gênero de lado…

– Às vezes um homem deve falar com um homem. E uma mulher, com uma mulher.

– Isso não muda muita coisa. Bran, a exploração das cavernas submarinas não deu em nada além de uma redução da lista de locais possíveis.

– Concordo. Foi o que achamos em Corfu e Capri.

– Parece diferente aqui. – Inquieto, Doyle olhou pela janela. – Não sei se são meus sentimentos em relação a estar neste lugar, ou se *é* de fato diferente.

– Você voltaria? – indagou Bran. – Isso é algo que tenho me perguntado. Voltaria, sabendo que não poderia ter salvado seu irmão naquela época? Faria algo diferente se pudesse voltar àquele dia?

– Claro que eu teria um período normal de vida, mas que vida seria, sabendo que não havia feito nada por ele, e feito tudo apenas por mim mesmo? Tive tempo mais do que suficiente para concluir que fiz tudo que pude. Fracassei, e isso sempre me acompanhará, mas fiz tudo que pude, e faria de novo.

Doyle fitou seu chá, escuro e forte.

– Você está querendo saber por que eu não pedi a Sawyer que me levasse de volta para eu poder matar a bruxa antes de ela fazer mal a meu irmão. Sawyer faria isso, com certeza. A pergunta, bruxo, é: eu poderia mudar meu destino?

– Não sei, mas uma coisa é certa: você poderia salvar um irmão e perder outro. Ou começar uma guerra que tiraria milhares de vidas. Em minha opinião, não se deve interferir no passado. Até os deuses o deixam quieto.

– Mude um momento, mude uma eternidade. – Doyle olhou para o fogo, a sombra e a luz. – Tenho pensado nisso também. Eu fracassei, e o homem que ele poderia ter sido foi perdido. E o homem que eu poderia ter sido foi perdido com ele.

– O homem que você é basta. Estamos aqui, os seis, até certo ponto levados pelos ventos do destino. Acredito que também por todos os passos que demos e todas as escolhas que fizemos.

Bran esperou um segundo e arqueou a sobrancelha que tinha a cicatriz.

– O que você quer fazer?

– Tenho pensado no que já foi dito, nas visões de Sasha. No fato de ter vindo para cá quando há tantos outros lugares no mundo. Os deuses nos fazem pagar por todos os nossos passos e todas as nossas escolhas.

E Doyle sabia que aquela seria a mais dolorosa.

– Eu sei onde fica a caverna onde meu irmão morreu. É hora de voltar lá. É hora de procurarmos lá. – Doyle franziu o cenho ao notar a reação de Bran. – Você pensou nisso também.

– Não importa o que pensei; isso tinha que partir de você. Se estiver pronto, iremos juntos.

– Amanhã.

– Amanhã – concordou Bran. – Tenho pensado em outras palavras, que lhe foram ditas por uma bruxa ruiva. Que o amor dilaceraria seu coração com caninos e garras.

Doyle quase riu.

– Riley? Ela não está tentando dilacerar meu coração. Conseguimos nos entender.

Bran poderia ter continuado a conversa, mas Sasha entrou apressadamente.

– Ah, desculpem. Estou interrompendo?

– Não, já terminamos. – Doyle fez menção de se levantar.

– Não vá. Quero a opinião dos dois. Depois de muitas tentativas, tenho o design do anel de Sawyer quase pronto. Ele foi se certificar de que Annika está ocupada. E refletir um pouco sobre o desenho.

Sasha virou páginas de seu bloco, cada qual contendo vários modelos que Doyle achou mais do que bons. Então parou em uma página com um único desenho no centro.

Havia usado lápis de cor para realçá-lo, o azul profundo da água-marinha no meio, cercada por um halo de diamantes brancos por sua vez ladeados por duas safiras cor-de-rosa. O anel refletia o brilho das três cores: rosa, branco e azul.

– É lindo, a cara dela. Único – acrescentou Bran. – Como ela é única.

– Tomara que ele aprove. Dá vontade de obrigá-lo a aceitar logo. Quero mostrá-lo para Riley. O que você acha? – perguntou para Doyle.

– Não é minha área. Para mim, parece ótimo. Com muito brilho, o que ela adora.

– Estou pressentindo um "mas"? – perguntou Sasha.

– Não é minha área – repetiu Doyle. – Só estava pensando em quanto ela gostou do desenho ao redor do brasão de armas. Se os aros fossem entrelaçados…

– Ah! – Sasha lhe deu um entusiástico soco no ombro. – Ah, é perfeito. Vou consertar isso agora mesmo. E se Sawyer não aprovar, é porque tem algo de *errado* com ele.

Ela saiu tão apressadamente quanto tinha entrado.

– Bem, então isso está resolvido. – Bran se recostou com seu chá e sorriu para Doyle. – E, ao que parece, todos nós temos um papel aqui. As coisas são como devem ser.

Contemplativamente, Doyle esfregou o próprio ombro.

– Sua mulher está mais forte.

– Em todos os sentidos.

Aquilo não lhe tomou muito tempo, e Sasha concluiu que havia acertado na mosca quando encontrou Sawyer pesquisando com Riley na biblioteca da torre.

– Onde está Annika? – perguntou Sasha.

– Lavando roupa. Nunca vi ninguém tão feliz fazendo isso. – Sawyer pôs a bússola sobre um mapa e balançou a cabeça. – E ela está tendo mais sorte lá do que eu aqui.

– Eu tive muita sorte – disse Sasha. – Acrescentei algo ao desenho.

– Eu já estava bem satisfeito.

– Não cem por cento. Acho que a ideia de Doyle deixou perfeito.

Riley ergueu os olhos do livro.

– Doyle?

– Ele deu uma sugestão. Olhe aqui, Sawyer. Os aros, podemos entrelaçá-los com o mesmo desenho que usei no brasão.

– Não sei se… – Então ele entendeu. – Ah, sim. Claro! Por que não pensamos nisso antes?

– Não sei. Riley?

– Ela vai dar saltos mortais ao ver o desenho. Você acertou em cheio, Sash. Aprovado, Atirador?

– Aprovado.

– Leve para Bran, para ele já começar a fazer – sugeriu Riley.

– Tem razão. – Sawyer guardou a bússola no bolso e pegou o desenho que Sasha arrancara do bloco. – Obrigado.

Sasha o observou ir.

– Você queria que ele fosse embora.

– Não estávamos chegando a lugar algum aqui. Tudo parece parado. Preciso me mexer. Talvez devamos arrastar Anni para fora da lavanderia e treinar aqueles saltos mortais.

– Ainda sou péssima nisso.

– Exatamente.

– Tem mais uma coisa que queria falar.

Riley se afastou da mesa e girou os ombros.

– Seja o que for, podemos conversar depois dos exercícios.

Estava inquieta, admitiu Riley, arrastando os amigos para fora. Não havia conseguido afastar a inquietação – não com trabalho, mergulho, sexo nem sono. No minuto em que sua mente se desviava da tarefa que estava realizando, a inquietude recomeçava.

Então talvez precisasse de um tempo afastada dos homens, e de uma boa atividade física que exigisse uma conexão corpo-mente.

O céu estava azul, quase sem nuvens, e o sol brilhava. Satisfeita, Riley atirou para o lado o casaco com capuz que pegara ao sair e ficou com as mãos na cintura, usando uma camiseta vermelha desbotada.

Ali não era Capri ou Corfu, mas o verão irlandês – que poderia durar um dia inteiro – era simplesmente maravilhoso.

Ela começou com uma corrida, executou saltos mortais triplos e aterrissou em pé.

Ah, sim, estava voltando a ser ela mesma.

E Sasha vinha melhorando. Claro que seus pousos ainda eram vacilantes, mas ia ganhando altura. Só que ninguém chegaria perto de Annika. Ela parecia ter asas em vez de cauda.

Seguindo as ordens da sereia, Riley deu um salto mortal para trás, girou e deu um chute lateral. Meu Deus, ela queria ter com quem *lutar.*

A ordem seguinte de Annika fez Sasha se sentir um pouco incomodada, mas ela partiu para cima de Riley, que lhe deu impulso com as mãos e a levantou com força.

Na opinião de Riley, o mortal foi mais do que razoável e o pouso, malfeito, mas Sasha se firmou rapidamente e deu um soco no ar.

– Consegui! Vou fazer de novo. Melhor.

Dessa vez, ao ser jogada para o alto, Sasha simulou estar usando a besta. Riley se viu sorrindo, mesmo quando a amiga errou o pouso e caiu sentada.

– Mais uma vez! – gritou Riley.

Novamente, Sasha conseguiu, e fez uma dancinha da vitória como Rocky no topo da escadaria. Uma hora depois, Riley estava bastante suada, sentindo os músculos bem trabalhados e a mente clara. E a inquietação voltou.

– Bem, nos exercitamos. E como! – Sasha se sentou no chão para se alongar. – E agora, o que vamos fazer?

– Não sei – respondeu Riley, massageando os ombros.

– Ainda está com dor?

– Não. – Balançando a cabeça para Annika, Riley alongou as panturrilhas e os jarretes. – Estou bem, pronta para o combate. Acho que pronta para lutar. A espera está me matando. Estamos muito perto, quero acabar logo com isso.

Enquanto alongava os quadríceps, ela olhou para cima. Doyle estava no terraço, com a brisa lhe agitando os cabelos e os olhos nela. Depois de um longo momento, ele entrou.

– Droga.

– Você brigou com Doyle? – Já solidária, Annika acariciou o braço de Riley. – Você gosta de brigar com Doyle. Como se fossem preliminares.

– Sim. Não. Quer dizer, não estamos brigando. Provavelmente vamos brigar, e tudo bem. É... – Ela olhou para Sasha. – Você já sabe, não é?

– Lamento. É difícil não perceber. Você sente algo por ele. Por que não sentiria?

– Não tenho problema com sentimentos. Só que tenho mais do que quero, e não sei o que fazer com eles. Eu não queria isso, e agora é como se não me largasse mais.

– Ah! Você está apaixonada. Isso é maravilhoso! – Annika atirou os braços ao redor de Riley.

– Não é maravilhoso para todo mundo.

– Deveria ser.

– E eu não sei se é isso. Eu só... Por que não pode ser só sexo? Não tem nada de complicado. Sei como lidar.

– Vocês combinam tão bem!

Riley olhou para Sasha, boquiaberta.

– O quê?

– Combinam, sim. Admito que eu estava preocupada porque vocês dois são combativos e teimosos.

– Eu não sou teimosa. Sou racional.

– E os sentimentos não são. Você me ajudou a entender os meus por Bran, ver meu potencial, sozinha e com ele. Por isso, eu digo a você: se Doyle for quem você quer, vá atrás dele.

– Até certo ponto eu o entendo.

– Eu gosto de sexo – comentou Annika, jogando sua longa trança para trás.

– Sabemos disso. E ouvimos. – Riley revirou os olhos.

– É prazeroso e excitante. Com Sawyer, aprendi que é mais. Com amor, o sexo proporciona mais, significa mais. Quando eu não tiver mais as pernas, ainda poderemos nos acasalar. Fico feliz, mas ao mesmo tempo triste por saber que não vou poder caminhar com ele, cozinhar com ele nem me deitar na cama e dormir com ele.

– Ah, Anni... – Sasha foi abraçá-la. – É tão injusto!

– Mas estaremos juntos. De verdade. Encontramos um modo de ficarmos juntos o máximo possível e sermos felizes. Se Doyle fará você feliz, você deveria fazer o que Sasha diz.

– Como vou saber se ele me fará feliz?

– Descubra – respondeu Sasha. – Você é esperta e cabeça-dura demais para fazer diferente. Ele precisa de você.

– Ele… *O quê*?

– Talvez ainda não saiba ou não aceite, mas precisa de você. Quando o homem encontra o garoto e o garoto encontra o homem, a escuridão ecoa e sangue antigo é derramado de novo.

– Anni, vá chamar os outros – ordenou Riley. – Rápido. O que você está vendo, Sasha?

– Lembranças e luto, vivenciados de novo. Velhas feridas e cicatrizes abertas. Ela se alimenta da dor, desperta o antigo para ressurgir e atacar. Ela mente. Mantenham-se fortes e verdadeiros e passem neste teste. Porque a estrela espera na escuridão, no inocente. Tragam a luz de volta para o homem, para o garoto. Vejam o nome, leiam o nome, digam o nome. E encontrem o branco e brilhante.

Sasha fechou os olhos e ergueu uma das mãos.

– Preciso de um segundo. Isso foi intenso. – Quando sentiu o braço de Bran ao seu redor, se apoiou nele.

– Você se lembra do que acabou de falar? – perguntou Riley.

– Sim, e do que vi. Uma caverna, mas não está clara. Mudou. Talvez fosse a luz. Sua luz, no início, tão pura e branca – disse ela, baixando a mão para a de Bran. – Então as sombras. Não sombras. E ela veio. Nerezza. Não ela. Estou dizendo coisas sem sentido.

– Vamos entrar – sugeriu Sawyer. – Você poderá se sentar e se dar um minuto.

– Não, aqui está ótimo. Ficou muito frio. Uma caverna, mas não submarina. Tenho certeza disso. No início parecia grande, depois pequena. Mas grande o suficiente para todos nós ficarmos em pé. É um lugar ruim, muito ruim. – Os dedos dela se entrelaçaram nos de Bran. – Coisas terríveis ali, antigas e terríveis. Justamente o que ela quer e do que precisa… Meu Deus, depois é exatamente o oposto. Feliz e tranquilo.

– Talvez tenhamos que livrar o local do que é antigo e terrível, e isso mude as coisas.

Sasha assentiu para Riley.

– Talvez. Eu não sei. Só sei que temos que ir lá. – Então ela se virou para Doyle. – Sinto muito. Temos que ir ao lugar onde você perdeu seu irmão.

– Eu sei. Falei sobre isso com Bran.

– Fazendo planos sem a turma toda? – disparou Riley.

– Começando a fazer. Conheço a caverna e sei encontrá-la. Fica a menos de 50 quilômetros daqui.

– Você pode me mostrar no mapa, para que eu a registre – disse Sawyer. – Só por precaução.

– Vamos mapeá-la. – Bran afagou o ombro de Sasha. – Está bem agora?

– Sim.

– Eu diria que um pouco de comida viria a calhar. E vinho.

– Isso nem vou discutir.

– A comida está pronta – avisou Sawyer. – Anni, por que não vai checar isso? Vou buscar o mapa. – Sawyer deu um puxão na mão dela e deixou Doyle sozinho com Riley.

– Não gosto de me explicar – começou ele.

– Então não se explique. – Riley fez menção de ir embora, mas ele lhe segurou o braço.

– Eu quis falar com um irmão e bruxo, porque se tratava de voltar para onde perdi um irmão e matei a bruxa que me amaldiçoou.

– Tudo bem.

– Só isso?

– Meu Deus, Doyle, entenda. Todos nós sabemos que isso é horrível e brutal. Então você sentiu necessidade de conversar com Bran primeiro. Tudo bem. Eu... Nós estamos com você.

– Eu teria falado com Sawyer antes de falar com você.

– Agora você está me irritando.

– Por que você veio para cá com Annika e Sasha?

– Eu queria treinar um pouco, e Sasha está precisando. – Ela murmurou uma imprecação. – E me dei conta de que queria ficar um pouco apenas em companhia feminina.

Doyle hesitou, então diminuiu a pressão no braço dela.

– Se eu tivesse uma vida a perder, a entregaria em suas mãos. Isso significa confiança e respeito – disse ele.

– Eu poderia ser uma idiota e falar que é fácil para você dizer isso. Mas não sou idiota, e sei que não é fácil. Está tudo bem.

Doyle agarrou os cotovelos dela, a puxou para cima e a beijou.

– Você não é uma irmã para mim.

– Que bom.

– Mas você é... essencial. Indo para onde vamos amanhã, quero que esteja comigo.

Perplexa e comovida, Riley tocou o rosto dele.

– Eu estarei.

Ele a pôs no chão, pensou por um momento e depois lhe segurou a mão. Em vez de apertá-la, a manteve na sua enquanto eles desciam a escada.

Saíram cedo, armados. Riley ia na garupa da moto de Doyle, deixando a costa rumo às colinas verdes ondulantes e serenas sob um céu azul suave de verão.

Ela imaginou Doyle seguindo um rumo parecido montado em um cavalo, naquele dia terrível. Cascos batendo no chão, o manto esvoaçando enquanto ele ganhava velocidade. *Uma viagem mais rápida agora*, pensou Riley enquanto eles faziam curvas e lírios-do-campo amarelos dançavam ao sol. Porém, mais difícil para ele. Antes ele acreditava que salvaria o irmão e o traria para casa e a família.

Agora ele sabia que nunca o faria.

Mas se eles encontrassem a estrela...

Será que aquele lugar que um dia contivera tanto mal agora servia como o lugar de descanso da Estrela de Gelo?

De qualquer maneira, eles enfrentariam uma batalha. E ela estava mais do que pronta. Tentou não pensar muito sobre isso nem se aprofundar nos próprios sentimentos. Isso estava longe de ser uma prioridade agora, lembrou a si mesma. O que ambos sentiam não estava acima do destino dos mundos.

Doyle reduziu e pegou uma trilha estreita e acidentada.

– A partir deste ponto vamos a pé – disse ele. – O carro de Bran não pode passar daqui.

Riley desceu da moto.

– Qual a distância?

– Pouco mais de 1 quilômetro.

Doyle parou e olhou para a esquerda por cima de uma parede de pedra, para uma pequena fazenda onde um cão malhado cochilava ao sol e vacas pastavam no campo abaixo.

Enquanto ele estava lá, a casa da fazenda – com seus detalhes azuis, suas construções, um velho trator e até mesmo o cão malhado – desapareceu.

No campo e na colina, ovelhas pastavam. Um garoto cochilava recostado em uma pedra. Ele abriu seus olhos azuis e fitou Doyle.

– Ali, está vendo?

– O cão?

– O garoto. Eu o vi naquele dia. Está me olhando agora.

– Não tem nenhum garoto. – Riley manteve uma das mãos no braço de Doyle e olhou para trás, de onde vinham Bran e os outros.

– Os cabelos dele são quase brancos sob o boné. Está semiadormecido, com o cajado no colo.

– Tem uma mancha, um borrão no ar. – Bran ergueu a mão e a afastou. Estreitou os olhos contra a resistência e afastou de novo.

A fazenda estava tranquila, e o cão continuava a dormir.

– Nerezza está mexendo com a sua mente.

Ao ouvir as palavras de Sawyer, Doyle assentiu.

– Seguindo esta trilha, a cerca de 1 quilômetro. A caverna fica em uma colina de pedras e capim. Há um pequeno lago dentro. Estava escuro naquele dia.

E o que vivia dentro do lago, lembrou-se Doyle enquanto eles começavam a caminhar, deslizara sob a superfície oleosa como cobras.

Agora, ao longo da trilha estreita havia lírios amarelos e sebes carregadas de fúcsias. Uma pega passou voando por eles.

Uma pega representa tristeza.

Quando se aproximaram da caverna, Doyle viu os símbolos e os talismãs – esculpidos em madeira e pedra, feitos de palha e gravetos. Avisos e proteções contra o mal.

Como os outros não disseram nada, Doyle soube que eles só viram a parede irregular de pedra, as flores silvestres e as vacas espalhadas no campo.

Um corvo desceu voando e pousou. Quando Riley estendeu a mão para sua arma, Doyle ficou ao lado dela.

– Pelo menos você está vendo isso. – Ele desembainhou a espada e partiu o pássaro em dois.

No caminho, mais árvores surgiram e mais pássaros piaram. Ele se virou para a direita e andou a passos largos sob a proteção da alameda.

Água escura entre grama selvagem e nenúfares.

Depois, preta e oleosa, ondulando com o que vivia abaixo.

– O que você está vendo? – perguntou ele para Riley.

– Um lago com nenúfares precisando de um pouco de limpeza.

– Mais sujeira. – Bran ergueu novamente uma das mãos. – E, através dela, a água densa e preta.

– A caverna. – Sasha apontou para a entrada alta e escura. – Sangue e ossos. Um caldeirão com um caldo borbulhante. Não está limpa, não está. Ela mente, e tudo dentro é uma mentira. – Sasha deixou escapar um suspiro e se empertigou. – Ela está à espera.

– É melhor eu entrar sozinho – avisou Doyle antes que alguém pudesse protestar. – Não há nada que ela possa fazer comigo.

– Nem vem!

– Nisso eu concordo com Riley – disse Sawyer. – É tudo ou nada. Meu voto é tudo.

Riley sacou a arma.

– Acenda a luz, Bran. Seria bom vermos para onde estamos indo.

A boca da caverna se inundou de luz, branca e intensa. Juntos, eles foram na direção dela, e entraram. A caverna era alta e larga como Doyle se lembrava. Folhas e agulhas de pinheiro sopradas pelo vento cobriam o chão. Fezes de animais que a haviam usado como abrigo. Camadas irregulares de musgo e ervas daninhas nas paredes de pedra.

– Vamos nos espalhar – disse Riley. – Olhar por aí.

– Fiquem por perto – preveniu Sasha. – Algo não está… certo.

– Vamos em duplas. Sasha tem razão. – Bran espiou através da própria luz. – Algo não está certo.

Riley se agachou para examinar meticulosamente a parede da caverna. A não mais de 60 centímetros, Doyle corria as mãos pela parede, esfarelando musgo.

A tensão apertava sua nuca como garras. Os músculos abdominais se contraíram como o faziam antes de um salto para a batalha.

Ele ouviu Annika falando em voz baixa com Sawyer e as botas de Riley arranhando o chão enquanto ela caminhava ao longo da parede.

A luz mudou para um cinza sujo e o ar ficou gelado. Doyle se virou.

Ossos cobriam o chão, e ele sentiu o cheiro de sangue que vinha da terra. No centro da caverna, um caldeirão preto fumegava sobre um fogo vermelho como um ferimento recente.

A bruxa que ele havia matado mexia o caldeirão com uma concha feita de um braço humano. Seus cabelos eram um emaranhado louco de cachos pretos e seu rosto exibia uma beleza ofuscante quando ela sorriu.

– Você pode salvá-lo. Voltar no tempo, aqui e agora.

Ela apontou.

Ali, esparramado no chão da caverna, branco como gelo e sangrando de uma dúzia de ferimentos, estava seu irmão.

A mão que ele lhe estendeu foi trêmula.

– Doyle! Me salve, irmão.

Com a espada na mão, Doyle se virou para atacar a bruxa, mas ela desapareceu, rindo. Ele correu para o irmão e se deixou cair ao lado dele, como fizera tanto tempo antes. Sentiu o sangue em suas mãos.

– Estou morrendo.

– Não. Eu estou aqui. Feilim, eu estou aqui.

– Você pode me salvar. Ela falou que só você pode me salvar. Me leve para casa. – Quando um filete de sangue escorreu de seus lábios, ele estremeceu. – Estou com muito frio.

– Preciso estancar o sangramento.

– Só tem um jeito de fazer isso: matando-os. O sangue deles pelo meu. Mate-os e eu viverei. Voltaremos para casa juntos. – A mão do irmão agarrou a sua. – Não falhe comigo de novo, *dearthháir*. Não me deixe morrer aqui. Mate-os. Mate todos eles. Em troca da minha vida.

Segurando o irmão nos braços, Doyle olhou para trás.

Os outros lutavam, com revólver e besta, luz e braceletes, faca e punhos, enquanto a morte voava pelo ar enfumaçado da caverna.

Ele não os ouvia. Mas ouvia as súplicas do irmão.

– Eu sou seu irmão. Aquele que você jurou proteger. Seu sangue. Mate o bruxo primeiro. O resto será fácil.

Doyle tocou o rosto do irmão. E, levantando-se, ergueu a espada.

15

A RAIVA NELE ERA FRIA, UMA FÚRIA GELADA, COM LAMBIDAS DE SANGUE quente e loucura. Seu irmão. Jovem e inocente, sofrendo. A vida se esvaindo dele, de um corpo destroçado pela dor.

A guerra gritava ao seu redor.

Sempre a guerra.

Através do ar fétido, viu Riley atingir um inimigo com sua faca, e depois outro, enquanto gritava algo que ele não conseguia ouvir.

Ela não via que ele não era mais parte deles agora? Fora removido, naquele momento estava distante e separado. Isolado.

O raio de Bran e as flechas de Sasha não podiam penetrar a distância.

Meu irmão, pensou. *Meu sangue. Meu fracasso.*

– Salve-me.

Mais uma vez, Doyle olhou para baixo, para o rosto que o assombrava havia séculos. Tão jovem e inocente. Tão cheio de dor e medo.

Imagens alegres e tristes passaram por sua mente. Feilim tentando não chorar quando Doyle lhe tirou uma farpa do polegar. Como ele havia rido ao montar um pônei pela primeira vez! Como tinha crescido! Ainda assim, sentava-se com olhos ávidos ao lado do fogo enquanto o avô deles contava suas histórias.

E agora aquela imagem dominava tudo: Feilim com o rosto branco como osso e olhos enlouquecidos de dor, sangrando aos seus pés.

E o garoto ergueu a mão trêmula para o homem.

– Faça isso, e eu viverei. Só você pode me salvar.

– Eu teria dado minha vida para salvar meu irmão. Você não é meu irmão.

E, enregelado, Doyle cravou a ponta de sua espada no coração da mentira. Ela gritou, dilacerada, desumana. Seu sangue preto ferveu e se transformou em cinzas.

Agora a espada era vingança, fria e cortante, enquanto Doyle atacava tudo e todos que vinham. Se usavam garras ou bicavam, não sentia nada. Dentro dele havia outro grito, um grito de guerra ecoando em seus ouvidos e vibrando em seu coração.

Mil batalhas lhe vieram à mente enquanto sua espada golpeava e cortava. Mil campos de batalha. Dez mil inimigos sem rosto como as criaturas loucas criadas por uma deusa vingativa.

Sem retirada. Morte a todos eles.

Doyle viu uma das criaturas cravar as garras nas costas de Sawyer. Com apenas uma das mãos, ele a cortou, e então pisou com sua bota naquela cabeça perversa até reduzi-la a pó.

Virou-se para matar mais e viu que nada restava deles além de sangue e cinzas. Viu Sasha se ajoelhar e acenar enquanto Bran corria até ela. Annika abraçando Sawyer. E Riley, com a arma abaixada e a faca ensanguentada ainda na mão, observando-o.

Doyle se deu conta de que estava ofegante e com a mente repleta de tambores tribais. E ele, que lutara em inúmeras guerras, estava trêmulo na vitória.

Ele se forçou a se virar para Bran.

– Purifique o local.

– Sawyer está ferido.

– Eu estou bem. – Sawyer apertou o braço de Annika enquanto encarava Doyle. – Eu estou bem.

– Purifique o local – repetiu Doyle. – Não é o suficiente para matá-los.

– Sim. – Bran ajudou Sasha a se levantar. – Sua mão, *fáidh*. E a sua. E de todos. Carne para carne, sangue para sangue.

Bran colheu o sangue dos ferimentos deles na palma de uma das mãos e ergueu a outra, que se encheu de puro sal branco.

– Com sangue derramado rechaçamos a escuridão. – Ele caminhou em um círculo ao redor dos outros, derramando o sangue deles misturado no chão. – Com sal agora abençoados, deixamos nossa marca – disse ele, refazendo seus passos e o deixando cair por entre os dedos. – Com luz para brilhar. – Ele estendeu as mãos sobre o chão. – Que o fogo queime a mentira profana e erga as chamas para purificar.

O fogo surgiu, brilhou e se espalhou ao redor do círculo que ele criara. Vermelho e quente, branco e frio, e por último azul e tranquilizador.

– Que o mal seja banido deste lugar, vencido com coragem, luz e graça. Nós seis o testemunhamos de bom grado. Que assim seja.

O círculo de fogo se inflamou, deixando o ar em um tom suave de azul, e depois desapareceu.

– Está feito.

Doyle assentiu e embainhou a espada.

– Se a estrela estiver aqui, vai ter que esperar. Temos feridos para cuidar.

– Simples assim? – perguntou Riley enquanto ele saía a passos largos.

Bran a fez parar quando ela tentou segui-lo.

– Isso fica para depois. Todos estamos bastante feridos. Tenho um pequeno kit no carro, mas... Sawyer, você consegue nos transportar para lá? Prefiro não fazer nem aquela caminhada curta.

– Ele está ferido. Nas costas, no braço.

– Não é nada grave – garantiu Sawyer para Annika. – Posso fazer isso.

Sasha saiu mancando com a ajuda de Bran. Riley ignorou os próprios ferimentos, embora a parte de trás de seu ombro ardesse muito, e a acompanhou. Doyle ficou; seu rosto era uma máscara sob respingos de sangue.

– Vamos para onde deixamos o carro e a moto – pediu Bran.

– Vamos – concordou Sawyer. – É mais fácil assim.

Com a mão não totalmente firme, ele pegou a bússola. Respirou fundo e assentiu.

Riley sentiu um rápido solavanco e se viu ao lado da moto de Doyle. Notou que Sawyer não se opôs quando Annika e Sasha o ajudaram a entrar no carro.

– Eu dirijo – disse ela para Doyle.

– Ninguém dirige minha moto – retrucou ele.

– Hoje eu dirijo. Olhe para suas malditas mãos. – Ela tirou uma bandana desbotada do bolso de trás da calça e a estendeu para ele. – Enrole isso no ferimento e não seja um idiota.

Riley montou na moto e a pôs em funcionamento.

– Vai sarar antes de voltarmos.

– Não dou a mínima. Suba ou vá a pé.

Como Doyle sabia que não estava tão calmo quanto queria e precisava, subiu na garupa. Riley dirigiu a moto como dirigia tudo na vida: perigosamente rápido. Mas ele estava no clima para isso. Ela dirigia bem, o que não o surpreendeu, e os conduziu em retas e curvas, passando por sebes e muros de pedra.

O borrão era bom para ele, como a dor e a ardência de seus ferimentos sarando, por enquanto encobrindo o pesadelo íntimo.

Quando Riley parou na casa e desligou o motor, Doyle se julgou curado e calmo, e demorou alguns segundos para perceber que ela não estava nem uma coisa nem outra.

– Você esqueceu que havia outras cinco pessoas naquela caverna? – perguntou Riley. – Ou simplesmente decidiu que era o único capaz de fazer o trabalho?

– Eu fiz o que precisava fazer. – Ele se afastou, porque suas próprias palavras trouxeram de volta o rosto do irmão e a ponta mortal da espada em seu peito.

– Besteira.

Riley estava prestes a segui-lo, quando Sasha a advertiu:

– Riley! Ele está com dor.

– Ele parou de sangrar antes da metade do caminho de volta.

– Não esse tipo de dor.

– Pode me ajudar com Sawyer? – Bran pegou Sasha no colo. – Vamos curar a carne e depois o espírito.

– Eu estou bem. Só um pouco… – Sawyer cambaleou enquanto Annika o amparava – zonzo.

Riley percebeu sua palidez e as pupilas dilatadas; ele não estava nem um pouco bem.

– Estou com você, cara.

Grato pelo apoio, ele passou o braço ao redor dos ombros dela e sentiu a umidade.

– Esse não é o meu sangue, doutora. É o seu.

– Sofri alguns cortes. Anni?

– Tenho alguns ferimentos, mas podia ter sido pior. Sawyer os bloqueou para me proteger e um deles o feriu nas costas. Então Doyle…

– Sim, eu vi essa parte.

Eles se arrastaram para dentro e foram para a cozinha, onde Bran, com a ajuda de Doyle, já estava cuidando de ferimentos na perna e nos braços de Sasha.

– Quero uma cerveja – conseguiu dizer Sawyer, desabando em uma cadeira.

– Quem não quer? – retrucou Riley. – Tire a camiseta dele, Anni. Aposto que você sabe como.

Annika esboçou um sorriso enquanto tirava a camiseta rasgada e ensanguentada de Sawyer.

– Pode me ajudar… Ah! Bran, o ferimento é muito profundo.

Riley deu uma olhada e silvou.

– Parece que já começou a infeccionar.

– Um momento. Beba isto, *a ghrá*.

– Já está melhorando. – Sasha bebeu. – Sinceramente, está melhor. Cuide de Sawyer.

– Annika e Doyle, um ajuda o outro. Ela só precisa do unguento agora – indicou Bran. – Annika, passe até nos cortes pequenos. Tem veneno.

Ele foi até Sawyer e deu um sorriso chocho para Riley por cima da cabeça do amigo. Tirou de seu kit uma faca, uma ampola e três velas. Acendeu as velas com a mente e depois pegou uma tigela pequena.

– Preciso extrair o veneno primeiro.

– Ele está tremendo – disse Riley quando Sawyer começou a bater os dentes.

– Segure-o firme, porque vai doer como mil infernos. Prepare-se, Sawyer.

– Certo. Sim.

– Olhe para mim. – Riley lhe segurou as mãos. – Tenho uma pergunta: Homem de Ferro versus Hulk. Quem ganha?

– Homem de Ferro.

Riley balançou a cabeça.

– Hulk o esmagaria.

– Sim, claro. É mais forte, mas não tem estratégia. O Homem de Ferro tem experiência, intelecto.

– Hulk tem instintos. Primitivos.

– Isso não… *B'lyad*. Droga. *Droga*!

– Aguente firme – sussurrou Bran enquanto usava a faca enfeitiçada para drenar o sangue envenenado para a tigela.

Com um soluço, Annika se afastou de Sasha e se jogou no chão ao lado de Sawyer. Sawyer apertou tanto as mãos de Riley que ela imaginou ossos se partindo, mas continuou:

– Intelecto versus instinto. É difícil avaliar.

– Assim diz a… *droga, droga…* loba.

– Sim, tenho conhecimento de causa. Pense no assunto. Bom, Sr. Spock contra Hulk?

Ofegante e tremendo, Sawyer cerrou os dentes.

– Você está misturando séries. Droga!

– Quase terminando – prometeu Bran. – Está ficando limpo.

– Está bem. Está bem.

Riley viu a cor de Sawyer voltar e sentiu o aperto na mão diminuir.

– Agora só falta o unguento.

Quando Bran o aplicou, Sawyer fechou os olhos e suspirou.

– Ah, sim, isso funciona. Não chore, Anni. – Ele soltou uma das mãos de Riley e acariciou os cabelos de Annika. – Eu estou bem. Agora deixe Sasha terminar de cuidar de você.

– Está tudo bem? – Annika ergueu a cabeça e fitou Bran com olhos chorosos.

– Está – respondeu ele. – Por enquanto, aplique o unguento nos ferimentos a cada duas ou três horas. Antes de ele ir dormir, vou examiná-lo de novo. Agora está limpo e sarando. Teria sido pior, muito pior, se aquele desgraçado, aquela coisa, o tivesse ferido mais fundo.

– Obrigado.

Doyle cutucou Sawyer com um ombro.

– De nada. Cerveja?

Sawyer apenas ergueu o polegar.

– Você é meu coração! – exclamou Annika, e beijou Sawyer suavemente. – E meu herói. Só tenho alguns ferimentos leves, Sasha. Riley está pior.

– Droga. Ela tem um feio no ombro. – Sawyer se levantou, um pouco trêmulo. – Cuide disso, amigo.

Resignada, Riley tirou outra blusa que nunca mais seria a mesma e se sentou com seu top preto e seus jeans enquanto Bran examinava o ferimento.

– Fico feliz em dizer que não é nem de longe tão grave quanto o de Sawyer, e não vou precisar drenar com a faca.

– Eba.

– Cerveja? – ofereceu Sawyer.

– Tequila – respondeu ela. – Dose dupla.

– Vou buscar.

Aquilo doeu, e doeu o suficiente para ela engolir o primeiro shot e erguer o copo.

– Mais.

Quando a dor aliviou, ela engoliu a segunda dose e ficou sentada enquanto Bran tratava os cortes menores e arranhões.

– Tudo bem. Agora é sua vez. – Sasha apontou para Bran. – Anni, vamos curar quem nos cura.

– Eu também vou querer uma cerveja.

Doyle foi buscar. Sua maldição o curava, pensou. E seus amigos? Curavam uns aos outros. Ele ficou ali, tão isolado quanto ficou durante aquele horror na caverna. Virando-se, dirigiu-se à porta.

– Ninguém sai – disparou Riley.

– Quero tomar um pouco de ar.

– Vai ter que esperar.

– Você não me dá ordens, Gwin.

– Desta vez eu dou – disse ela, fria, enquanto tratava dos ferimentos de Bran e Sasha olhava para Doyle. – Ninguém sai até conversarmos sobre o que aconteceu.

– O que aconteceu? – Doyle quis se livrar daquilo enquanto tirava a maldita bandana da mão. – Entramos em uma luta já esperada e vencemos.

– Isso não é tudo. Ela bloqueou você – continuou Bran. – Usou o lugar e as lembranças contra você.

– Ela o manipulou ou tentou manipular, cara – concordou Sawyer. – E não conseguimos chegar até você. Era como se tivesse uma parede ou um maldito campo de força. Nós de um lado e você do outro, com…

– Você o viu?

Riley decidiu tomar mais uma dose.

– Um homem… na verdade, um garoto. Jovem, sangrando. Não podíamos ouvir, mas vimos que você estava conversando com ele. Como se estivesse em transe. As criaturas de Nerezza vieram, mas o deixaram em paz. Você estava…

– Aprisionado – disse Sasha. – Acho que só fomos atraídos para isolar você, afastá-lo de nós. Levá-lo de volta para o passado.

– Eu já perguntei e volto a perguntar: se pudesse voltar no tempo e salvá-lo, você faria isso? – perguntou Bran.

Doyle balançou a cabeça.

– Não era ele. – Doyle cedeu e se sentou. – Parecia ele, falava como ele. E no início… estava voltando, tendo outra chance. Eu não podia ouvir vocês, e até mesmo quando os vi lutando aquilo pareceu vago e sem importância. Salvar meu irmão, levá-lo para casa, era o que importava.

– Então por que não fez isso?

– Ele disse que, para salvá-lo, eu precisava matar vocês. Era o sangue de vocês pelo dele. Falhei com ele antes, mas podia salvá-lo agora. Só tinha que fazer essa única coisa. Já tive mais do que minha cota de mortes. O que seriam mais cinco em troca da vida de um irmão que eu jurei proteger?

– Ele pediu que você praticasse o mal – disse Annika.

– Sim. E foi quando eu tive certeza do que já sabia: não era Feilim. Ele nunca teria me pedido isso. Nunca. Era pura bondade. O nome dele significa "sempre bom", e ele era. Ele… Ele era como você – deu-se conta Doyle. – Então eu fiz o que tinha que fazer.

– O quê? – Riley engoliu a terceira dose de tequila. – Em um minuto você estava em transe, e no seguinte, lutando como um louco.

– Enfiei a espada no coração dele.

– No coração daquilo – disse Sasha, com suavidade. – No coração daquilo, Doyle.

– Sim. E aquilo tinha o rosto do meu irmão. – Ele se levantou. – Agora, preciso sair um pouco para respirar.

Sasha pôs o unguento de lado e beijou o alto da cabeça de Bran.

– Se você não for atrás dele, Riley, vai me desapontar.

– Ele quer ficar sozinho.

– O que ele quer e do que precisa são coisas diferentes.

– Não sei o que…

– Então descubra, vá atrás dele.

– Droga. – Riley pegou sua camiseta arruinada e a vestiu enquanto saía.

– Você é sábia e bondosa, *fáidh*. – Bran levou a mão da noiva aos lábios.

– Eu sei como é se sentir isolado. E sei como é amar quando o amor parece impossível.

Riley não se sentia particularmente amorosa. No lugar de Doyle, teria chutado e socado qualquer um que ficasse em seu caminho. Ela lembrou a si mesma que poderia levar um soco, enfiou as mãos nos bolsos e atravessou o gramado até onde ele estava, na parede do penhasco.

– Já disse tudo que tinha para dizer. Não quero falar com você nem com ninguém.

Bastante justo, pensou Riley, e ficou calada.

– Vá embora.

Ir embora seria o mais fácil e o preferível, admitiu ela. Escolheu o mais difícil. Sentou-se na parede do penhasco e olhou para ele em silêncio.

– Não tenho nada para lhe dizer. – A fúria de Doyle o machucava mais do que a ela. – Não tenho que justificar nada para você nem para ninguém.

Ela continuou calada, o que só o enraiveceu. Ele a agarrou pela camiseta e a puxou.

– Eu fiz o que tinha que fazer. Isso é tudo. Não preciso de você.

Doyle ainda não tinha limpado o sangue, mas ela também não. O rosto dele estava severo e com a barba por fazer. E os olhos, perturbados.

Instinto versus intelecto, pensou Riley.

Ela seguiu seu instinto. Doyle tentou empurrá-la quando ela pôs os braços ao seu redor, mas ela apenas continuou a abraçá-lo. Quando o gesto fez doer seu ombro em processo de cura, ela cerrou os dentes e o abraçou com mais força.

E o instinto provou ser a escolha certa quando ele se acalmou e depois apoiou a cabeça na dela.

– Não quero sua solidariedade.

– Vai ter de qualquer jeito. E o respeito que a acompanha.

– Respeito uma ova. – Ele se soltou e recuou.

– Eu tenho algo a dizer, e você vai ter que me ouvir.

– Não se eu amordaçá-la.

Riley o encarou de queixo erguido.

– Tente fazer isso e vai se machucar. Nerezza usou sua dor contra você, o levou de volta para o momento em que sua perda foi mais intensa e lhe ofereceu uma mentira. A mentira era mudar o passado, que veio na forma de alguém que você amava e perdeu. Ela o enganou, Doyle, como fez comigo na floresta e com Sasha naquela primeira caverna em Corfu, mas não com violência. Com *crueldade*.

– Eu sei o que ela fez. Eu estava lá.

– Não seja um idiota, ainda mais quando vou destacar algo essencial. Você parece irritado demais para entender que foi mais forte do que ela. Fez o que tinha que fazer, mas porque foi mais forte.

– Não era meu irmão – começou Doyle, e ela se aproximou e deu um soco no peito dele.

– Besteira. Parecia ele, falava como ele, sangrando e morrendo na mesma caverna em que você o perdeu. Você teve uma escolha, e não me diga que por uma fração de segundo não se perguntou se, caso fizesse o que ela queria, o teria de volta. Se quebraria a maldição. Não me diga que, em todos os seus anos de vida, a escolha que fez hoje não foi a mais difícil.

– Para salvá-lo, eu teria cortado minha própria garganta, se preciso. Mas hoje? Mesmo que eu realmente tivesse uma escolha, e se fosse meu irmão, eu não teria sacrificado você nem ninguém daquela casa.

– Eu sei disso.

Era importante ela saber, mais do que ele poderia comprovar.

– Ela me isolou, e me fez sentir esse distanciamento, para que eu visse vocês lutando e pensasse: qual o sentido daquilo tudo? Eles vão viver e morrer, e eu seguirei em frente. Essa é a diferença.

– Três noites por mês eu sou muito diferente.

– Não é a mesma coisa.

– Ah, não comece com esse seu papinho de "Eu vou viver para sempre, sinta minha dor". – Deliberadamente dramática, Riley pôs a mão no coração. – "Eu vou viver para sempre, jovem, bonito e forte, sinta meu tormento." Pare com isso, cara.

– Você não faz ideia do que…

– Blá-blá-blá. Por que não para um pouco com essa história de "Fui amaldiçoado há um século"?

– Meu Deus, você é um pé no saco.

– Quer que passem a mão na sua cabeça? Vou buscar Sasha ou Annika.

Riley começou a se virar e sorriu para si mesma quando Doyle lhe segurou o braço e a virou. Ela respondeu ao olhar furioso dele com um de desprezo e gostou muito de como ele reagiu.

Do beijo ávido e quente. De como as mãos dele a apertaram, moldaram e possuíram. Justamente quando aquela boca agitou algo dentro dela, as mãos se suavizaram. Então, por um momento, houve verdadeira ternura.

Riley fechou os olhos com força quando ele a abraçou e passou as mãos de leve por suas costas.

– Eu o amava mais do que posso dizer.

– Sei disso. Todos viram isso.

– Quando ele estava aprendendo a andar, me seguia por toda parte como um cachorrinho. Tão cheio de luz e… e de alegria. Quando eu o afastava, me sentia mal. Ele era como Annika. Deve ser por isso que gostei dela logo de cara.

– Não teve nada a ver com o fato de ela ser maravilhosa?

– Isso é um bônus. – Ele suspirou. – Eu não conseguia ouvir você naquela névoa. Você parecia muito distante. Mas eu sabia que você estava comigo. – Ele se recostou e estudou o rosto de Riley. – Isso Nerezza não pôde mudar.

– Ela não *entende* isso. É o que nos fará vencer. E somos mais espertos. Pelo menos eu sou. Muito mais.

– Agora quem está sendo idiota?

– A verdade deve ser dita. Está mais tranquilo?

– Quero mais cerveja.

– E eu quero comida. É minha vez de preparar o almoço, por isso serão sanduíches. Você pode me ajudar.

– Estou encarregado do jantar.

– Então eu o ajudarei a comprar pizza.

Ele olhou para a casa, depois para Riley, e sentiu algo dentro de si finalmente ficar livre.

– Combinado.

Em sua câmara subterrânea, Nerezza estava furiosa. As criaturas que enviara tinham fugido e se dispersado. Só restava Malmon, a postos e até mesmo feliz em aceitar seu abuso.

– Ele deveria tê-los matado como porcos. Deveria ter feito o que eu mandei! Cadê esse amor humano? Cadê esse luto humano? É fraco… fraco e falso.

Ela arrancou a cabeça de um morcego e o atirou, ainda tremendo, contra a parede.

– Assim você vai se cansar, minha rainha.

Nerezza voou até ele com os dedos curvados em garras para lhe arrancar os olhos. A 1 centímetro daqueles olhos amarelos doentios, parou. Suas mãos se suavizaram e ela acariciou o rosto frio e áspero dele.

– Já estou forte de novo. Você cuidou bem de mim.

– Você é minha rainha. Meu amor.

– Sim, sim.

Ela deixou aquilo de lado e andou pela câmara. Com os espelhos bisotados nas paredes, via-se em diversos ângulos.

Agora seus cabelos estavam mais pretos do que brancos e quase tão sedosos quanto antes. Sim, Malmon havia cuidado bem dela. Passou os olhos pelo espelho e as rugas de seu rosto se suavizaram, quase desaparecendo.

Teria sua juventude e beleza de volta, e mais. Teria tudo.

– Vinho – ordenou para Malmon. – Apenas vinho. – Para acalmar, em vez de fortalecer.

Sentada em seu trono incrustado de joias, ela brincou de trocar as saias de pretas para vermelhas, depois pretas de novo. Um truque de criança, mas, depois de sua queda, não havia conseguido fazer nem isso.

Enquanto bebia o vinho, pensava: Estava forte o suficiente?

– Deixei minha sede de vingança obscurecer meu objetivo. Vou matá-los, é claro. Matar todos e me banquetear com eles. O imortal? Nada além de um brinquedo para atormentar por toda a eternidade. Mas, primeiro, as estrelas. Eu as perdi de vista.

– Você estava muito doente.

– Não estou mais. Vou recompensá-lo um dia, meu querido. Vamos atrás deles. Eu estou mais forte, mas tem um custo muito alto enviar poder à distância. Precisamos estar o mais perto possível deles quando encontrarem a Estrela de Gelo.

– A viagem a cansará.

– A morte deles, quando as estrelas estiverem em minhas mãos, me rejuvenescerá. Tenho planos, meu querido. Planos maravilhosos. Em breve, muito em breve, os mundos gritarão na escuridão. Em breve, as estrelas brilharão apenas para mim. E eu voltarei para a Ilha de Vidro, beberei o sangue dos deuses e das irmãs falsas que me baniram. Governarei de lá.

Ela ergueu o Globo de Todos e sorriu.

– Está vendo como a névoa se dissipa para mim e a escuridão surge? Vamos construir nossa fortaleza, e eu a dotarei de um poder tão forte que rachará o chão e rasgará o céu.

Ela dirigiu aquele sorriso feroz para Malmon.

– Prepare-se.

– Minha rainha? Eu irei com você para a Ilha de Vidro e me sentarei ao seu lado?

– Claro, meu querido. – Ela o dispensou com um gesto.

Até eu não precisar mais de você, pensou. Nesse dia, recompensaria a lealdade dele com uma morte rápida e limpa.

16

ALGUNS DIAS DE CHUVA TORRENCIAL DERAM MAIS COR E FLORES AOS jardins, compensando o treino na lama. Não impediram que seis guardiões determinados explorassem cavernas e locais históricos.

Em suas pesquisas, Riley encontrou referências a pedras, a um nome – nunca especificado – gravado nelas que "marcava o berço da estrela". Seguindo essa pista, eles exploraram ruínas, cemitérios e paredes de cavernas enquanto a chuva incessante caía, deixando as colinas cada vez mais verdes e brilhantes.

Com a chuva pingando da aba de seu chapéu, Riley estava na grama irregular de um cemitério, a névoa rasteira cobrindo suas botas. Atrás dela havia ruínas cinzentas de uma antiga abadia, logo depois da curva de um rio sob as nuvens escuras.

Em sua opinião, a atmosfera refletia cada glorioso detalhe gótico. Torcia, assim como o havia feito em cada parada nos últimos dias, para que aquela atmosfera levasse Sasha a ter uma visão.

– Início do século XII – disse Riley. – Solo fértil para plantações e animais, muitos peixes no rio. Por isso, naturalmente, os cornwellianos tiveram que saquear o terreno.

Sawyer olhou para o céu.

– Bonito, fantasmagórico. E úmido demais, né?

– Gosto da chuva. – Annika apontou para as flores roxas brotando das fendas. – Faz nascerem flores na pedra.

– Quanto ao nome na pedra – lembrou-lhes Riley –, devemos primeiro procurar nas lápides.

– Ajudaria se soubéssemos qual nome estamos procurando – disse Doyle.

– Culpe os deuses crípticos e seus mensageiros. – Como reclamar não os levaria a lugar nenhum, Riley começou a caminhar, ler lápides e pensar.

Àquela altura, não parecia egocêntrico perguntar se o sobrenome que procuravam era o de um deles. Talvez de um ancestral. Certamente o mais lógico seria estar em uma lápide ou marcação de sepultura.

Fora isso, ela se perguntou se em algum ponto encontrariam os nomes das três deusas ou da jovem rainha gravados.

Ou...

– Talvez o nome da estrela. – Agachando-se, ela passou os dedos sobre um nome desbotado em uma pedra coberta de líquen. – Provavelmente em irlandês... *réalta de orghor*... já que é de Arianrhod. Ou talvez em grego ou latim.

– Vai ser difícil encontrar isso em um lugar tão aberto – começou Doyle. – E do jeito que aqui está molhado, parece até que vamos sair nadando.

– Pedras, nomes, água. Aqui tem todos os três. Vale a pena dar uma olhada. E não é exatamente um lugar lotado de turistas.

– Qualquer turista que se preze passaria um dia como este em um pub.

Eu também queria estar em um pub, pensou Riley, virando-se na direção da ruína.

Ela entendia o antigo, bem como a base que lançava para o que vinha depois. Podia imaginar a vida dentro das paredes de pedra. De oração e intelecto, administração e serviço.

E superstição.

Alguns corpos tinham sido postos para descansar lá dentro, sob lajes de pedra em que nomes e datas eram como impressões digitais indistintas, corroídas pelo tempo e pelo clima. Para ela, o lugar representava vida e morte, lareiras acesas, panelas no fogo e vozes unidas em oração.

Cheiro de incenso, fumaça e terra.

Riley começou a subir uma escada de pedra estreita e curva, notando onde vigas havia muito desaparecidas um dia sustentaram o segundo e o terceiro andares.

Passou por uma abertura para uma larga saliência com vista para o rio que fluía preguiçosamente abaixo. Avistou o pássaro empoleirado em uma árvore e procurou o revólver sob a jaqueta.

Relaxou.

Era apenas uma gralha, descansando em uma tarde chuvosa.

Lá embaixo, viu Annika girando com as mãos para o alto, como se para pegar a chuva.

– Ela sabe se divertir, né?

– Em qualquer lugar – concordou Doyle, atrás dela.

Riley virou a cabeça.

– As botas deveriam fazer mais barulho nos degraus de pedra.

– Não se você souber como pisar. Não tem nada aqui, Gwin.

– Tem história e tradição, arquitetura e longevidade. Estamos em pé onde algumas das pessoas enterradas aqui um dia viveram. Não é pouca coisa. Mas não, não acho que seja este o lugar.

Ela viu Sasha entrar nas ruínas com Bran.

– Ela está sentindo a pressão. De todos nós. Já estamos aqui há quase três semanas.

Riley seguiu o olhar dele, de volta para Annika.

– Annika tem tempo. Mais de um mês. Não chegamos tão longe para ficar parados ou apenas marcar passo, fazendo-a ter que voltar antes de terminarmos.

– De um ponto de vista tático, eu, no lugar de Nerezza, esperaria esse tempo se esgotar. Até um de nós, por natureza, ser separado dos outros. – Resignado com a chuva, Doyle examinou a névoa e as pedras. – Mesmo se encontrarmos a estrela antes, primeiro teremos que encontrar a ilha e chegar lá. E o tempo está passando.

– Que se dane a tática.

– Esse poderia ser o lema de Custer.

– É? Você esteve no território de Montana em 1876?

– Isso eu perdi.

– Então vou salientar que Custer era um egocêntrico arrogante, e parte de uma força invasora que não se esquivava ao genocídio. Ele se deu mal. Acho que Nerezza tem muito mais em comum com ele.

– O povo dacota venceu a batalha, mas não a guerra.

Empurrando o chapéu para trás, Riley inclinou a cabeça para estudar aquele rosto duro e bonito.

– Sabe, talvez o que esteja bloqueando Sasha seja seu constante pessimismo – disse ela. – Talvez.

– Não sou pessimista. Sou realista.

– Sério? E o que há de realista na nossa situação? Aqui estamos nós, uma licantropa com um homem de 300 anos. Lá embaixo tem uma sereia saltitando em um cemitério. Onde isso se encaixa no seu realismo? Somos uma enorme força mística, McCleary, não se esqueça disso.

– Tecnicamente, eu tenho 359 anos.

– Engraçado. Por que você não... Espere, espere. – Ela estreitou os olhos. – Em que ano você foi amaldiçoado? Em 1685, certo?

– Sim. Por quê?

Impressionada, ela deu um soquinho no peito dele.

– Faça as contas! Trezentos e trinta e três anos atrás. Três, três, três. Três é um número de poder.

– Não vejo como isso...

– Três. – Repetindo o número, Riley traçou um círculo no ar. – Como diabos não pensei nisso? – Ela agarrou o braço de Doyle e o puxou para a escada, parando no meio do caminho quando Bran e Sasha começaram a subir. – Doyle tem 359 anos!

– Está muito bem para a idade dele – respondeu Sasha.

– E foi amaldiçoado em 1685. Trezentos e trinta e três anos atrás.

Então Bran inclinou a cabeça e pôs a mão no ombro de Sasha.

– Como não pensamos nisso?

– Veja! – Riley cutucou Doyle com o dedo. – Não pensamos no número exato porque o imortal o arredondou. Mas só pode ser isso.

– Desculpe, mas qual é a relação? – Sasha olhou para trás enquanto Annika e Sawyer subiam.

– Três – repetiu Bran. – Um número mágico, de poder. Como nós. Três homens e três mulheres em busca de três estrelas.

– Criadas por três deusas – completou Riley.

– No ano que vem serão 334 anos –retrucou Doyle.

– *Agora* é o que importa. Não seja estúpido. – Dispensando-o, Riley acenou para os outros voltarem, para ela poder descer. – Este tempo, este ano. Três, três, três. E este lugar: Irlanda, Clare, onde fica a casa. Você nasceu lá, não foi? Na casa?

– A maternidade local estava lotada na época.

Virando-se, Riley simplesmente bateu com as costas da mão no peito dele.

– Talvez isto termine onde começou. Ou onde Doyle começou, e o relógio começou correr no dia em que ele foi amaldiçoado. Em que mês de 1685? – perguntou Riley.

– Janeiro.

– Está ouvindo o tique-taque? Sasha, quando você começou a sonhar conosco, com as estrelas, com isto?

– Eu já disse. Em janeiro, a partir do primeiro dia do ano.

– Exatamente. Tique-taque, tique-taque. Você começou a ser atraída para isto quando Doyle completou seus triplos três como imortal. E você atraiu todos nós. – Então ela olhou para Bran. – Isso não é pouca coisa.

– Não, não é. Precisamos ficar atento aos sinais.

– Nos fundos da casa tem um cemitério, lápides. Sinto muito, cara – acrescentou Sawyer.

– Onde nós moramos, treinamos e andamos há semanas – salientou Doyle.

– Sem olhar ou escavar. – Riley ergueu a mão ao ver a súbita fúria nos olhos dele. – Escavar informações.

– Nunca desrespeitaríamos sua família – interveio Annika. – É possível que ela esteja ajudando a proteger a estrela? É isso que Riley quer dizer?

– É exatamente isso. Olhe. – Riley se virou para Doyle. – O que eu faço, até mesmo as escavações, é por respeito aos que vieram antes. Nunca os profano nem apoio quem o faz, mesmo em nome da ciência e da descoberta. Precisamos checar isso, está bem?

– Sim. Vamos sair da chuva. E amanhã, como as chances de a estrela surgir do túmulo da minha mãe são ínfimas, vamos mergulhar, não importa como esteja o clima.

Como Riley achava que todos tinham o direito de ficar de mau humor, e queria pensar, ela se calou enquanto o grupo voltava para o carro e se espremia lá dentro.

Passou a viagem de volta usando seu celular para reunir mais informações sobre o número 3.

– Três divisões do tempo – pensou em voz alta. – Passado, presente e futuro. Dos primeiros três números se originam todos os outros. O que compõe um homem ou uma mulher: mente, corpo, espírito. Três. A maioria das culturas usa o 3 como um símbolo de poder ou de filosofias. Os celtas, os druidas, os gregos, a cristandade. A arte e a literatura.

– E se diz Beetlejuice três vezes – comentou Sawyer.

– Justamente. E na terceira ele aparecia. Na verdade, e eu não tinha pensado nisso, os pitagóricos acreditavam que o 3 era o primeiro número.

– Eles estavam errados, não? – disse Doyle.

Riley baixou o celular e olhou para ele.

– Platão dividiu sua cidade utópica em três grupos: trabalhadores, filósofos e guardiões, os últimos sendo basicamente guerreiros.

– E, em sua Utopia, trabalhadores equivaliam a escravos, e filósofos, a governantes. Utopia apenas para alguns.

– O que interessa é o 3 – insistiu Riley.

No minuto em que Bran estacionou, ela saltou do carro.

– Temos que dar uma olhada. Sabemos que para você isso é pessoal, mas pode ser parte de tudo.

– Então vamos dar uma olhada.

Quando Doyle começou a voltar, Bran fez um sinal para Riley e depois acelerou seu próprio passo para alcançá-lo.

– A maior parte da minha família está enterrada em Sligo – começou ele.
– Os enterrados aqui também são da família. De todos nós.

– Você não os conheceu.

– Eu conheço você, como todos nós conhecemos. Fale sobre eles.

– O quê?

– Alguma coisa – disse Bran. – Conte alguma coisa de que se lembre sobre cada um deles. Assim podemos saber como eles eram.

– Como isso ajudará a encontrar a estrela?

– Não sei. Feilim, o irmão que você perdeu. Você comentou que ele era bondoso e puro de coração, então já sabemos como ele era. E seu outro irmão?

– Brian? Ele era inteligente e hábil com as mãos. Tinha uma esposa, Fionnoula. Bonita como um raio de sol. Apaixonou-se por ela quando tinham uns 10 anos. Ele a amou durante toda a vida. Constante, assim era Brian.

– E os filhos aqui com eles? – perguntou Bran.

– Tinham mais três além dos dois aqui. Mal os conheci.

Doyle passou para seu último irmão.

– Cillian. Gostava de sonhar, fazer música. Tinha uma voz angelical que atraía as garotas como abelhas para o mel. Minha irmã Maire não está enterrada aqui, mas com o marido e os filhos no cemitério de uma igreja perto de Kilshanny. Mandona, obstinada. Sempre uma guerreira.

Ele encontrou certo conforto em falar sobre os irmãos. Os avós. Fez uma pausa ao relembrar o pai.

– Ele era um bom homem. Amava a esposa, os filhos, a terra. Ele me ensinou a lutar e a construir com pedra e madeira. Não se importava com uma mentirinha se fosse divertida. Mas não tolerava traição.

Doyle prosseguiu:

– Minha mãe. Dirigia a casa, e tudo dentro dela. Cantava enquanto preparava assados. Gostava de dançar também. Quando Maire teve o primeiro filho… Ainda me lembro dela segurando o bebê, olhando para o rosto dele. Ela disse: "Quem quer que seja, agora é Aiden."

Annika encostou a cabeça no braço dele.

– Acreditamos que, quando um de nós morre, vai para outro lugar. Um local de paz e beleza. Depois de algum tempo, pode escolher ficar lá ou voltar. É mais difícil voltar, mas a maioria volta.

Apoio, pensou Doyle.

– Annika, eu nunca agradeci pelas flores, conchas e pedras que você pôs nos túmulos.

– É para honrar quem eles são. Mesmo se escolhessem voltar, poderíamos não conhecê-los.

– Era assim que eles eram, ou em parte. Eu disse os nomes deles. Não há nenhuma estrela aqui.

– Só precisamos descobrir como abrir a fechadura. Vou trabalhar nisso – prometeu Riley. – Talvez não esteja aqui. Talvez esteja dentro ou ao redor da casa, ou no antigo poço. Em algum lugar na floresta. Existem muitos lugares simbólicos aqui.

– Vamos entrar e fazer um intervalo. Os últimos dias foram sombrios. Um intervalo será bom para todos nós.

– Tomar vinho, com queijo e pão. Sawyer disse que eu podia ser chef esta noite, e eu faria… O que eu faço?

– Sopa de batata. Em tigelas de pão. Bom para um dia úmido.

– Tigelas de pão? Como posso pensar em pesquisas quando vou comer tigelas de pão? – questionou Riley.

Sasha segurou o braço dela.

– Tomando vinho primeiro.

– Pode ser que funcione.

Vinho geralmente funcionava, na opinião de Riley. E gostou de bebê-lo em frente à lareira, com os pés para cima, enquanto trabalhava em seu tablet. Especialmente quando o cheiro da refeição que Sawyer e Annika estavam preparando invadiu o ambiente.

Sasha parecia sentir o mesmo, sentada no lounge da cozinha, desenhando. Doyle tinha dito algo sobre um banho quente e desaparecido. Como achou que ele queria espaço, Riley o deixou em paz.

Ela notou que Bran se ausentou por pelo menos uma hora, voltou e saiu de novo. Logo após ajudar Annika a formar bolas de massa de pão, Sawyer explicou que ela deveria cobri-las com um pano e deixá-las descansar por uma hora.

Ele se esgueirou para fora de casa.

Riley abaixou o tablet.

– E se tentássemos uma espécie de caça ao tesouro? – perguntou.

– Por que você caçaria um tesouro? – indagou Annika.

– Não, é tipo um jogo.

– Eu gosto de jogos. Sawyer me ensinou um com cartas, e quando você perde tira uma peça de roupa. Ah, mas só podemos jogar eu e ele.

– Sim, é melhor. Mas esse é outro tipo de jogo, Annika. É um em que você tem uma lista de coisas para encontrar.

– Como as estrelas. Então é uma busca.

– De certo modo.

Sasha ergueu o olhar do desenho.

– Como uma caça ao tesouro vai nos ajudar a encontrar a estrela?

– É um modo de nos fazer vasculhar a casa, procurar pelo inesperado. Não sei – admitiu Riley. – A família de Doyle construiu este lugar. Ele nasceu aqui. Três séculos depois, Bran construiu a casa dele neste local. Temos dirigido e caminhado por Clare e mergulhado no Atlântico. Só que faz mais sentido, é simplesmente mais lógico, que a resposta esteja bem aqui.

– Não acha que Bran, sendo quem é, teria sentido isso?

Como Riley havia pensado muito a esse respeito, tinha uma teoria.

– Acho que isso só começou realmente para nós em janeiro, depois da ressurreição involuntária de Doyle. Sim, todos exceto você já sabiam sobre as Estrelas da Sorte antes de nos encontrarmos em Corfu, e isso é outro componente da mistura. Todos nós sabíamos, menos você. O relógio começou a correr quando Doyle atingiu o número mágico.

Riley se levantou para pegar mais vinho. Depois, continuou sua explicação:

– É uma teoria sólida. Janeiro aciona o relógio, você começa a ter visões sobre nós e as estrelas. Você demora um pouco, mas vai para Corfu, assim como nós. Mesmo tempo, mesmo lugar.

– Riley é muito esperta. – Annika pegou mais vinho também.

– Pode apostar. – Ela encostou sua taça na de Annika e, sentindo-se generosa, levou a garrafa para Sasha e encheu a taça dela. – Você está desenhando a casa.

– Eu adoro a casa. Não acho que seja algo mais do que isso. Mas concordo com sua teoria. E… Bran trouxe as outras duas estrelas para cá, para *esta* casa. Então talvez seja esse o motivo.

– Bem observado. Podemos vasculhá-la, de alto a baixo. Até agora, segundo suas visões, a estrela está em um lugar frio e há um nome em uma pedra. O primeiro item na lista da caça ao tesouro é a pedra. Você falou sobre o garoto encontrar o homem e o homem encontrar o garoto.

– Temos três homens – comentou Annika.

– Tem razão. Um deles nasceu aqui. Pode ser isso. Ou… – Riley tomou um gole de vinho. – Pode ser simbólico de novo. Algo na casa do tempo de Doyle, ou que represente…

Ela se interrompeu quando Doyle entrou.

– Quem diria que é tão fácil fazer você calar a boca.

– Ela não quer cutucar uma ferida – disse Sasha.

– Não há nenhuma ferida. – Ao ver o vinho, ele pegou uma taça. – Você estava certa. Toda aquela coisa de caprichos do destino me irritou e acabei descontando em você.

– Riley quer fazer uma caça ao tesouro para encontrar a estrela. – Annika espiou por baixo do pano, satisfeita em ver que as bolas de massa estavam maiores.

– Uma caça ao tesouro?

– Mais ou menos – explicou Riley. – Vamos listar coisas, símbolos e possibilidades, e começamos a procurar. O que mais temos para fazer em uma noite chuvosa?

Ele mudou de posição e a encostou no balcão.

– Quer uma sugestão?

– Vocês podem fazer sexo – comentou Annika. – Dá tempo antes do jantar.

Doyle sorriu para ela.

– Annika, tem certeza de que não posso convencê-la a trocar Sawyer por mim?

– Hummm. – Não muito sutilmente, Riley ergueu o joelho e o pressionou firmemente contra a virilha de Doyle.

– É uma piada, porque ele sabe que Sawyer é meu verdadeiro amor – disse Annika.

– Que bom – disse Sawyer ao entrar, seguido de Bran.

– Sawyer, as bolas estão maiores!

– Não as minhas. – Doyle abaixou o joelho de Riley.

– Não as suas… Ah. – Atirando os cabelos para trás, Annika riu. – Outra piada.

– Ele é um piadista. – Riley empurrou o peito de Doyle, que não se mexeu. – Você está bloqueando meu caminho.

– Estou pensando no que podemos fazer antes do jantar.

– Eu vou aproveitar esse tempo – anunciou Sawyer. – Anni…

– Não podemos fazer sexo agora, tenho que preparar o jantar. É a minha vez.

– Anni – insistiu ele, e foi lhe dar um beijo.

– Sasha poderia observar as bolas de massa – murmurou Annika, e abraçou o pescoço dele.

– Eu te amo. Tudo em você. Tudo que você é.

– Vão logo para o quarto – murmurou Doyle.

– Cale a boca – disse Riley.

– Você se lembra de quando Riley e eu fomos para Dublin? – perguntou Sawyer.

– Fiquei magoada por não terem me levado, e os outros ficaram zangados porque…

– Sim, vamos pular essa parte – interveio Sawyer rapidamente. – Eu fui comprar algo para você, e Riley me ajudou.

– A surpresa, mas você nunca me contou o que era.

– Vou lhe dar agora, porque você gosta de chuva, estamos fazendo sopa e somos uma família. Você é minha família. Seja minha para sempre, Annika.

Ele tirou do bolso um par de conchas polidas.

– São lindas.

Quando Annika estendeu a mão para as conchas, ele as abriu.

Ela levou as mãos à boca.

– Um anel! É para mim?

– Feito para você. Nós o desenhamos. Todos nós. Riley me ajudou a encontrar as gemas e Bran, bem, se encarregou da magia. A gema azul…

– Eu conheço. É preciosa. Possui o coração do mar.

– E você possui o meu. Para sempre. Quer se casar comigo?

– Sawyer. – Ela pôs uma das mãos em seu coração e a outra no dele. – Você pode pôr o anel no meu dedo, como Bran fez com Sasha?

– Vou considerar isso um sim. – Ele deslizou o anel pelo dedo dela.

– É mais lindo e mais precioso do que tudo que eu tenho, exceto você. Serei sua, para sempre.

Annika foi para os braços dele selar o noivado com um beijo e o apertou com força, muita força.

– Eu achava que já tinha a maior felicidade, mas esta é ainda maior.

– Essa é nossa Anni. – Dessa vez, Riley afastou Doyle com o cotovelo.

– É tão lindo! Contém o mar, e o rosa significa alegria, e os aros são para tudo, para a família. Obrigada por ajudar. – Ela deu um beijo na bochecha de Riley. – Obrigada. – Depois, na de Sasha e na de Doyle. – E a você, pela magia. – Ela abraçou Bran.

Annika ergueu a mão com o anel.

– Olhem! É tão lindo! A melhor das surpresas.

Ela pulou para os braços de Sawyer, rindo enquanto ele a beijava.

– Hummm. Sasha vai terminar o... – Ela se sobressaltou quando o *timer* apitou. – As bolas!

– Irmão – cumprimentando-o com a cabeça, Doyle ergueu sua taça –, você nunca terá um momento de tédio pelo resto da vida.

Sawyer observou Annika tirar o pano que cobria a massa, como um mágico completando um truque.

– Tomara.

Eles tomaram sopa, beberam vinho e discutiram teorias.

– Interessante – considerou Bran –, a ideia de que a estrela pode estar dentro desta casa ou até mesmo ser parte dela.

– Seus construtores poderiam ter mencionado isso – comentou Doyle.

– Não ligue para o cético de três séculos ali no canto. – Decidindo ignorar Doyle, Riley partiu um pedaço de pão e o comeu. – A hipótese, assim como esta busca, se baseia no fato indiscutível de que existem realidades alternativas, paralelas. Aceitando isso, passamos para outros fatores. Doyle foi amaldiçoado em janeiro, 333 anos atrás. Em janeiro, Sasha começou a ter visões com as Estrelas da Sorte e conosco. Conclusão: esse foi o pontapé inicial.

– Todos nós fomos atraídos para Corfu – continuou Bran. – Três de nós se conheceram no dia em que chegaram ao mesmo hotel. Dias depois, nós seis lutamos pela primeira vez contra Nerezza. Durante nosso tempo lá, um vínculo foi formado. – Ele ergueu a mão de Sasha e a beijou. – Em vários níveis.

– Um vínculo – repetiu Sasha. – E cada um de nós chegou ao ponto de ser capaz de partilhar sua herança. Eu realmente acho que estamos aqui agora por causa desse vínculo. Ele não existia em janeiro. Não existia quando Bran construiu esta casa ou quando Doyle foi amaldiçoado. Mas... sua possibilidade existia.

– Sim. – Satisfeita, Riley bateu com um dedo na mesa. – Essa possibilidade começou a existir no minuto em que as estrelas foram criadas, e aumentou. As estrelas caíram. As pesquisas sobre quando caíram são inconclusivas, mas indicam que foi antes de Doyle nascer. O nascimento dele e a ressurreição mística causada pela maldição? Outro passo na evolução. O resto de nós a completou. E a combinação não é admirável? Bruxo, sereia, imortal, licantropa, vidente, viajante no tempo e no espaço. Por que não seis bruxos, seis imortais?

– A diversidade traz força – resumiu Bran. – E desafios a superar.

– Você mesma disse que o mais perto a que chegou de encontrar Nerezza foi naquela caverna em Corfu, conosco – acrescentou Sawyer.

– Concordo que a escolha do momento foi relevante, e de nós seis também – comentou Doyle. – A ideia de a Estrela de Gelo estar escondida aqui é que não me convence.

– Se unirmos os pontos... – Erguendo sua taça de vinho, Riley falou para a mesa em geral em vez de para Doyle especificamente. – O mais importante é que as estrelas só devem ser encontradas por nós seis, e isso só foi possível quando nos unimos. Portanto, a Estrela de Gelo pode estar escondida na casa em que Doyle nasceu, ou dentro ou ao redor desta, a de Bran. A casa é de pedra, e os dados e as visões mencionam pedra. E o mar está bem ali.

– O homem encontra o garoto e o garoto encontra o homem – repetiu Sasha rapidamente. – O que isso poderia significar? Um espelho, um vidro?

– Agora você está raciocinando. E a parte sobre o nome. Talvez algo anotado, algo em um livro.

– Uma pintura. A assinatura do artista – explicou Sasha. – Ou a pessoa na obra.

– *Memorabilia* – sugeriu Sawyer. – Algo guardado. Gravado.

– Vou anotar isso. – Riley se levantou para ir buscar o tablet. – Espelho, vidro, livro…

– Você escreve tão rápido! – Annika se inclinou para ver as palavras surgindo na tela. – Pode me ensinar a fazer isso? Gosto de aprender.

– Claro – respondeu Riley, distraída, finalmente olhando para Doyle. – Por que você escolheu o quarto lá de cima?

– Tinha uma cama.

– Pare de bancar o espertinho. Por que aquele quarto?

– Por nenhum motivo especial, exceto…

– Exceto o quê?

– A vista para o mar. Como a do meu quarto quando eu era garoto.

– Certo. Isso pode ser importante. Continuem conversando. Vou trabalhar um pouco com o que tenho até agora. – Riley foi para o lounge com o tablet.

Doyle a seguiu.

– Está irritada com alguma coisa?

– Não. Claramente, estou trabalhando em uma coisa, goste você ou não da teoria.

– Está irritada porque eu não concordei com a teoria?

– Não. – Riley sustentou o olhar dele. – Teorias devem ser debatidas e contestadas. É por isso que são teorias. Eu sou uma cientista. Adoro ideias, mesmo quando são contrárias às minhas.

– Então qual é o problema?

– Eu estou trabalhando em uma coisa – repetiu ela. – Algo pessoal. Se eu estivesse irritada, diria.

– Está bem.

Ele voltou para a mesa e se sentou com os outros.

Riley tornou a ignorá-lo. Parecia o melhor a fazer enquanto pensava se deveria ou não lhe dizer que estava apaixonada por ele. Se realmente fosse revelar isso, quando seria? E como?

Muitas perguntas e nenhuma resposta clara.

Tinha muito em que pensar, por isso deixou aquelas perguntas circularem em sua mente enquanto acrescentava itens à lista de busca, ouvindo a conversa do outro lado do cômodo.

17

À MESA, ANNIKA ADMIRAVA SEU ANEL, MEXENDO OS DEDOS PARA FAZÊ--lo brilhar. Pensou que preferia se casar com Sawyer na ilha para onde ele a havia levado – e onde um representante de seu povo dera a bússola para o ancestral dele. Onde ele tinha dito que a amava desde a primeira vez que a vira.

Todos poderiam ir, sua família da terra e sua família do mar. Esperava muito poder se casar com Sawyer enquanto ainda tinha as pernas. Assim poderia usar um lindo vestido e dançar com ele.

Estava sonhando acordada quando notou Sasha sorrindo para ela enquanto os homens falavam sobre batalha, planos e coisas difíceis.

– Eu gosto de olhar para o anel e ver como fica no meu dedo. Você também?

– O tempo todo.

– Você vai ao casamento, ser minha dama de honra com Riley, como seremos para você?

– Pensei que você nunca fosse me convidar. – Sasha riu.

– Eu gostaria muito que o casamento fosse na ilha. Na nossa ilha.

Sawyer pôs um braço ao redor dela.

– Estava planejando isso também.

– Sério? Ah, então todos poderiam ir. Nossa família, a sua, a minha. Teríamos flores na terra e no mar, e música. E vinho. Isso é mais do que eu podia imaginar. Mais do que jamais fiz. Quando era garota, sonhava com o ritual e os votos. Eu tinha um lugar para sonhos especiais, e esse era o mais especial de todos.

– Que tipo de lugar? – perguntou ele.

– Um jardim de corais e algas marinhas. Nas águas quentes do sul, tão claras que os raios de sol as atravessam. Eu me enroscava ali e tinha meus melhores sonhos.

Agora Annika sonhava apenas que se enroscava em Sawyer.

– Você tinha um lugar secreto?

– Uma casa na árvore.

Annika arregalou os olhos.

– Você morava em uma árvore?

– Não, era uma casinha construída em uma árvore. Em cima dela. Meu pai e meu avô construíram uma para os filhos. Todos nós íamos para lá, mas eu gostava de ficar sozinho, especialmente nas noites de verão. Acho que tive ótimos sonhos lá.

– Principalmente depois de pôr as mãos em revistas pornográficas – disse Riley, do outro lado da sala.

– Nesse caso, seria um tipo diferente de sonho.

– O que são revistas pornográficas? – perguntou Annika.

– Explico depois. E você, linguaruda?

– Eu? – Riley olhou para ele de novo. – Viajávamos muito, por isso eu encontrava lugares por toda parte. Os livros eram meus lugares não tão secretos para sonhar. Existem muitos sonhos neles. Agora que estou pensando sobre isso, lá em casa havia um porão. Acho que era a minha versão de uma casa na árvore ou do jardim marinho.

– Sasha? – Apreciando a conversa, Annika se virou para ela. – Qual era seu lugar secreto?

– Eu ia dizer que não tinha um, mas acho que era o sótão – respondeu ela. – Era secreto para mim, um lugar para onde eu ia quando queria fugir de tudo e de todos. Lá eu desenhava e me imaginava sendo outra pessoa. Eu não era feliz como sou agora.

– Gostaria de ter sido sua amiga quando você era garota.

– Estamos compensando isso. Vamos continuar: sua vez, Bran.

– Havia um riacho a uma razoável distância a pé da nossa casa, em Sligo. Eu ia até lá quando era garoto e tinha muito em que pensar. Ficava aos pés de uma velha sorveira retorcida, observando os peixes no riacho, praticando magia e sonhando ser um grande bruxo.

– E você é! – Annika apertou as mãos uma contra a outra. – Doyle, e o seu lugar?

– Quando eu era garoto, os dias eram cheios de trabalho. Lenha para cortar, turfa para cavar, animais para cuidar.

– Andava 16 quilômetros descalço na neve até a escola, que ficava no alto de uma colina – acrescentou Riley, ganhando um olhar frio dele.

– Você não tinha sapatos? – perguntou Annika.

– Ela está zombando de mim – explicou Doyle. – Eu era o mais velho, por isso tinha mais responsabilidades… Tínhamos sido proibidos de subir no penhasco, por isso, claro, nada me interessava mais. Quando eu conseguia escapar de meus irmãos e das tarefas, era exatamente para onde ia. Gostava do perigo, do mar batendo lá embaixo, do vento me fustigando. E quando encontrei a…

Ele parou, chocado e aturdido. *Estaria lá esse tempo inteiro?*, perguntou-se enquanto sua mente tentava entender aquilo.

– Não na casa. Não no cemitério. A estrela não está aqui nem lá.

Riley já tinha se levantado. Pôs o tablet de lado e foi até a mesa.

– Você sabe onde está.

– Não sei… – O fato de ter que se acalmar o enfurecia. – Talvez. É uma teoria. Eu escalei um pouco o penhasco, depois um pouco mais, e quando não fui pego ou punido, subi mais ainda. Até mesmo à noite, ao luar, e só Deus sabe o que aconteceria se eu escorregasse… Mas isso fazia parte. Da emoção, do risco. Afinal de contas, eu era o mais velho, Feilim havia acabado de nascer, minha mãe estava distraída e meu pai, em êxtase. Ele era lindo, até mesmo um garoto de 9 anos percebia isso. Tinha apenas dias de vida quando eu encontrei a caverna. – Ele fez uma pausa. – Um uísque cairia bem.

– Vou buscar. – Ao se levantar, Bran olhou para o desenho no colo de Sasha, no qual ela trabalhava rápida e habilmente.

– Uma caverna na parede do penhasco – disse Riley.

– Sim. Era como um tesouro. Eu entrei, como um garoto insensato faria. O mar ecoava lá dentro. Ali estava um lugar que ninguém além de mim conhecia ou conheceria. Eu era um pirata reivindicando meu prêmio. Nas semanas, meses e anos seguintes, foi meu lugar. Levei para lá uma velha manta para cavalos, sebo de vela e pavios, os tesouros de um garoto. Ficava sentado na saliência do lado de fora, olhando para o mar e imaginando as aventuras que viveria. Fiz uma flauta para tocar e chamar meu dragão. Escolhi um dragão como meu guia espiritual muito tempo atrás… Ah, obrigado. – Doyle pegou o copo que Bran pôs na frente dele. – Gravei o símbolo em uma das paredes da caverna, acima do meu nome.

– Doyle Mac Cleirich, escreveu o garoto na pedra, e sonhou com o homem que seria. Um guerreiro, aventureiro. – Sasha pôs o bloco de desenho sobre a mesa.

Ela havia desenhado uma caverna iluminada por uma única vela grudada com seu próprio sebo em uma pedra, e um garoto – moreno, cabelos revoltos e camisa manchada de lama – com o rosto concentrado enquanto gravava letras na parede de pedra.

– Sonhando com o que seria, ele não vê o fogo e o gelo. Não sente o calor nem o frio. Isso é para o homem, que sabe que guerra é sangue e morte, lutando mesmo assim. A estrela espera pelo garoto, pelo homem. Veja o nome, leia o nome, diga o nome e seu gelo arderá no fogo. A primeira para a vidente, a segunda para a sereia e a terceira para o soldado. Desafiem a tempestade, filhos dos deuses, e as levem para casa.

Sasha deu um suspiro trêmulo e estendeu o braço para pegar o uísque de Doyle.

– Posso? – Ela deu um longo gole e estremeceu de novo. – Uau. Acho que isso foi um erro.

– Você se saiu bem. – Bran pôs as mãos nos ombros dela. – Brilhantemente.

– Você viu isso? – Doyle deu um tapinha no bloco de desenho. – Você viu isso?

– Assim que você mencionou o penhasco, foi como se passasse um filme em minha mente. É difícil explicar. E quando você começou a falar, a imagem simplesmente surgiu. E eu o vi. Como um garoto nessa caverna. Senti…

Doyle pegou a garrafa de uísque que Bran trouxera e despejou mais em seu copo.

– Continue.

– Determinação, empolgação, inocência. Poder ao seu redor. Você fez um corte no dedo com a faca e, quando o passou pelas letras que tinha gravado, seu sangue as selou…

Doyle assentiu, e bebeu.

– Aqui, o tempo todo. Como você disse. – Ele olhou para Riley. – Nunca pensei na caverna. Até estive lá esses dias. Desci e fui vê-la de novo. Não pensei sobre isso. Não senti nada.

– Você estava sozinho. Da próxima vez não estará.

– Não é a mais fácil das escaladas.

– Chegar às outras duas também não foi um passeio no parque.

– Eu pediria as coordenadas, mas, se errar alguns centímetros, a queda será grande.

– Usaremos cordas. – Bran olhou pela janela. – Mas não esta noite. Não na escuridão, na chuva. De manhã, e juntos. Peço aos deuses que nos concedam bom tempo.

– Digamos que a encontremos, e creio que encontraremos, o que faremos com ela? – perguntou Sawyer. – Onde a guardaremos até descobrirmos como levá-la para seu lar?

– Bem, segundo o padrão estabelecido...

Riley olhou para Sasha.

– Uma pintura. Eu tenho pintado quando tenho a chance, mas nada me *impulsionou* a pintar, como no caso das outras duas. Talvez, agora que o filme passou na minha mente, algo me impulsione. Senão, talvez uma pintura mais comum também funcione.

– E a próxima pergunta é: onde fica a Ilha de Vidro? Vou continuar a pesquisar nos livros – prometeu Riley. – Mas estou começando a achar que não encontrarei essa resposta na biblioteca nem na internet. Ainda assim, vou continuar a busca. Agora mesmo.

– Se vamos escalar, que seja bem cedo – observou Doyle.

– Estarei pronta – disse ela, e saiu.

Riley trabalhou até depois da meia-noite. Testou algumas teorias e descartou todas.

Escreveu um longo e-mail para os pais, contando-lhes onde e como estava, e perguntando se eles conheciam algum detalhe da ilha que ela não soubesse.

Hora de dar a noite por encerrada, disse para si mesma. *Hora de dormir, ou tentar dormir um pouco.* Se o grande passo seguinte seria logo pela manhã, todos eles precisavam estar preparados.

Preparados não só para encontrar a estrela e protegê-la, como também para lutar. No minuto em que Nerezza soubesse que tinham a última, viria atrás dela.

Pensando exatamente isso, foi da biblioteca para a sala de estar, onde eles guardavam as armas. Doyle estava sentado tranquilo ao lado de um fogo baixo, polindo a espada.

– Você deveria dormir um pouco – disse ele.

– Estava prestes a fazer isso. Você também deveria.

– Assim que eu acabar aqui. Eu não pensei na caverna. Deveria ter pensado.

– Eu não pensei em perguntar se algum lugar aqui tinha um significado especial para você. Fiquei concentrada no cemitério.

– Eu pensei que você estava certa no início. Odiei isso.

Riley se sentou na frente dele.

– Você tem todo o direito de querer que sua família descanse em paz. Eu acho… Quer saber o que eu acho?

– Desde quando eu posso impedi-la de dizer alguma coisa? Sim – admitiu quando ela ficou calada. – Quero saber.

– Eu acho que isso é uma dádiva. Algo que lhe foi dado séculos atrás para ajudá-lo a resolver o resto. Todo garoto quer ser um herói, certo? E agora você é. Você é – insistiu ela quando Doyle balançou a cabeça. – Você voltou ao maldito lugar em que seu irmão foi morto, e quando Nerezza tentou usar seu luto contra você e contra todos nós, você a venceu. Você não queria ficar no cemitério hoje e falar sobre sua família, mas o fez. Isso não é heroísmo na batalha, Doyle, é um passo à frente. Então…

Ela se levantou.

– Como eu disse mais cedo, estou trabalhando em uma coisa.

– Em encontrar a ilha? – perguntou ele.

– Não. Algo pessoal. Nós dois fizemos uma espécie de acordo e quero voltar atrás.

Ele franziu as sobrancelhas.

– Qual?

– Apenas sexo, bom e saudável. Sem envolvimento. Mas as coisas mudaram um pouco para mim. Em mim.

Ele pôs a espada de lado cautelosamente.

– Você está grávida?

– Não. Meu Deus! Você é irritante grande parte do tempo, e mal-humorado. Controlador – concluiu.

– O que isso tem a ver com sexo?

– Nada. Tem a ver com a parte do envolvimento que não deveria acontecer. Não sei por que aconteceu. Gosto de saber os motivos, e isso é irritante também. Posso culpá-lo um pouco, porque arrancar algo de você é como arrancar dentes. Um exemplo é o fato de eu só ter sabido hoje que você tinha 26 anos quando foi amaldiçoado.

– Como você soube?

– Pelo amor de Deus, eu fiz as contas! Você disse a idade que tinha quando Feilim nasceu: 9 anos. A idade que ele tinha quando morreu: 17. O que, excluindo a imortalidade, o torna alguns anos mais novo do que eu. Isso parece estranho.

Sem dizer nada, Doyle pegou a espada de novo.

– Não. Espere um pouco e ouça. Quero dizer que, apesar disso, e poderia falar que você tem qualidades que o compensam, mas aí já seria ir longe demais… apesar disso, ou talvez porque estou perturbada com isso, ainda não sei bem, estou apaixonada por você.

– Não, não está.

De todas as reações que Riley havia imaginado, nunca cogitara uma fria e calma rejeição. Tinha se preparado para sentimentos feridos, até mesmo um soco no coração. Não para insulto e raiva.

– Não me diga o que eu sinto. Não me diga o que tenho aqui. – Ela bateu com o punho no coração. – Eu disse, embora preferisse não dizer. Pareço feliz? Saltitando de felicidade? Dando cambalhotas de alegria?

– Você se envolveu, só isso. Estamos dormindo juntos e todos estão falando em casamentos e flores. Você misturou tudo.

– Que bobagem! Eu disse algo sobre casamentos e flores? Pareço alguém que mal pode esperar para comprar um longo vestido branco e segurar um buquê?

Doyle sentiu o primeiro sinal de alarme.

– Não, não parece.

– Não gosto dessa situação mais do que você, mas é o que é. Eu o estou respeitando ao ser sincera. Você deve me respeitar não me acusando de ser *sentimental*.

Ele achou que deveria se posicionar.

– Só acho que estamos em uma situação estranha e intensa. Acrescentamos sexo a isso. Nós… nos respeitamos, confiamos um no outro. Obviamente, nos sentimos atraídos um pelo outro. Você é uma mulher inteligente, lógica e racional. Uma mulher que precisa saber…

– Sou inteligente o suficiente para saber que a lógica e a racionalidade não prevalecem quando a gente se apaixona. – Mais do que irritada, Riley pôs as mãos na cintura. – O que você acha que tenho dito para mim mesma? Mas é o que eu sinto. Só Deus sabe por quê.

– Não posso oferecer o que o amor exige.

Riley balançou a cabeça, a raiva em seus olhos se transformando em pena.

– O amor não exige, seu idiota. Apenas existe. Lide com isso.

– Riley – chamou Doyle quando ela começou a se afastar.

Ela se virou.

– Não me diga que se preocupa comigo. Isso é desprezível. Está abaixo de nós dois.

– Tenho motivos para não poder…

– Por acaso pedi algo em troca?

Não, ela nunca pediu, pensou Doyle. Mas o que ele poderia fazer?

– Não.

– Então esqueça. Apenas esqueça. Eu quis contar porque, independentemente de tudo, não gosto de arrependimentos. Não vou me arrepender de ter contado o que sinto. Não faça com que eu me sinta mal.

Ele a deixou ir. Era melhor para os dois. Com seus três séculos de vida e tudo que havia feito e experimentado, sabia que ela era a única mulher que tinha conseguido virá-lo do avesso.

Riley dormiu bem. Tinha desabafado, resolvido o dilema interno que a atormentava. Tinha se livrado daquele peso.

Ele não a magoara, embora ela houvesse esperado isso. Afinal de contas, ela nunca tinha amado. Tivera paixões, algumas bastante sérias, mas nunca havia cruzado aquela linha crucial.

Não, ele não me magoou, pensou Riley enquanto se preparava para a difícil escalada. Ela era uma mulher inteligente, culta, atraente, saudável, viajada. Se Doyle não via e aceitava seu amor, azar o dele.

Ela nunca havia sonhado com casamento e felicidade eterna. Não que fosse contra isso, mas tinha uma vida plena e interessante, mesmo antes de lutar contra uma deusa. E, se sobrevivesse àquela guerra, pretendia continuar a ter.

Doyle poderia fazer parte dessa vida ou não. A escolha era totalmente dele.

No entanto, a prioridade do presente se sobrepunha à de um possível futuro. Ela enfiou as armas nos coldres – não saía de casa sem elas –, embainhou a faca e desceu para a cozinha.

O aroma de café – uma prioridade naquele momento – perfumava o ar, junto com o cheiro de carne grelhada e de pão torrado.

– Omeletes – disse Sasha para Riley, dobrando cuidadosamente uma na frigideira. – Pronto. Annika pôs a mesa antes de eu descer, para que Sawyer a levasse para um rápido mergulho.

Riley notou que Annika havia criado uma caverna com guardanapos e a posto sobre um fino guardanapo azul, obviamente representando o mar. Dentro da caverna havia seis figuras feitas com limpadores de cachimbo, em volta de um dragão feito disso também. O dragão segurava uma pedrinha branca.

– Vamos considerar isso uma profecia. – Riley se serviu de café e decidiu aproveitar o momento. – Contei a Doyle que estou apaixonada por ele.

– Ah! – Rapidamente, Sasha deslizou a omelete para uma travessa. Seu sorriso desapareceu. – Ah.

– Ouça, eu não esperava que ele me pegasse no colo como o herói de uma novela. Só precisava contar, para tirar da minha mente a dúvida sobre se deveria ou não fazer isso.

– O que ele falou?

– Não muito, mas o principal foi que eu estava misturando as coisas, *misturando* sexo e todas as conversas sobre casamento. Isso foi uma ofensa.

– Sim. Às suas emoções e ao seu intelecto.

– Sim. Ele ficou chocado e nervoso. Mais chocado do que nervoso. Não vou chocá-lo de novo. Tínhamos um acordo.

– Ah, por…

– Tínhamos, sim – insistiu Riley. – Eu o descumpri.

Sasha soltou uma sonora risada.

– Como se fosse possível fazer um acordo sobre amor.

– Sei disso. Só que não sabia quando fiz. É minha primeira vez na arena. – Dando de ombros, ela enfiou o polegar no bolso da frente da calça. – De qualquer maneira, quando terminamos nossa conversa, eu senti pena dele. Ele não compreende o amor. O amor é precioso, não é? Não é algo que se pode encontrar cavando, pesquisando, lendo. Simplesmente acontece ou não.

– Pena, uma ova.

Com uma risada, Riley tomou um gole de café.

– Não, realmente. E não estou contando isso para você ficar com raiva dele.

– Você é minha amiga. A primeira amiga verdadeira que já tive. Que tipo de amiga eu seria se não ficasse com raiva dele? É *claro* que estou com raiva. Idiota.

– Obrigado, mas se você não pode fazer um acordo de não se apaixonar, também não pode fazer um de se apaixonar, não é? Isso simplesmente acontece – concluiu ela. – Eu estou bem. Além disso, temos que escalar juntos hoje. Sem conflitos internos.

– Eu posso ficar com raiva dele e, mesmo assim, escalar com ele. – De cara feia, Sasha pôs mais ovos na frigideira.

– Escale primeiro. Odeie depois.

– Por você. – Sasha acrescentou bacon, pimentões e queijo picado. – Vou fazer isso por você.

– Eu te amo. Não digo isso com muita frequência, mas hoje é um bom dia para dizer.

– Também te amo.

Riley ouviu passos na escada.

– Se quiser contar para Bran, sem problemas. Só, por favor, espere até voltarmos com a estrela.

– Pode deixar.

Não era Bran, mas Doyle, e Riley avaliou sua reação. Concluiu que atingiu o limite saudável do divertimento ao ver o grande imortal com sua espada, despreparado para a ira feminina.

Talvez fosse uma reação mesquinha, mas não se importou.

– Estamos nos abastecendo com omeletes recheadas antes da escalada – disse Riley, *muito* casualmente, e completou sua xícara de café. – Segundo Annika, estão boas.

– Ótimo.

Ele olhou para trás, seu alívio visível apenas o suficiente para Riley ultrapassar o limite saudável do divertimento quando Bran desceu.

– Ah, justamente o homem que eu queria ver. Vou buscar as cordas na garagem. Temos tempo para isso, Sasha?

– Dez minutos.

– É o suficiente. Pode me ajudar, Doyle?

Riley conteve o riso até eles saírem.

Na garagem, Bran ergueu um rolo de corda resistente do gancho na parede.

– Bem, agora sei por que estava guardando isto. – Ele a passou para Doyle, que pegou um segundo rolo.

– É mais do que suficiente. A caverna fica uns 5 metros abaixo.

– Eu poderia levar todos nós para lá sem cordas – considerou Bran. – Embora fosse me sentir melhor se entrasse lá sozinho primeiro. É tentador. Sawyer poderia fazer o mesmo com a bússola, mas…

– Você tem a corda – completou Doyle. – E acha que há uma razão para isso.

– Amarrados juntos, em vez de eu levar para baixo um ou dois de cada vez. Sim, acho que temos que estar amarrados juntos. – Bran inclinou a cabeça. – Está preocupado com isso?

– Não. É uma escalada difícil, mas nada que este grupo não consiga fazer.

– Então está preocupado com o quê?

– Nada. Outra coisa. Nada importante. – Ele suspirou. – Riley disse que está apaixonada por mim.

Bran apenas assentiu.

– Então você é um homem de sorte.

– Seria, se fosse apenas um homem. E, mesmo se fosse, temos assuntos mais importantes para resolver. Se ela está irritada comigo porque eu não… não pude… – Ele se interrompeu, com uma imprecação. – Se está confusa com o que acha que sente…

– Eu diria que Riley se conhece muito bem. Isso é admirável. Além do mais, ela não me pareceu nem um pouco irritada ou confusa ainda agora.

– Ela é esperta – contestou Doyle, fazendo Bran sorrir.

– Com certeza. Ainda assim, do meu ponto de vista, é você que parece irritado e confuso. Você sente algo por ela.

– É claro que sinto. Estamos dormindo juntos.

– Lógico. Nós, homens, nos apaixonamos por todas as mulheres com quem dormimos.

Isso surpreendeu Doyle e o fez rir.

– Está bem. Não, não senti o mesmo por todas as mulheres com quem dormi. Mas somos parte de uma unidade, estamos conectados. – Ele examinou a corda. – Unidos.

– Eu sou um homem apaixonado, e esse amor aumenta a cada dia. Fico surpreso. Tenho visto sua luta. Por isso mesmo, torço pela sua felicidade, porque vejo claramente que ela lhe faz bem, e você faz bem para ela. Mas é você quem sabe, né?

– Não há mais nada para saber, e nenhuma decisão a tomar. E temos assuntos mais importantes para resolver.

Doyle tirou o último rolo de corda da parede.

Depois de comer, o grupo foi para a beira do penhasco.

Sasha empalideceu ao olhar para baixo.

– É uma longa queda.

– O bruxo não vai deixar você. – Habilmente, Riley prendeu a corda ao redor da cintura de Sasha. – Além disso, como já discutimos, Sawyer, Doyle e eu temos experiência em escalada. Você só precisa prestar atenção onde pisa e nos seguir.

– E não olhar para baixo – acrescentou Sasha.

– Se a besta a incomodar, deixe-a aqui. Pode levar um dos meus revólveres. Você é uma atiradora mais do que razoável.

– Sou melhor com a besta. Posso levá-la.

Riley apertou um nó. Desejou ter alguns fortes mosquetões, dispositivos de segurança e alguns bons equipamentos, mas não se podia ter tudo. E a corda era ótima.

Ela mediu o comprimento e foi amarrar Bran.

– Ela vai se sair bem – disse Riley, em voz baixa –, mas converse com Sasha se ela começar a balançar demais. Para acalmá-la.

Então ela desviou o olhar e notou que Doyle havia amarrado Sawyer ao lado de Annika. Satisfeita, começou a amarrar a si mesma.

– Me deixe checar isso. – Doyle foi até ela.

Riley fez uma avaliação mental enquanto as mãos dele roçavam aqui e ali. Sim, podia lidar com aquilo.

– Minha primeira escalada pra valer foi no Arizona, estudando os *pueblos* ancestrais. Quente e seco – acrescentou, olhando para o azul suave do céu matutino. – Sem vento. – Ela olhou para trás e encontrou os olhos dele. – Sasha está trêmula, mas vai conseguir.

– Sim. Prenda a extremidade.

Ele esperou enquanto Riley enrolava a corda em um tronco de árvore e a amarrava.

– Quer verificar?

Doyle balançou a cabeça. Como na maioria das vezes, ela sabia o que estava fazendo.

Embora não precisasse da corda, ele a usou. E assumiu a liderança pulando para a parede. Com seu costumeiro entusiasmo, Annika pulou atrás dele.

– Calma! – Sawyer a preveniu, e pousou na estreita saliência coberta de relva macia. – Nem todos têm seu equilíbrio.

– Ele se referiu a mim – disse Sasha, balançando acima. – Eu entendi. Não se preocupe.

Riley esperou, deixando Doyle começar a descida, depois seguiu pela parede. Ela considerou o primeiro 1,5 metro coisa de criança e teria apreciado o desafio – e a vista da espuma das ondas, a brisa e a sensação de estar na face do penhasco – se não estivesse preocupada com Sasha.

– Você está indo muito bem! – gritou enquanto Sasha descia cuidadosamente mais alguns centímetros, com Sawyer a aconselhando a se mover devagar e a firmar os pés.

Para surpresa de todos, 3 metros abaixo, Annika perdeu o apoio quando uma pedra cedeu sob seus dedos. Ela oscilou, quase se desequilibrando. Riley a arrastou para cima devagar e depois respirou aliviada ao ver Sawyer puxar a sereia de volta.

– Desculpa! – gritou Annika.

– Escale agora! – gritou Riley de volta. – Nade depois!

Com seu próprio coração se acalmando, Riley continuou a descer.

Ela ergueu os olhos e viu os corvos empoleirados acima.

– Protejam-se!

Então soltou uma das mãos, firmou os pés e sacou a arma. Conseguiu atingir dois antes de os outros voarem.

Sasha estava chegando à saliência.

– Ela está à espreita. Sinto isso.

– Quase lá. – Doyle apontou. – Só preste atenção onde pisa.

Quando chegou à saliência, Riley o viu entrando tranquilamente na caverna. A subida seria mais complicada. Bem, pensaria nisso depois. Movimentando-se com cuidado, ela entrou na caverna atrás dos outros.

– Pequena.

Espremeu-se entre Sasha e Annika.

– É pura, como o garoto. Está sentindo? – perguntou Sasha.

O agito do mar ecoava dentro da caverna, que cheirava a água salgada e terra. Quando Bran estendeu as mãos sobre uma rocha, Riley viu uma vela antiga empoçada ali se liquefazer e brilhar, inundando a caverna com uma suave luz dourada.

– Eu faria deste lugar uma fortaleza – comentou Sawyer, olhando ao redor. – A versão irlandesa de uma casa na árvore. Que garoto resistiria?

– A caverna era para ele, o garoto que sonhava se tornar homem. Para ele, o homem que se lembra do garoto. – Sasha tocou as costas de Doyle. – Ela espera, e seu tempo é agora. O tempo dos seis. Dos guardiões. Veja o nome, leia o nome, diga o nome.

Doyle viu o nome que havia gravado na pedra tanto tempo antes, acima do símbolo do dragão. Leu o nome, gravando-o em sua mente como fizera na parede.

E o disse:

– Doyle Mac Cleirich.

A luz mudou de um dourado quente para branca como gelo, e o ar se tornou frio como o inverno.

O nome, seu nome, ardeu na rocha, cada letra lançando fogo. O dragão rugiu.

Com o coração a galope, Doyle caiu de joelhos e estendeu a mão para a chama. E tirou a estrela da boca do dragão.

Ela brilhava como fogo, mas era pura e branca, e seu brilho era ofuscante. Doyle a pôs na palma da mão, liberando-lhe o poder.

– Não está fria. – Ele olhou para a maravilha que segurava. – Não agora. Está quente.

Como o ar.

– Conseguimos. – Doyle se levantou e a estendeu para que os outros a vissem. – Temos a última estrela.

18

QUANDO ELE FALOU ISSO, O CHÃO TREMEU. ROCHAS SOLTAS ROLARAM na frente da caverna e caíram no mar.

– Acho que ela sabe. – Riley tentou se posicionar de frente para a boca da caverna.

Um raio do bracelete de Annika atingiu o primeiro morcego que entrou.

– Talvez seja nossa deixa para sair daqui.

– Mas não como entramos. – Sawyer pegou a bússola. – Segurem-se.

Eles foram atirados para a luz. Riley ouviu o ribombar de um trovão e viu algo brilhar. Então caiu pela abertura.

Não era um trovão, percebeu, mas ondas quebrando na rocha. A água gelada bateu em seu rosto. Ela agarrou a faca. Corte a corda, corte a corda, antes de levar os outros junto amarrados.

Sentiu um solavanco quando a corda se esticou. Ela voou para cima de novo, tentando respirar, e pousou em uma ondulação molhada do gramado.

– Anni? Todos estão bem? – A voz rouca de Sawyer chegou à sua mente aturdida. – Sash… Meu Deus, Riley.

Ela afastou as mãos que a puxavam.

– Estou bem. Não me machuquei. O que foi aquilo, Sawyer?

– Entrem! Não podemos arriscar a estrela em uma luta. – Doyle ergueu Riley do chão. – Corram! – ordenou, disparando para a casa enquanto o que saía da caverna se precipitava sobre a parede do penhasco.

Ignorando por um momento a indignidade de sacolejar no ombro de Doyle, Riley levou a mão às costas para pegar sua arma.

Ela sacolejou algumas vezes até Doyle levá-la para dentro da casa. Tirando-a dos ombros, ele a pôs no balcão da cozinha.

– Está ferida?

– Não. Só molhada. – Ela o empurrou. – Vou perguntar de novo: o que foi aquilo, Sawyer?

– Ela nos atingiu. É só o que posso dizer. – Ele guardou a arma no coldre. – Me desequilibrou. Minha mão se abriu por alguns segundos, por assim dizer.

– Eu estava caindo na direção das rochas. – Riley afastou os cabelos molhados. – Acho que quase bati nelas.

– Teria batido – disse Doyle. – Se a corda não a tivesse puxado de volta.

– Eu não sei o que ela atirou em mim – disse Sawyer –, mas posso apostar que ela estava esperando para fazer exatamente isso. Sinto muito. Eu a soltei.

– Não foi culpa sua, e você me pegou de volta. – Mais calma, Riley olhou pela janela, para a penumbra e a chuva torrencial. – A tempestade.

– Não. – Afastando os cabelos desgrenhados pelo vento, Sasha balançou a cabeça. – Aquilo foi só raiva. Ela está reunindo mais forças. Neste momento, Riley precisa de roupas secas, e por mais que eu esteja grata pelas cordas, temos que tirá-las.

Com apenas um movimento da mão, Bran as fez desaparecer.

– As roupas secas podem esperar. Quero dar outra olhada na estrela.

Mais uma vez, Bran mexeu a mão. Riley deixou escapar um suspiro quando suas roupas, seus cabelos e até mesmo suas botas ficaram secos e quentes.

– Muito obrigada.

– O prazer foi meu. Vamos levar a estrela lá para cima e colocá-la junto com as outras. Protegê-la.

– Ainda não temos um lugar para ela – lembrou Sawyer.

– Temos, sim. – Bran deslizou um braço ao redor de Sasha. – Nossa *fáidh* pintou até quase duas e meia da madrugada.

– Você não nos contou nada – disse Annika.

– Bran e eu falamos sobre isso depois que terminei. Achamos que deveríamos nos concentrar em pegar a estrela. Até nós…

– O que você pintou? – Riley desceu do balcão. – Quero ver. E… – Ela acenou para Doyle.

Ele tirou a estrela do bolso e a estendeu.

– Peso e calor sem massa. É simplesmente maravilhosa. E a luz! Clara e pura como o gelo do Ártico. Ela pulsa – murmurou Riley enquanto eles subiam. – Como um coração.

Ela olhou para Doyle e sorriu.

– Conseguimos.

Doyle a empurrou contra a parede e, com a estrela pulsando entre eles, a beijou com vontade.

– Eu a vi cair. Você estava quase atingindo a rocha quando eu... nós... conseguimos puxá-la de volta. Você ia cortar a corda. Estava pegando a faca.

– Claro que eu ia cortar a corda. Achei que fosse arrastar todos comigo. Você teria feito exatamente o mesmo.

– Eu não morro – lembrou ele, e se afastou.

Riley olhou para a estrela, suspirou e saiu a passos largos atrás dele.

– Este é realmente o momento para isso? Acabamos de encontrar a última estrela. Temos algo que ninguém mais tem além dos deuses. Nós...

– Pensando em exibi-las em um museu, com uma placa?

Riley se retraiu – algo que ele nunca a tinha visto fazer, nem diante do perigo. Ela o olhou com mágoa, e isso também era novo.

– Não é justo.

– Não, não é. Desculpe. Sinto muito – Ele se afastou dois passos e voltou. – Sinto muito mesmo. Isso foi estúpido e injusto.

Ela assentiu lentamente.

– Deixa pra lá.

– Ei. – Ele segurou o braço de Riley antes que ela pudesse ir embora. – Em minha cabeça eu a vi morrer, batendo nas pedras. Isso... me deixou mal – concluiu.

– Ainda estou aqui, então se acalme. Os outros e a estrela estão nos esperando.

– Certo.

Ele foi com ela, em silêncio, para a torre. Riley revirou os olhos quando a conversa parou e todos se viraram.

– Desculpem o atraso. Só estávamos... Caramba!

A pintura brilhava. Riley podia jurar que a viu pulsar quase tão visivelmente quanto a estrela milagrosa, ainda em sua mão.

– Isso... é de tirar o fôlego, Sasha.

– Não sei quanto disso realmente é crédito meu.

– Tudo – respondeu Bran. – Tudo.

Ela tocou o rosto dele.

– Eu estava explicando que isso veio por volta da meia-noite. Eu havia preparado uma tela, só por precaução, o que foi ótimo, porque senti uma necessidade súbita de pintar. Eu não vi isso. Estava *dentro* disso. Podia cheirá-lo, tocá-lo e ouvi-lo. Todas as outras visões ou imagens que tive eram pálidas, indistintas, comparadas a esta.

– Se ninguém vai dizer, eu digo. – Sawyer apontou para a tela. – Contemplem a Ilha de Vidro!

Em um brilhante mar azul-anil, sob um céu estrelado e uma fantástica lua branca, a ilha flutuava. Livre para ir e vir ao sabor do vento. Suas praias eram de um branco cintilante, como pó de diamante à beira do mar espumoso. Suas verdes e ondulantes colinas eram salpicadas de coloridas flores do campo.

Em uma dessas colinas havia um palácio prateado brilhante. Em outra, um círculo de pedras, cinzentas à névoa em que estavam mergulhadas.

Pequenos detalhes ganharam vida para Riley enquanto ela estudava a pintura. A curva suave de um riacho, uma cachoeira alta, jardins iluminados como se por ali voassem fadas, uma fonte onde um dragão alado cuspia água em vez de fogo.

– Temos que ir para lá. E quando formos, eles *precisam* me deixar colher algumas amostras. Seixos, um pouco de areia e terra. *Deve* haver fósseis. Quer dizer…

– Vá com calma, Indiana Jones. – Sawyer lhe deu uma cutucada. – Primeiro a estrela.

– Sim, primeiro a estrela, mas depois… – Riley baixou os olhos para a estrela e então voltou a apreciar a pintura. – Agora entendemos o motivo, não é? Elas precisam voltar, precisam de proteção. Tudo precisa. O mundo é destruído regularmente. Exceto esse. Esse se mantém íntegro. Talvez por isso não possamos cruzar seus limites.

Ela estendeu a estrela para Bran.

– Sua vez, mago.

Como havia feito com as outras duas, Bran encerrou a estrela em vidro. Eles formaram o círculo e realizaram o ritual dos guardiões para enviá-la em segurança para dentro da pintura. Para longe das garras de Nerezza.

– Puxa, agora só temos que encontrar a ilha, levar as estrelas até lá, destruir a deusa psicopata e… – Riley deu de ombros. – Então a primeira parte é comigo.

– Sim – disse Sawyer.

Riley franziu o cenho na direção da janela quando um trovão ribombou.

– Tem certeza de que isso é só um chilique?

– Sim – respondeu Sasha.

– Então vou trabalhar no próximo passo. Hora de encontrar a ilha!

O mau tempo continuou, por isso não foi nenhum sacrifício ficar na biblioteca, cercada de livros e perto da lareira. Riley tinha a paciência necessária para procurar meticulosamente através das camadas, mas a frustração se traduzia em um peso em seus ombros.

Eles haviam lutado, sangrado, procurado e encontrado. E nada disso ia adiantar se a ilha continuasse fora de alcance.

Riley se recostou, massageou o próprio ombro para aliviar a tensão e examinou as estantes de livros. *São tantos*, pensou. Tantas possibilidades! Algum deles poderia conter a resposta ou pelo menos indicar onde encontrá-la. Quanto tempo isso levaria? Quanto tempo eles tinham?

E como era possível seis pessoas viverem por tanto tempo na mesma casa – uma casa espetacular como aquela – quase sem brigar?

Olhou pela janela no momento em que o céu trovejou. Precisava agir.

Então se levantou, foi até a estante e pegou um livro ao acaso.

Doyle entrou.

– Não fiz nenhum progresso – disse ela. – Nada além do que já tinha há duas horas. Para ser sincera, há dois *dias*. Se você veio pesquisar, fique à vontade. Talvez devêssemos fundar um clube do livro, e todos leriam uma dessas obras todos os dias. – Ela fez uma pausa e franziu o cenho. – Na verdade, até que não é uma má ideia.

– Temos as estrelas.

– Sim, mas não temos a ilha. – Riley apontou o livro para a janela. – Pode apostar que Nerezza vai continuar com esses chiliques e que lutar contra ela agora, sem um plano de fuga, vai ser muito mais complicado.

– Lutamos quando precisamos lutar.

– Sem dúvida, mas taticamente é mais vantajoso descobrirmos o caminho para a ilha antes de a enfrentarmos. O que foi? – Riley esfregou o rosto como se estivesse limpando uma sujeira. – O que está olhando?

– Eu não entendo você.

– Você não é o primeiro. – Mas ela entendeu o que ele queria dizer, e largou o livro na mesa. – Quer mesmo se envolver nisso? Não parece ser seu estilo.

– Nós temos as estrelas – repetiu ele. – Mas não terminamos. Temos que trabalhar juntos, lutar juntos, planejar juntos.

– Sim. Não é nenhum problema. – Ela arqueou as sobrancelhas. – Se é para você, não posso fazer nada. Eu sinto o que sinto. Meus sentimentos são meus. O fato de terem sido revelados não muda nada. E, como disse Bogart, os problemas de duas pessoas não significam nada no quadro geral.

– Você errou completamente a citação.

– Mas acertei o sentido. – Ela suspirou e se sentou no braço de um sofá. – Nem todos conseguem o que querem ou quem querem. Essa é a realidade. Podemos estar lidando com deuses, ilhas mágicas e estrelas, mas entendemos a realidade. Eu pareço alguém que vai estragar algo importante ou, pior ainda, definhar porque um homem do século XVII não corresponde ao meu amor?

– Não.

– Entenda isso, está bem? Eu assumo o que sou, quem sou e o que sinto. Faça o mesmo e ficaremos quites. Está claro?

– Sim. Eu estou com você.

Enquanto Doyle se virava para sair, ela se levantou lentamente.

– Espere um minuto. Espere um minuto. O que você disse?

– Eu disse que está claro.

– Não. – O coração de Riley começou a bater com força enquanto ela ia na direção dele. – Você disse "Eu estou com você".

– É a mesma coisa.

– Não.

Ela assumiu o risco e baixou a guarda por tempo suficiente para olhar para ele, realmente entender.

E entendeu.

– Seu *idiota*! – Seu soco curto de direita o atingiu com força bem no meio do peito. – Seu completo imbecil. "Eu estou com você, *ma faol.*" Você me falou isso quando eu estava semiconsciente, sangrando, quebrada, e me carregou para fora da floresta. Eu estou com você... minha loba. *Sua* loba?

Ela lhe deu outro soco e um empurrão.

– Você estava ferida – começou Doyle.

– Certo, certo. – Então ela cutucou o peito dele. – E quando Bran trabalhou em mim, você me segurou. Meu Deus, estou me lembrando disso agora. Você me disse para ser forte. Para voltar para você. Em irlandês. *Teacht ar ais chugam, ma faol.* Seu covarde. – A palavra transbordava desprezo. – Você me falou essas coisas quando achava que eu não estava ouvindo, mas não as diz agora na minha cara?

Ele segurou o punho dela antes que o atingisse.

– Bata em mim de novo e veremos quem é o covarde.

– Mesquinhez emocional funciona melhor para você? Você está apaixonado por mim e não consegue admitir quando estou consciente porque tem medo. Isso é patético. *Você* é patético.

Visivelmente furioso, ele a ergueu.

– Tome cuidado.

– Que se dane. Eu digo o que sinto, lembra? Você é quem mente sobre isso.

– Eu não menti para você.

– Vamos testar. Você está apaixonado por mim?

Ele a soltou.

– Não vou me aprofundar mais nesse assunto.

– Sim ou não. É simples. Se tiver coragem.

– Não importa o que...

– Sim ou o maldito não. Escolha.

– Sim! – A palavra ecoou como o trovão. – Mas isso não...

– Sim, funciona! – ela o interrompeu. – Muito bem.

Riley abriu a porta para ele, indicando-lhe que estava livre para sair.

– Isso não vai nos levar a lugar nenhum.

– Ah, pelo amor de Deus, já levou. E se você pretende voltar ao lamento do imortal, não vai adiantar. Sim, eu vou morrer. Pode ser hoje. – Ela virou rapidamente a mão na direção da tempestade lá fora. – Pode ser daqui a cinquenta anos. Pode ser daqui a uma semana, ou posso viver até os 104 anos. Cinco de nós terão que enfrentar isso, o que certamente não impedirá Bran e Sasha ou Sawyer e Annika de agarrarem o que têm enquanto o têm.

– Nenhum deles viu o outro morrer.

– Eles verão.

– Não é nem de longe o mesmo.

– Luto é luto. Agarre-se a isso, se precisa. Não estou pedindo ou esperando que você esteja por perto quando eu tiver 104 anos. Só queria a verdade. Enquanto durar, durou.

– O casamento é...

– Quem falou em casamento? – perguntou Riley. – Não preciso de promessas, alianças e vestidos brancos. Só quero a verdade. Agora que a tenho, voltamos a pisar em solo firme. Isso basta.

Ela suspirou, e dessa vez pôs a palma da mão no coração de Doyle.

– Para mim isso basta, Doyle. Diga a verdade e fique comigo enquanto funcionar. É o suficiente.

Doyle fechou a mão sobre a dela.

– Eu jurei que não amaria de novo.

– Isso foi antes de ficar comigo.

– Sim. Não há ninguém como você. Seus olhos me seduziram, sua mente me encanta, seu corpo... Nem se fala.

Ela deu uma curta risada.

– Esqueceu minha personalidade brilhante.

– Ela não brilha. Prefiro as faíscas ao brilho.

– Sorte sua.

Riley foi até ele, ficou na ponta dos pés e sentiu as mãos de Doyle em seus quadris. E ouviu alguém que descia correndo a escada.

– Rápido! – Annika juntou as mãos. – Vão para o alto da torre. Tenho que buscar Sawyer. Vocês precisam ir.

Sem perguntas, eles subiram correndo. Bran estava em pé ao lado de Sasha, com uma das mãos em seu ombro enquanto ela olhava através do vidro molhado das portas do terraço.

– Uma visão? – perguntou Riley.

Enquanto Bran balançava a cabeça, Sasha falou:

– Não exatamente. É... algo lá fora, mas não consigo ver nem ouvir. Só sei isso.

– Nerezza? – Riley foi para o lado de Sasha.

– Ela está perto... muito perto, mas não é só isso. No mar, através da tempestade ou além dela. Não sei dizer.

– Há mais. – Doyle se virou para as três pinturas no console da lareira.

Elas pulsavam com luz. Uma vermelha e forte na pintura do caminho na floresta de Bran, uma de um azul profundo na pintura da casa, uma branca e brilhante na Ilha de Vidro.

– É... acho que são os corações delas – disse Sasha. – Os corações das estrelas batendo. E há algo lá fora que não conseguimos ver. No coração da tempestade.

– Esperem. – Riley apertou as têmporas enquanto Sawyer e Annika entravam correndo. – Em minhas anotações… Me deixem pensar. Tenho referências. Os corações das estrelas, o coração do mar, o coração da tempestade.

– Vou buscar suas anotações.

– Apenas… – Ela ergueu a mão para deter Doyle. – Referências sobre a ressurreição das estrelas, a queda e a ascensão. Respiração silenciosa, blá-blá-blá, corações pulsantes. Elas pulsaram quando as encontramos, disso já sabemos. Mas há referências a coração chamando coração, conduzindo-as para casa. E… Ah, quando as estrelas estiverem totalmente despertas, a tempestade virá, sobre a terra e o mar. Viajem através da tempestade até o coração dela, onde espera o coração do mar e o coração dos mundos.

– A Ilha de Vidro? – Doyle foi até a janela e espiou para fora.

– É uma teoria. E Sasha falou sobre viajar através da tempestade. Com toda a certeza temos a tempestade.

– Viajar para onde? – perguntou Sawyer. – A visibilidade está horrível lá fora.

– Não seríamos os primeiros a seguir uma estrela. E temos três. – Bran examinou os rostos de seu clã. – Confiamos no destino, nas estrelas?

– Se eu vou fazer isso, será com vocês cinco, e com elas. – Doyle olhou para as pinturas. – Dane-se o destino, mas eu topo.

– Eu também. – Annika pegou a mão de Sawyer. – Se for com vocês.

– Concordo.

– Também – Sasha se virou da janela. – E você, Riley?

– Vamos traçar um plano e fazer isso.

À luz do crepúsculo e com a tempestade cada vez mais forte, Sasha e Annika foram na direção da muralha. As capas de chuva pretas as faziam parecer pouco mais do que sombras se movendo.

Sasha segurou a mão de Annika e a apertou com força. Depois, tirando a besta das costas, lançou uma flecha alta. Ela explodiu com luz, iluminando as fileiras de criaturas que deslizavam silenciosamente pelo céu enegrecido.

Das duas torres, tiros foram disparados. No parapeito, Bran lançou o raio.

Ágil e rápida, Annika se apressou a pôr as ampolas de luz onde Bran a instruíra, pulando para evitar asas e bicos perversos. Doyle abriu caminho para ela, brandindo a espada.

E o chão começou a tremer.

De sua posição na muralha, Riley recarregou a arma e disparou sem parar. Ela silvou quando o raio negro atingiu uma árvore na margem da floresta, explodindo-a. Enquanto choviam estilhaços de projéteis, o chão se abriu com um estrondo para engoli-los.

Nerezza não podia destruir aquele lugar. Eles não permitiriam. Com olhos ferozes, Riley matou um bando de criaturas pretas aladas. Então captou um movimento à sua esquerda e se virou. O que um dia fora Malmon sorriu quando ela atirou nele.

Um grosso líquido verde escorreu do peito dele.

– Ela me tornou mais forte. E me deu você.

Riley errou o segundo tiro, pois ele parecia desaparecer de um lugar e surgir em outro. Antes que ela pudesse atirar de novo, ele pôs a mão ao redor de seu pescoço, sufocando sua voz e lhe tirando o ar.

– Ela é Nerezza. É a minha rainha. Ela é tudo. Me dê as estrelas e poderá viver.

– Vai pro inferno – conseguiu dizer Riley quando ele afrouxou a mão.

Então ele apertou com mais força, erguendo-a do chão.

– Ela me deu uma escolha. Eu escolhi você. – Aqueles olhos reptilianos mal pestanejaram quando Riley cravou a faca na barriga dele. – Eu posso levá-la e me alimentar de você. Estou com fome.

A língua que ele pôs para fora deslizou horrivelmente pela bochecha dela.

– Os outros morrerão aqui, e o imortal…

– Ei, idiota.

Malmon virou a cabeça para trás. No instante em que ele afrouxou um pouco suas garras, Riley tomou fôlego.

Sawyer atirou bem entre os olhos dele.

– Isto é pelo Marrocos. – Bem no meio da testa.

Engasgando, Riley ergueu a arma de novo e viu que não era preciso.

– E isto é por Riley. – Enquanto Malmon cambaleava para trás com seus olhos se anuviando e suas garras batendo, Sawyer mirou de novo. – Isto, seu filho da mãe, é por Annika. – O último tiro simplesmente explodiu a cara do que o homem se tornara.

Sawyer agarrou o ombro de Riley, que respirava ruidosamente. Seu rosto e seus olhos cinza estavam duros como pedra. Mas sua voz foi suave:

– Se funciona para zumbis, é preciso tentar.

– Sim, obrigada.

Malmon não foi reduzido a cinzas, mas pareceu se dissolver – escamas, sangue e ossos – e simplesmente virou uma mancha na pedra.

Riley engoliu em seco e estremeceu.

– Que nojo!

– Você está bem?

Riley respirou fundo e assentiu. Então olhou para cima.

– Droga, droga, lá vem ela.

Nerezza vinha pelo céu cavalgando sua besta de três cabeças. Seus cabelos, rajados de cinza, esvoaçavam ao vento. Armada com espada e escudo, ela cortou o ar com um raio negro que se transformou em uma chuva de fogo. Bran lançou o raio dele, enquanto Riley e Sawyer corriam para os outros.

O chão chiou e jardins explodiram em chamas. O chão tremeu e rachou, abrindo-se em fendas que cuspiam fogo.

– Venha, Bran, venha – disse Riley, se esquivando das línguas de fogo e atirando. – Temos que afastá-la daqui. Sash!

Ela pulou, agarrando o braço de Sasha e se jogando com ela para o lado enquanto o chão se abria.

Acima de suas cabeças, como um escudo, o brasão de armas explodiu em chamas azuis, brancas e vermelhas, imitando as estrelas. Uma chuva de fogo foi desviada ao atingi-lo.

– Essa é nossa deixa. Temos que ir.

Sasha balançou a cabeça para Sawyer quando viu Bran subir no parapeito e atrair a ira de Nerezza.

– Bran!

– Ele vai ficar bem. Confie nele.

Riley agarrou a mão de Sasha durante a viagem. Agora conhecia o amor, e o medo que o acompanhava. Depois que entraram no barco, Doyle assumiu rapidamente o leme. O vento e a chuva os fustigavam. O rugido da tempestade abafou o ronco do motor enquanto se afastavam da costa.

– Ele vai conseguir – repetiu Riley. – Só a está mantendo longe de nós até que...

Bran pousou suavemente no barco, com as estrelas. Sasha o abraçou.

– Você está ferido, Bran?

– Só com umas pequenas queimaduras. Pegue as estrelas, *fáidh*. Se for para elas nos guiarem, será em suas mãos.

O barco se ergueu em uma perigosa onda e desceu, o casco batendo com força na água. O vento e o mar agitado os fustigavam.

– Eu posso nadar, se for preciso! – gritou Annika. – Mas…

– Segurem-se – ordenou Sawyer quando a onda seguinte ameaçou inundar o barco.

Riley foi com dificuldade até a cabine de comando, onde Doyle estava com os pés firmes no chão e os músculos contraídos.

– Fique com os outros e se segure.

– Eu estou com você.

Doyle olhou para ela e viu as marcas em seu pescoço.

– O que aconteceu?!

– Depois eu explico.

Riley se preparou enquanto o mar os jogava de um lado para outro como trapos.

– Ela está vindo! – gritou Sasha. – E as estrelas…

Não estão pulsando, percebeu Riley enquanto uma onda a encharcava. *Estão batendo forte, como um coração, e emitindo raios de luz como faróis.*

Para lhes mostrar o caminho. O problema é que também denunciavam a localização do grupo para Nerezza.

– Dez graus a estibordo – informou Riley para Doyle.

– Meu Deus! Está vendo aquilo?

Uma tromba-d'água se erguia, preto contra preto. E a chuva se transformou novamente em chamas. Raios de fogo brilhavam no ar e silvavam como cobras ao atingir o mar.

Quando Bran abriu os braços para formar o escudo, Nerezza mergulhou do céu. O raio dela colidiu com o de Bran e o poder gritou através da tempestade.

– Assuma o leme – ordenou Doyle quando o barco se inclinou e Sawyer errou o alvo. – Leve-nos para onde precisarmos ir. Eles precisam de ajuda. – Ele deu um beijo em Riley, intenso e breve. – Não o solte – acrescentou, e saiu para batalhar com os amigos.

– Coração para coração, luz para luz. – Sasha tentou não cair enquanto a visão fluía através dela. – Este momento, em todos os momentos, em todos os mundos. Arrisquem a tempestade, viajem através da tempestade e abram a cortina.

– Estou fazendo o melhor que posso aqui. – Com os dentes cerrados, Riley girou o leme, enfrentando as ondas. E, com sua fé e com o coração na boca, rumou para a tromba-d'água.

Loucura. Como uma viagem no tempo-espaço sem controle, um mergulho de um penhasco. A tromba-d'água os pegou e os fez girar. O leme escapou das mãos de Riley e ela quase saiu voando antes de conseguir pegá-lo de novo.

Ela olhou para Sasha, que, encolhida, segurava firme as estrelas nos braços, como bebês, o rosto iluminado por elas.

– Os guardiões viajam através da tempestade, guiados pelas estrelas. A cortina se abre, a tempestade termina. A espada golpeia. E isso termina.

– Que os deuses a ouçam! – gritou Riley. – Porque não vou conseguir segurar o leme por muito mais tempo.

– Olhe, Filha do Vidro, e veja.

Tonta e um pouco nauseada, Riley viu, com os olhos semicerrados, através da parede de água e do redemoinho.

Ela brilhava. Clara, imóvel, em um raio de luar. A porta para outro mundo.

Quando a proa se ergueu, Riley se agarrou ao leme e olhou para trás.

Doyle estava com água até os joelhos. Sawyer, com os pés apoiados em um banco, atirava no cérbero.

– Não consigo acertá-la! – gritou ele enquanto Bran lançava um raio no escudo de Nerezza e Annika atacava a criatura.

– Deixem comigo. – Doyle pulou para o banco, mesmo com o mar balançando o barco, e atingiu o cérbero, quase lhe arrancando a cabeça do meio. E sua espada atingiu Nerezza com um estrondo que fez o ar vibrar.

Sacudiu os mundos.

Uma das cabeças do cérbero foi na direção de Bran, mas ele a destruiu.

Doyle não pensou em nada. Para ele, naquele instante, não havia mar furioso, tiroteio ou golpe de poder. Seus olhos, seus pensamentos, tudo em Doyle estava concentrado em Nerezza e na necessidade de que findasse todo o ódio que vivia nele havia séculos.

Ele gingou e viu o triunfo nos olhos de Nerezza quando o atingiu no ombro com a espada.

E, naquele segundo, Doyle cravou sua espada no coração dela.

Aqueles olhos loucos se reviraram, em choque. O grito dela se juntou ao uivo da terceira cabeça quando a bala de Sawyer atingiu o alvo.

Nerezza tentou voar a fim de escapar, mas caiu com a criatura no mar preto e fervente e foi engolida por ele. Depois disso, a tempestade cessou.

Aturdida e ofegante, Riley conduziu o barco pela porta, onde a Ilha de Vidro flutuava como um sonho tranquilo.

E caiu no chão, sem forças.

– Riley!

Ao ouvir o grito de Sasha, Doyle se virou e ergueu sua espada suja de sangue.

– É a lua que mudou. E eu vou me transformar – explicou Riley. – Droga, droga.

– Eu vou ajudar Riley. Alguém precisa assumir o leme, ou vamos afundar antes de chegarmos à ilha! – gritou Doyle. – Eu estou com você. Eu estou com você, *ma faol.*

Doyle beijou a testa dela enquanto a metamorfose começava. Riley deixou a loba dominá-la enquanto o imortal a tirava do deque inundado. Quando eles deslizaram para a costa, como se estivessem num lago plácido, Riley o deixou carregá-la até a praia, onde deu seus primeiros passos na ilha como loba.

19

DURANTE TODA A SUA VIDA, RILEY NUNCA LAMENTARA TER SANGUE lupino. Nunca havia amaldiçoado a lua ou se ressentido da metamorfose. Mas era frustrante finalmente chegar à Ilha de Vidro, um lugar de mistério e magia, antigo além do conhecimento, e não poder falar.

Ela sentiu o aroma de flores e frutas cítricas, mar e areia, relva fresca e grama, a fumaça das tochas que ladeavam um caminho sinuoso até uma alta colina, onde um castelo irradiava luz. Sentiu a brisa quente e suave, um bálsamo depois da umidade e do frio.

E quando a energia feral surgiu dentro dela, sentiu a necessidade de correr. A energia a fez estremecer até mesmo quando Doyle se agachou ao seu lado e tocou de leve em seu pescoço.

– Não corra. Ainda não.

Instinto e intelecto se enfrentaram dentro dela. Os olhos de Doyle, firmes e verdes, a mantiveram parada. Então ela se retesou, pronta para atacar, quando sentiu… algo diferente.

Elas fluíram da escuridão para a luz, as deusas da lua das visões de Sasha. Ainda segurando a espada, Doyle se posicionou. Bran tocou no braço dele.

– Guarde sua espada, *mo chara*. Elas são da luz. Não está sentindo?

– Como se cumprimenta uma deusa? – perguntou Sawyer. – Quer dizer, uma que não quer matar você?

Annika resolveu o problema correndo na direção delas, sua trança molhada voando às suas costas.

– Oi! Estamos tão felizes! Vocês são tão lindas! Parecem minha mãe, e Móraí. São como os quadros que Sasha pintou. Estamos encharcados e… estou sangrando um pouco. – Como se estivesse tirando um fio de cabelo da blusa, ela limpou o sangue do braço. – Desculpe por estar tão desarrumada.

– Esse é um modo de se cumprimentar – murmurou Sawyer.

Luna sorriu.

– Vocês são muito bem-vindos aqui, Filhos e Filhas do Vidro. – Pôs a mão no ombro de Annika, fechando o corte enquanto lhe dava um beijo na bochecha.

– Ah, obrigada. Trouxemos as estrelas para vocês. Estão com Sasha. Ela também está sangrando um pouco. E Sawyer... Ele é meu noivo. E Bran está sangrando e com queimaduras. A lua está cheia aqui, por isso Riley se transformou em loba muito rápido. E este é Doyle. Ele perfurou Nerezza com sua espada e ela caiu no mar. Agora que a luta terminou e estamos aqui, estou muito feliz.

– Você é bem alegre – comentou Luna para Annika. – E vocês todos são amados.

– Vocês são corajosos e estimados. – Arianrhod avançou um passo. – Vamos conversar depois – disse ela para Riley. – Primeiro, você precisa correr. Ser livre. – Então ela olhou para Doyle. – Dou minha palavra de que ela ficará bem e que voltará para você.

A loba olhou para Doyle. Então disparou pela areia, para a escuridão.

– Ela sempre encontrará o caminho de volta para você, e você encontrará o seu para ela.

– Você é forte e corajoso. – Celene foi até Bran e beijou-o no rosto. – Poder e luz. É respeitado, e tem toda a nossa gratidão.

– Somos seus filhos – disse Bran.

– Sangue do nosso sangue, osso do nosso osso. Coração dos nossos corações – acrescentou Celene, pondo sua mão sobre a dele. – Podem nos dar as estrelas?

– Sim.

Cada deusa estendeu sua mão. Quando o vidro ao redor das estrelas brilhou e desapareceu, cada estrela flutuou para quem a tinha criado.

Pulsaram, pulsaram e pararam. Por fim, as três desapareceram.

– Elas estão novamente no céu? – Annika olhou para cima.

– Ainda não – respondeu Luna. – Mas estão seguras.

– Não quero me meter em seus assuntos – começou Sawyer –, mas o objetivo disso tudo não era devolvê-las para lá?

– Ainda não terminamos – disse Sasha. – Ainda não acabou.

– Eu não a matei – disse Doyle, estudando o rosto de Sasha. – Nerezza ainda está viva.

– Sua espada a atingiu de verdade. – Com uma das mãos na própria espada, Arianrhod encarou Doyle, guerreira para guerreiro. – Só que não era a arma certa para dar um fim a Nerezza. E as estrelas vão esperar até que isso aconteça.

– Ela não pode alcançá-las agora – garantiu Luna.

– Mas pode nos alcançar, mesmo aqui – replicou Sasha, dando-se conta da verdade. – Agora a raiva cura suas feridas. E, uma vez curadas, sua loucura será completa. Ela ansiará por nossas mortes como por vinho.

– Não esta noite. – Celene ergueu os braços. – Vejam o que eu vejo, saibam o que eu sei. Esta noite é pura, e os Filhos do Vidro são bem-vindos ao lar.

– Para partir em uma nova jornada. – Os olhos de Sasha se escureceram enquanto ela via, e sabia. – Além do círculo de poder, onde a Árvore de Toda a Vida abriga a pedra, e a pedra abriga a espada. A mão de um a pegará, a mão de outro a empunhará, e todos juntos destruirão o que engoliria os mundos.

– Mas não esta noite – repetiu Celene. – Esta noite vocês terão comida, bebida e descanso. Venham. Vamos cuidar de vocês.

– Riley está segura. – Arianrhod pôs a mão no braço de Doyle quando ele hesitou. – E será guiada até você.

Quando ele olhou para as colinas sob as estrelas, ouviu o uivo da loba. O som de alegria e de triunfo ecoou atrás dele enquanto percorria com os outros o caminho iluminado por tochas.

O palácio, que se elevava para o céu noturno, era como o previsto por Sasha. Jardins coloridos e perfumados, fontes musicais, cômodos cintilantes de contos de fada.

Ninguém se aproximou deles enquanto seguiam as três deusas por uma escada prateada ladeada de flores e velas brancas tão altas quanto um homem. Cordas enfeitadas com pedras preciosas pendiam do teto, refletindo luz enquanto eles passavam por um largo corredor e entravam em uma ampla sala.

Uma elaborada sala de estar, pensou Doyle, decorada com sofás em curva e cadeiras nas mesmas cores das cordas cintilantes. Nas mesas, travessas de carnes, frutas e pães, queijos, azeitonas e tâmaras. Sobremesas quase explodindo de creme. Vinho e taças de cristal.

Doyle pensou no jejum de Riley, e em sua dura sorte.

Não questionou o fato de suas roupas, seus cabelos e seu corpo, tão encharcados pela tempestade e pelo mar, estarem agora secos e quentes.

Não estavam em um mundo lógico.

O fogo crepitou, convidativo, em uma lareira e, embora parecesse emanar luz das paredes, velas brilhavam.

De algum lugar, suave como um murmúrio, vinha o som de uma harpa.

– Vocês têm perguntas. Primeiro, o corpo, a mente e o espírito devem ser nutridos. – Celene despejou vinho em taças. – E devem descansar. Seus quartos já estão preparados.

– Temos cerveja. – Arianrhod ofereceu a Doyle uma garrafa cor de âmbar. – Haverá comida para ela quando retornar.

– E se eu for procurá-la?

– Você é livre para fazer o que quiser, assim como ela. Como todos nós somos. Posso ver sua espada? Eu mostrarei a minha – acrescentou ao ver Doyle estreitar os olhos. Arianrhod entregou a espada para ele. – Eu a forjei quando era muito jovem, a temperei com um raio e a esfriei no mar. Eu a chamei de Ceartas.

– Justiça?

Ela sorriu.

– Eu era muito jovem.

Doyle pegou a espada e lhe ofereceu a sua.

– Tem um bom equilíbrio e peso – concluiu Arianrhod. – Ainda carrega o sangue de Nerezza.

– Parece que não o suficiente.

– Minha espada, apesar do nome, não foi feita para carregar o sangue dela. Eu o invejo por isso. Gostaria de lutar com você.

Doyle arqueou uma sobrancelha.

– Agora?

Ele viu o brilho da guerreira nos olhos de Arianrhod antes de ela olhar para trás, onde os outros enchiam pratos e tratavam os ferimentos.

– Minhas irmãs se oporiam, então talvez amanhã.

– Você estará em vantagem.

Eles embainharam as respectivas espadas.

– Vantagem nenhuma. Será guerreira contra guerreiro, não deusa contra imortal.

– Não é isso. A vantagem é que você se parece com minha mãe.

Aquele brilho de guerreira se transformou em compaixão, algo que Doyle não esperava.

– Espero que um dia você encontre conforto em vez de luto. Coma, soldado. A comida está boa. – Então ela se virou para Sawyer. – O demônio, o humano que ela transformou, está morto.

– Sim.

Doyle virou a cabeça quando os outros pararam e olharam para Sawyer.

– Malmon morreu?

– Estávamos um pouco ocupados para contar. – Sawyer esfregou a nuca. – Ele foi atrás de Riley e a atacou.

– As marcas no pescoço dela – lembrou Doyle.

– Riley atirou nele e o esfaqueou. Eu mirei na cabeça. – Ele tomou um gole de vinho, hesitando um pouco. Sabia que Malmon havia sido humano. – Dei três tiros nele. Um número mágico.

– Ele não existe mais?

– Malmon se dissolveu em uma pilha de gosma. – Sawyer esboçou um sorriso para Bran. – Você provavelmente vai ter que limpar isso.

– Juramos não praticar o mal. – Luna baixou a cabeça, mas logo depois a ergueu. – Porém, ela quebrou todos os juramentos. E fez dele seu demônio. Fez isso porque viu o que ele era. Destruiu o lado humano de Malmon. Não se culpe, Sawyer King. Você pôs fim a um demônio.

– Para salvar uma amiga, uma irmã. – Então Arianrhod se virou novamente para Doyle e tirou uma chave do bolso. – Isto o guiará para seu quarto quando você quiser se recolher.

– E como Riley vai me encontrar?

O rosto de Arianrhod revelou surpresa e talvez certo desapontamento.

– Você deveria confiar, filho de Cleary, Filho do Vidro. Enquanto seu coração bater, ela o encontrará.

– Agora que vocês têm comida, bebida e conforto – começou Luna –, nós lhes daremos privacidade. Se precisarem de alguma coisa, é só pedir. Comam e durmam bem. Estaremos com vocês amanhã.

– Nenhum mal virá esta noite – prometeu Celene. – E nada os perturbará. Sejam bem-vindos.

Quando eles estavam a sós, Doyle pegou a cerveja, provou-a e concluiu que não tinha do que reclamar.

Sawyer ergueu a mão.

– Posso dizer uma coisa? Não sei se a minha ficha já caiu, mas estamos tendo um banquete pessoal em um castelo na bendita Ilha de Vidro. Um castelo que, caso não tenham notado, é feito de vidro.

– Besteira – disse Doyle.

– Verdade! Eu dei uma boa olhada, embora discretamente, e tive uma boa sensação. Além disso, dei uma pancadinha no vidro. Posso apostar que é vidro mágico, mas uau! E uma deusa me serviu uma bebida.

– Elas são muito simpáticas. Nós as deixamos felizes também. – Annika deu uma mordida num bolinho recheado de creme. – A comida é boa.

– Concordo – disse Sawyer.

– Sim, é boa… – Doyle se dirigiu às portas de vidro e as abriu, para contemplar as colinas.

– Ela está bem. Sinto isso. – Sasha se apoiou em Bran e bebericou o vinho. – Está mais do que bem. Está emocionada. Este é um mundo que poucos viram, muito menos exploraram, e ainda há uma arqueóloga dentro da loba. – Ela se levantou, fez um prato e o entregou a Doyle. – Coma.

– Comer, beber e se alegrar?

– O futuro virá de qualquer jeito.

Ela voltou para Bran, que lhe acariciou os cabelos.

– Encontramos as estrelas, encontramos a ilha e as devolvemos. Acho que, a esta altura, deveríamos estar cientes de que essas coisas vêm em três. Então temos mais uma tarefa a cumprir.

– Eu devo ter errado o coração. – Desgostoso, Doyle se sentou e ficou olhando para a comida.

– Acho que não – retrucou Bran, dando um beijo na testa de Sasha.

– É a espada – disse ela. – A sua podia feri-la, mas não acabar com ela. Temos que encontrar a outra que pode, e tirá-la da pedra.

– Alguém vai bancar o rei Arthur – supôs Sawyer. – Espero que seja você, cara, porque é o melhor aqui com a espada.

– Vai ter mais uma batalha? – perguntou Annika.

– Não diga "mais uma batalha" – respondeu Sawyer. – Isso dá azar. Digamos apenas que vamos dar uma caminhada amanhã.

– Eu gosto de caminhar.

– A gente se diverte como pode.

Eles conversaram até tarde da noite, ou o que pareceu tarde. Ainda assim, Riley não tinha voltado. Doyle deixou a chave guiá-lo… e ela simplesmente o conduziu por um longo corredor até uma grande porta arqueada que se abriu à chegada dele.

Esperava encontrar Riley ali, à sua espera, mas não havia nenhuma loba enroscada ao lado da lareira ou esticada na enorme cama.

Mais uma vez, ele abriu as portas para uma brisa agradável, quase tropical, perfumada por damas-da-noite e árvores de frutos cítricos. No quarto havia um sofá em curva em um canto, duas poltronas e uma robusta escrivaninha com símbolos entalhados. Doyle reconheceu alguns: gaélico, grego, latim, aramaico, mandarim.

Se sua tradução estivesse correta, todos simbolizavam a paz.

Ele bem que gostaria de um pouco de paz.

Desembainhou a espada e a deixou apoiada em uma cadeira. Serviu-se de um pouco do que descobriu ser uísque em uma garrafa esguia e se sentou perto do fogo para esperar por Riley.

Àquela altura, ela já deveria ter descarregado toda aquela energia e voltado. Só que ainda estava lá fora, literalmente farejando, supôs, explorando seu admirável mundo novo.

Então ele bebericou o uísque e ficou pensando enquanto admirava o fogo, sua mente de soldado revendo cada passo da batalha à procura de erros.

Não a ouviu tanto quanto a sentiu. Ao virar a cabeça, lá estava a loba, do lado de dentro das portas do terraço, examinando o quarto com aqueles olhos surpreendentes.

– Já estava na hora.

Ele se levantou, foi até a cama e afastou as cobertas. Despiu-se e se deitou. Um momento depois, sentiu a loba subir na cama e se deitar ao seu lado. E se aconchegar a ele.

Encontrando sua paz, ele pôs o braço ao redor dela e dormiu.

A metamorfose se deu ao amanhecer, o sol rompendo a noite com suaves tons rosados, vermelhos fortes e dourados intensos. Ela a sentiu, com toda a sua dor e sua beleza, a inevitabilidade e o poder. Estremecendo, deixou uma ceder lugar à outra.

Suspirando, abriu os olhos e se deparou com Doyle.

– O que foi?

– Você é linda.

Ainda um pouco aturdida, ela pestanejou.

– Hein?

Doyle a beijou. Sua boca estava quente e indescritivelmente macia. O corpo e o espírito de Riley, que tinham acabado de vivenciar a glória da metamorfose, estremeceram outra vez, com o novo despertar de seus sentidos.

Riley mal pôde respirar enquanto as mãos dele acariciavam sua pele, moldavam seus seios e desciam para seus quadris. A boca de Doyle acompanhava o trajeto.

Ela se lançou, agarrando-se àquele prazer impossível, e depois desabou.

Desamparo e poder, dor e beleza.

Tudo que ela era correspondeu e retribuiu. Ali também havia mudança, a fusão de dois em um. Eles rolaram na cama, ofegando, encontrando, possuindo.

Doyle ainda sentia o cheiro da floresta em Riley, quase a sentia pulsar dentro dela. Quando a boca de Riley encontrou a dele de novo, com força e ferocidade, ele se rendeu a tudo que ela era. E tudo aquilo lhe pertencia.

O desejo ardeu. O amor explodiu. Uma necessidade além da física os dominou.

Quando Riley montou nele, com aqueles olhos como ouro derretido e o corpo firme brilhando aos raios da manhã, ele se perdeu.

Então ela o possuiu, devagar, muito devagar, em uma gloriosa tortura. Depois com mais força, mais fundo, até sua respiração se transformar em gemidos e seu coração bater com força sob as mãos dele. E indo rápido, muito rápido, direto para o coração da tempestade.

Ela deslizou mole para baixo, sobre o corpo de Doyle, e pousou a cabeça no peito dele. Seus lábios se curvaram num sorriso quando ele a abraçou, como fizera com a loba antes de eles dormirem.

Riley teria dormido de novo, quente e satisfeita, se não fosse pela fome súbita e desesperada. Pediu a Deus que houvesse alguma comida por perto.

– Você ficou me olhando durante a metamorfose – disse ela.

– Não foi a primeira vez. – Doyle lhe acariciou os cabelos. – É magnífico. Estranhamente excitante.

Riley riu, então ergueu a cabeça como se farejasse o ar.

– Comida.

Sobre uma mesa havia bandejas – que antes não estavam lá – com ovos, carnes grelhadas, pães e doces.

Doyle se apoiou nos cotovelos.

– Isso aí é café?

Ela cheirou o bule enquanto mordiscava um pedaço de bacon.

– Chá, e bem forte. Estou morrendo de fome.

Doyle a observou comer, ainda nua e corada do sexo, os cabelos em desalinho.

– Estou apaixonado por você.

Ela olhou para trás.

– Ei, você disse isso em voz alta.

– Estou apaixonado por você. Droga.

– Assim faz mais seu estilo. É melhor correr se quiser um pouco disto.

– Eu fui casado. Duas vezes.

Riley fez uma pausa, servindo-se de chá.

– Não admira, em três séculos.

– A primeira foi uns quarenta anos depois de… você sabe. Ela era jovem e doce. Não deveria tê-la tocado, mas toquei. E ela… engravidou. Eu não podia desgraçá-la.

– Então se casou com ela. Você contou para ela que era imortal?

– Não, não contei. E não precisei, porque ela e o bebê morreram durante o parto.

– Sinto muito.

Naquele momento, Riley sentiu a dor dele como se fosse sua. Uma dor profunda.

– Isso não era incomum naquela época. Eu jurei que nunca mais tocaria uma inocente como ela. E não toquei. Mais de duzentos anos depois, eu me casei de novo. Ela era um pouco mais velha, não inocente. Uma viúva. Estéril. Gostávamos um do outro. Contei a verdade, embora ela só tenha acreditado quando começou a envelhecer, e eu não. Ela se tornou amarga. Eu tinha meu trabalho de soldado, mas sempre voltava para ela. E um dia voltei tarde demais. Ela havia se enforcado e deixado uma carta para mim. Me amaldiçoando.

Riley assentiu e tomou um gole de chá.

– Sinto muito. Mas, considerando o que temos, em comparação com seus relacionamentos anteriores, vamos deixar duas coisas bem claras. Primeiro: caso eu engravide, estamos no século XXI. Sou forte e saudável. Segundo: não sou vaidosa nem idiota. Além disso, não faço questão de me casar.

– Eu faço. Quero me casar com você.

Ela se engasgou com o chá.

– O que disse?

– É provavelmente um erro e vamos nos arrepender. – Mas, olhando para ela, apenas olhando para ela, ele não dava a mínima. – Eu quero o compromisso. Por um dia, por uma semana ou até você chegar aos 104 anos.

– É sério? Você está me pedindo em casamento?

– Foi o que eu disse, não foi? – Ele saiu da cama e andou até ela a passos largos. – Me dá um gole desse maldito chá.

– Não. Preciso mais dele do que você neste momento.

Ele lhe lançou um olhar duro e sombrio.

– Eu não as amava, Riley. Gostava das duas, e assumi um compromisso com elas. Eu o honrei, mesmo sem amor, porque achava que o amor não era um sentimento necessário. Ou possível. Eu te amo e sei muito bem assumir e cumprir um compromisso.

– Eu posso dizer não.

– Não dirá. – Ele colocou ruidosamente a xícara na mesa. Então fechou os olhos por um momento. Depois os abriu, e seu coração estava neles. – Por favor, não recuse. Me dê essa única coisa.

Riley estendeu as mãos para o rosto de Doyle.

– Você entende que não preciso disso para ficar com você, amá-lo ou aceitar que você continuará vivo depois que eu morrer?

– Sim. Eu não preciso disso para ficar com você ou amá-la. Preciso disso porque quero. Preciso disso porque você foi a única mulher que eu amei em três séculos e meio.

– Está bem.

– Está bem? Apenas... está bem? Essa é sua resposta?

– Certo. Eu quero.

Ele balançou a cabeça e depois encostou a testa na dela.

– Que dupla nós somos!

– Vai funcionar.

– Vai – concordou ele. – Imagino que você queira um anel agora.

– *Treweth*, a raiz anglo-saxônica da palavra inglesa *bethroted*, noivo. Significa "verdade". O anel é um símbolo da promessa. Eu gosto de símbolos.

– Encontrarei alguma coisa. – Ele a abraçou.

– Seria tão bom se pudéssemos ficar aqui! – *Pele contra pele, coração contra coração*. – Mas tenho algumas perguntas antes. A primeira é: onde estão as estrelas?

– Seguras, pelo que nos disseram. Eu a manterei informada. Deveríamos nos vestir e ir ao encontro dos outros.

– Ótimo. Cadê minhas roupas?

– Eu não saberia dizer.

Riley franziu o cenho.

– Você não as pegou?

– Dadas as circunstâncias emergenciais, não pensei em recolhê-las.

– Droga! – Confusa, ela olhou ao redor e depois se dirigiu a um guarda-roupa delicadamente entalhado. Olhou para seu conteúdo. – Você só pode estar brincando comigo.

Doyle olhou para o guarda-roupa e sorriu. Lá dentro estavam pendurados uma calça de couro de vaca, uma camisa simples, um colete e seu próprio casaco e botas.

E um vestido dourado com renda prateada, junto com um par de coturnos.

– Sério? Você fica com a calça de couro descolada, e eu, com o vestido da lady Marion do Robin Hood?

– É isso ou nua.

– Deixe-me pensar por um minuto.

Ela colocou o vestido e se olhou, carrancuda, no espelho.

– Onde ponho minha arma e minha faca? Ei! Onde *estão* minha arma e minha faca?

– Vamos descobrir. – Doyle prendeu a espada ao corpo. – Você está linda.

– Parece que eu estou indo a uma feira renascentista. – Ela puxou inutilmente o corpete. – É muito decotado. Por que os seios são tão importantes?

– Posso lhe mostrar depois – respondeu ele, e foi atender quando alguém bateu à porta.

– Bom dia! Ah, Riley! – Annika entrou. – Você está *linda*! Gostou do meu vestido? Não é maravilhoso?

Ela girou, fazendo esvoaçar a saia verde-mar sedosa.

– Sawyer disse que é da cor dos meus olhos e que o seu é da cor dos seus.

O de Sasha é bonito e azul. Todos estão na sala de estar. Vamos esperar as deusas virem. Vamos conhecer a rainha. – Ela tomou fôlego e se concentrou no rosto de Doyle. – Você está feliz! Dá para ver. Você está com Riley! – Ela atirou os braços ao redor dele. – Agora você tem que comprar um anel.

– Vou comprar.

– Vou ser sua dama de honra? – perguntou ela para Riley.

Riley deu uma risada e parou de se sentir estranha no vestido.

– Pode apostar que sim.

– Venham, venham. Tem mais comida. E café.

– Café? Como você conseguiu café?

– Sasha pediu. – Annika puxou Riley pelas mãos. – Você só precisa pedir.

– Não li esse memorando.

Os outros estavam na sala, Sasha com um vestido de veludo azul esvoaçante, Bran com uma veste preta digna de um bruxo, Sawyer com calças caramelo e um colete até a cintura sobre uma camisa cor de creme.

– Belo vestido – disse Sawyer para Riley.

– Um vestido de festa da Idade Média. – Ela o examinou enquanto ia direto para o café. – Você está parecendo o Han Solo.

– Também achei. Legal, né?

– Me desculpem por ter me metamorfoseado e corrido na noite passada, mas Doyle me inteirou das coisas. Nerezza é como uma gata com sete vidas, e as estrelas não vão subir até acabarmos com ela. – Ela engoliu o café. – Então faremos uma peregrinação até a pedra da espada, como o jovem rei Arthur. E depois vamos destruir essa maldita criatura.

– Isso resume tudo – concordou Bran. – Talvez possa ser simples assim.

– Preciso das minhas armas – começou ela, e então se virou quando um jovem com calça justa e colete entrou.

– Damas e cavalheiros, a rainha Aegle pede a honra de sua presença.

Não é todo dia que se conhece uma rainha, pensou Riley enquanto eles seguiam o pajem, que subia a larga escada. *Não é todo dia que se conhece a rainha de uma ilha mágica que governa o reino há mais de um milênio.*

Ela tinha esperado portas duplas enormes, mas presumiu que haveria guardas. Em vez disso, dos lados havia vasos de vidro com flores.

Ela tinha esperado uma sala do trono, e o tamanho correspondia a essa descrição, junto com o que deviam ser quilômetros de portas de vidro transparente. Mas a decoração era surpreendentemente simples – flores, velas, tecidos coloridos – e o trono, transparente como o chão, parecia mais uma elegante cadeira.

Bem, uma cadeira de ouro cravejada de joias pareceria simples comparada com a mulher ali sentada.

Ela era radiante.

Com um diadema de vidro cravejado de joias, cabelos ruivo-dourados esplendorosos descendo até os ombros e um vestido branco. As pequenas pedras transparentes espalhadas pelo tecido brilhavam como diamantes. Talvez fossem. Sua beleza era de tirar o fôlego. Perfeição luminosa em uma boca esculpida, olhos muito verdes e maçãs do rosto altas e marcadas.

Quando ela sorriu, Riley poderia jurar que o cômodo ficou mais iluminado. As três deusas estavam do seu lado direito. No esquerdo havia uma grande loba branca com olhos dourados brilhantes.

Annika fez uma graciosa mesura.

– Mãe da magia, rainha dos mundos, Aegle, a radiante, somos seus servos.

– Vocês são bem-vindos, Filhos do Vidro. São bem-vindos, Guardiões das Luzes.

Ela se levantou, desceu os três degraus de seu trono e foi até eles com as mãos estendidas. Segurou as de Annika e lhe deu um beijo nas bochechas. Depois, fez o mesmo com os outros.

– Maravilha do mar, filha da lua, eterno guerreiro, filho do poder, viajante do tempo e do espaço, filha das visões, vocês têm nosso amor e nossa gratidão. Eu daria mais do que isso, mas a jornada ainda não está completa. Vocês a terminarão?

Sasha respondeu enquanto as mãos de Aegle ainda a seguravam, e suas palavras vieram de dentro dela:

– Trilharemos o caminho dos deuses até o círculo do poder e mais além, para a Árvore de Toda a Vida, a pedra e a espada. Travaremos a última batalha da luz contra a escuridão. Não consigo ver quem empunha a espada ou se a espada é a verdadeira. Não consigo ver o fim de Nerezza ou o nosso fim.

– Você não pode ver, mas realizarão a jornada?

– Prometemos – respondeu Bran.

– Isso é um juramento – acrescentou Annika, e olhou para Sawyer.

– De todos nós, Vossa Majestade – disse Sawyer, e beijou a testa de sua amada.

– Podemos ficar aqui? – Riley atraiu a atenção de Aegle. – Os guardiões e as estrelas? Temos o poder de mover a ilha para outro lugar, até mesmo outra dimensão. Poderíamos ficar, talvez sem interferência de Nerezza, por alguns séculos. Foi o que li em vários registros.

– Você é uma pesquisadora estudiosa, e o que diz é verdade. É isso que gostaria de fazer?

– Não, eu só queria confirmar. Com todo o respeito.

– Você gostaria de aprender mais sobre nós, sobre este mundo?

– Sim. Mas não há tempo, não aqui e agora.

– Não aqui e agora – concordou Aegle.

– Então precisamos terminar a jornada. – Riley olhou para Doyle. – Todos concordam?

– Sim. Minha mulher precisa de suas armas.

Riley ergueu as sobrancelhas – não só pelo "minha mulher", mas também porque ele falou em irlandês.

– Estarão no quarto que vocês partilham, devidamente preparadas para o que virá. – Aegle pôs a mão no ombro de Doyle. – Você só precisa pedir. Tal é nosso amor, nossa gratidão. Apenas pedir.

A rainha deu um passo para trás.

– É nossa maior esperança que vocês voltem para cá vitoriosos. Assim, juntos, poderemos ver as estrelas brilharem de novo.

20

No caminho de volta para seus respectivos quartos, Riley notou que havia criados, damas de companhia e cortesãos no castelo. Todos pararam e fizeram mesuras. Aquilo lhe pareceu tão estranho quanto o vestido.

– Então aquela foi uma conversa de incentivo da nossa rainha.

– Ela não é linda?

– Tenho que concordar com isso. – Riley assentiu para Annika. – Ela faz jus ao nome. E parece ter uns… 16 anos? Tem uns 3 quilômetros de cabelos ruivos.

– Mas são como os de Sasha – disse Annika. – Como a luz do sol, em muitas tranças.

– Não. São pretos. – Sawyer estalou os dedos. – Cacheados.

Riley parou na escada.

– Ruivos. Ruivo-dourados, longos e soltos. Olhos verde-esmeralda. Sasha?

– Pretos, mas presos. Os olhos dela são mais parecidos com os seus, Riley, só que alguns tons mais escuros.

– Todas as características para todas as pessoas. – Riley assentiu enquanto eles continuavam. – Nós a vimos como a imaginamos, ou quase. Você falou com ela em irlandês – disse para Doyle.

– Ela estava falando em irlandês.

– Inglês e russo – disse Sawyer.

– Teve um momento em que ela falou comigo em minha mente, na língua do povo do mar.

– De todas as estranhezas, acho que essa não é a maior – considerou Riley.

– E não foi só uma conversa de incentivo. Ela nos deu algo. – Sasha olhou para a própria mão. – Ela nos deu luz. Vocês não sentiram?

– Eu senti alguma coisa – admitiu Riley. – Espero que isso dê certo.

– Vai dar – afirmou Doyle. – Hoje acabaremos com tudo, com Nerezza.

Riley se virou para ele.

– O Sr. Pessimismo está caminhando pela estrada do otimismo?

– Ela era parecida com você – disse ele sucintamente.

– Ela o quê?

– Eu vi você. A forma que a rainha escolheu para mim. Não importa o que isso significa, faremos com que dê certo. Não vamos perder. Não vou perder você. Então vamos acabar com essa situação. Andem logo. Mexam-se.

Ele saiu a passos largos.

– Doyle está feliz – disse Annika. – Ele ama Riley. Vai comprar um anel para ela.

– Vamos nos preocupar com esta última parte depois que acabarmos com a filha da mãe. E de jeito nenhum vou fazer isso de vestido.

Ela começou a se despir e seguiu Doyle. Ele estava examinando os novos itens no guarda-roupa.

– Desta vez você vai ficar mais feliz.

– Ela era parecida comigo?

Doyle pegou o cinturão de Riley e o pôs sobre a mesa.

– Eu não conheci você quando tinha 16 anos, mas sim. O rosto, os cabelos, os olhos. Os olhos em que eu confio. Foi o que senti. Não vamos fracassar.

– Então está bem. – Riley pôs as mãos na cintura e examinou as opções em seu guarda-roupa. – Isto parece mais apropriado.

Usando calças resistentes e um colete de couro com bolsos extras para pentes de balas, ela voltou para a sala de estar com Doyle. Pegou um cantil e cheirou o conteúdo.

– Água. Argh. – Ela o prendeu ao corpo. – Bem, é melhor do que nada.

Sasha e Bran se juntaram a eles. Bran deu um tapinha em uma bolsa de couro.

– Algumas bombas de luz. Resgatadas do barco.

– Água. – Riley estendeu um odre para Sasha. – Alguma ideia da duração da caminhada?

– Não. – Ela se virou quando Annika e Sawyer apareceram. – Bem, é agora ou nunca. Nós nos reunimos para encontrar as estrelas e trazê-las para cá. Somos seus guardiões, e esta é nossa última missão.

– Nós mostraremos o caminho.

As três deusas estavam à porta do terraço, iluminadas pela luz quente do sol.

Eles caminharam juntos, dois a dois, por um pátio onde uma fonte projetava um arco-íris e havia uma profusão de flores. Frutas pendiam das árvores como joias brilhantes.

Pessoas em silencioso respeito. Crianças correndo e acenando.

Passaram por um portão e uma alameda e chegaram a um campo verde, onde um homem e o garoto que trabalhava com ele pararam e tiraram seus chapéus.

Riley ouviu o cacarejo de galinhas, o arrulho de pombos e o zumbido de abelhas. Uma mulher com uma garotinha agarrada à cintura sorriu e fez uma pequena mesura para eles. A garotinha soprou beijos. Outros estavam do lado de fora de cabanas bonitas como as de cartões-postais, com chapéus nas mãos.

Em uma pequena baía, pescadores pararam de atirar suas redes e os saudaram.

– O povo daqui está com vocês. – Quando eles atravessaram uma faixa de areia branca, Luna apontou o caminho. Flores, cestas de frutas, pedras e conchas peroladas se amontoavam. – Oferendas para os guardiões, e votos de uma boa jornada.

– Neste dia, o caminho é só de vocês. – Celene parou com suas irmãs. – Somente vocês podem percorrê-lo. O que espera no fim é destinado a vocês.

– Corações bravos – disse Luna. – Caminhem na luz.

Arianrhod levou a mão ao cabo de sua espada.

– E lutem contra a escuridão.

Então elas se foram.

– Eu diria que essa foi a versão das deusas para "Daqui para a frente vocês se viram" – comentou Riley, dando o primeiro passo na jornada.

Os primeiros 400 metros eram pavimentados com pedras, margeados de árvores e com uma subida suave. Depois o caminho se tornou de terra batida, as árvores rarearam e a subida ficou mais íngreme.

Quantos quilômetros eles haviam percorrido juntos desde que tinham começado?, perguntou-se ela. Deveria ter escrito um diário.

Nos pontos em que o caminho se estreitava, eles seguiram um a um. Quando se tornou mais acidentado, passaram por sulcos e subiram em pedras. Em um afloramento, Riley parou e se virou para trás.

A ilha estava totalmente parada, como se estivesse presa em um globo de vidro. Todas as cores e formas estavam imóveis. Como uma pintura do mar e do céu. Um pássaro apanhado no meio do voo, uma onda parada acima da areia.

Quando os mundos pararem, lembrou-se. Como agora.

Então um veado saltou o caminho e um pássaro alçou voo. A bandeira no palácio ondulou à brisa. *No fim do caminho*, pensou Riley, *está o fim da jornada.*

Ela continuou a subir. O caminho se tornou sinuoso, com um pequeno riacho borbulhando ao lado. A água passava por cima da rocha, formando uma pequena poça, onde o veado bebia.

– Eu corri até aqui ontem à noite – contou Riley aos outros. – Parte de mim queria continuar, mas algo me dizia para me deter. A água daquele poço era tão clara que vi meu reflexo e o da lua nele.

– Espero chegar lá antes de a lua aparecer e você ficar peluda de novo – comentou Sawyer.

Riley balançou a cabeça para ele.

– A noite passada foi a terceira aqui. Com toda a certeza eu queria fazer isso antes do anoitecer.

Ela se ajustou ao ritmo dele.

– Eu estava pensando em Malmon.

– Está morto e não vai fazer nenhuma falta.

– Eu estava pensando nisso. Nerezza o escolheu, o seduziu e o transformou em demônio. Um demônio que a adorava. Ele não só matava por ela, como provavelmente lhe salvou a vida, ou no mínimo cuidou dela até que se recuperasse.

– E...?

– Ela não fez nada para salvá-lo. Verdade seja dita, ele era um canalha, demoníaco e pervertido, mas ela pôs fim àquela vida humana. Como alguém que entende de mudança, posso garantir que a mudança dele deve ter sido dolorosa.

– É difícil se compadecer.

– Para você – concordou Riley. – O fato é que ela não precisava mudá-lo para conseguir o que queria dele.

Sawyer parou.

– Eu não tinha pensado nisso, mas você está cem por cento certa.

– Foi apenas por diversão. E quando ele fracassou, mesmo depois de ter salvado sua miserável vida, era apenas uma espécie de diversão. Sim, ele tentou me matar, mas Nerezza o enviou para preparar o caminho para ela. E depois disso tudo, *bang*, você está morto. Por sinal, por sua arma. Obrigada.

– De nada.

– A questão é: ela poderia ter amaldiçoado Malmon da mesma maneira que Doyle foi amaldiçoado. Em vez disso, Nerezza o tornou um demônio e ele morreu em um estalar de dedos. E ela não se importou.

– Você acha que ela deveria ter se importado?

– Estou dizendo que, se ela não ligou a mínima para alguém que a alimentava, cuidava dela, cumpria suas ordens, a adorava e morreu por ela, certamente não se importa com nenhum ser vivo. De escuridão nem de luz.

– Eu poderia tê-lo matado quando ele ainda era humano, mas não consegui. Eu não poderia ter apenas... Não se ele fosse humano.

Riley lhe deu uma cotovelada.

– É por isso que somos os mocinhos.

Alguns passos adiante, no caminho acidentado, Annika começou a cantarolar.

– É isso aí – disse Sawyer.

– É isso aí.

Eles subiram com o sol passando da posição de meio-dia e o riacho subindo ao lado. Quedas-d'água espumosas traçavam seu curso sobre saliências rochosas, mas nenhuma criatura vinha beber ali. Nenhum pássaro voava ou passava por entre as árvores.

Riley não sentiu cheiro de nada além de água, terra, árvores e seus companheiros.

Quando os mundos pararem, pensou de novo.

Então lá estava... algo. Algo antigo, poderoso, vivo. Não humano, não animal, nada da terra.

– Tem algo...

Sasha já havia parado, procurando a mão de Bran enquanto ele procurava a dela.

– Estão sentindo isso? – As palavras de Sasha foram apenas um sussurro acima da música da água.

– Poder à espera – disse Bran, virando-se para os outros. – Me deixem dar uma olhada primeiro.

Sawyer balançou a cabeça.

– Todos por um, cara. É assim que deve ser.

Doyle desembainhou a espada.

– Juntos.

E, juntos, eles chegaram ao topo da alta colina.

No fim do caminho havia pedras dispostas em um círculo perfeito, lado a lado de acordo com seu tamanho – da altura da cintura de Riley até, em torno da pedra real, uma altura maior do que a de dois homens.

Cinzentas, sob o forte sol da tarde, nadando em um raso mar de névoa.

– É menor que Stonehenge, porém mais simétrico – observou Riley. – Aposto que cada conjunto é exatamente igual em altura, largura e proporção.

A arqueóloga liderou o grupo, pondo a mão em uma pedra. Logo em seguida, porém, recolheu-a.

– Vocês ouviram isso?

– Ela... murmurou – disse Sawyer.

– Não, ela cantou!

– Annika está certa. Mais como um cantarolar, não foi? – perguntou Riley. – E me deu um choque. Não doloroso, mais como um aviso.

– Eis os guardiões, trazidos aqui pelo primeiro. – Sasha estendeu as mãos para o círculo. – O círculo, a dança, a fonte. Luz e escuridão, porque uma deve ter a outra. Sol da manhã e escuridão da lua. Alegria e tristeza, vida e morte. Aqui está a verdade. E dela brota a árvore, e sob a árvore, a espada. Atravessem e despertem a espada.

Ela ergueu o rosto.

– Ah, mal consigo respirar. Foi tão forte, tão lindo! Atravessem!

Bran andou por entre as pedras. Elas cantarolaram, suave e calmamente, o som aumentando quando todos os outros entraram e se juntaram a ele.

Luz vinda do céu atingiu as duas pedras menores. Como uma corrente de fogo, se estendeu ao redor do círculo e atingiu a pedra real. Vozes se ergueram com o vento em uma nota forte e sublime. As pedras pulsaram e emitiram um brilho prateado. A névoa desapareceu, revelando o chão de vidro.

Quando as pedras se aquietaram, o sol banhou as centenas de galhos desfolhados de uma grande árvore que se erguia sozinha. Sob ela havia uma pedra cinza com uma espada incrustada.

– Parece o segundo passo. – Como ainda tremia, Riley pigarreou, tomou fôlego para atravessar novamente o círculo e andar por entre as pedras. – Alguma ideia de como vamos tirá-la da pedra? – Riley a circundou e se agachou na sua frente.

– Estenda a mão para dentro. Desperte-a. Liberte-a. Isso é tudo que sei – respondeu Sasha.

Riley se aprumou e deu um passo para trás.

– Faz mais sentido que Doyle a tire. Concordam?

Doyle estudou a espada. Um pouco menor e mais fina do que a sua, mas com uma bela lâmina e um cabo simples, sem adornos. Ele reuniu sua fé, sua verdade e sua esperança e estendeu a mão. Encontrou pedra sólida.

– Não senti nada. Deveria sentir? Talvez não seja eu que deva tirá-la.

– Então Bran. Desculpe – apressou-se a dizer Annika.

– Não precisa se desculpar. – Doyle deu um passo para trás. – Vá, irmão.

Bran pôs a mão na pedra e tentou *sentir* através dela. Ele balançou a cabeça.

– Como uma porta trancada – murmurou. Então baixou a mão para o cabo entalhado. – Ou um poder adormecido.

– Bem, com toda a certeza precisa ser desperto. Talvez haja um código ou padrão. Talvez algum tipo de encantamento. Só precisamos descobrir. Me deem um minuto para...

Riley passou os dedos pela espada, à procura de uma pista. A pedra tremeu e cantou em crescente alegria. Chocada, ela puxou e... estava segurando a espada.

– Ah, droga.

Imediatamente ela se virou para Doyle e a estendeu.

– Não é minha. – Ele se perguntou se Riley sentia a luz pulsando ao redor de si. – É sua.

– O que eu devo...?

Em sua mão, o cabo áspero de pedra começou a mudar e a ficar liso. Uma luz saiu da lâmina e Riley instintivamente a ergueu para proteger os outros.

O sol incidiu sobre a espada, abrasador. Diante dos olhos atônitos de Riley, a pedra se transformou em vidro polido transparente.

– Todos viram isso? – O coração de Riley batia com força e seus ouvidos zumbiam quando ela abaixou a espada. Ainda assim, o poder da espada subiu por seu braço e lhe invadiu o corpo. – É de vidro.

– Como o palácio. – Sawyer correu o dedo pela superfície achatada da lâmina. – Você tem uma espada de vidro mágica, Riley.

– Ela brilha – murmurou Annika. – E emite um arco-íris.

– E tem poder. Consegue senti-lo? – perguntou Bran.

– Ah, com toda certeza. É como as estrelas. Tem uma pulsação. Bem... aparentemente ela é minha, mas sejamos honestos: não sou uma espadachim. Conheço o básico, só isso. Eu adoraria cravá-la em Nerezza, mas vou precisar de muito treinamento.

Sasha agarrou o ombro de Riley.

– Ela está vindo.

Doyle foi para o lado de Riley.

– Aprenda rápido – disse ele, desembainhando sua espada.

Nerezza chegou com um bando de criaturas, transformando o dia em noite. Riley passou a espada para a mão esquerda – precisaria chegar muito mais perto para usá-la – e sacou a arma.

Eles vieram do céu, deslizando e bamboleando para fora das árvores, criaturas retorcidas com caninos batendo e garras afiadas.

Flechas, raios e balas romperam a escuridão. Quando a luz explodiu, gritos rasgaram o ar. Em cima da besta mutilada pela espada de Doyle, Nerezza agora era pura maldade. Sua beleza se fora, seus cabelos eram um emaranhado de cobras cinzentas selvagens, seus olhos fundos e sombrios.

O raio de Nerezza se chocou com o de Bran, e o impacto fez Riley cair. Algo quente rastejou por cima de sua bota. Quando ela se jogou para trás, Annika o transformou em cinzas. Atirando sem parar, Riley se levantou. Quase sem pensar, brandiu a espada. A coisa que ela acertou gritou e desapareceu com um clarão.

Agora ela sentia o poder pulsando e a emoção. Cortou e perfurou, abrindo caminho através do enxame de criaturas.

– Preciso chegar mais perto. Posso fazer isso, atingi-la. Você pode me levar lá para cima, me colocar atrás dela?

Sawyer balançou a cabeça.

– Estou tentando trazê-la para baixo, mas essas criaturas a bloqueiam. Parecem não acabar nunca!

Sawyer enfiou outro pente na arma e Riley viu sangue pingar da mão dele.

– Precisamos de cobertura. Precisamos...

– É o fim de vocês! – gritou Nerezza. – Eu vou me alimentar de seus poderes. Todos neste mundo morrerão!

Ela lançou bolas de fogo. Annika desviou a primeira, mas a segunda explodiu na sua frente, lançando-a para trás. Sawyer correu em sua direção enquanto uma das flechas de Sasha matava uma criatura antes que ela pudesse cortar o rosto de Annika com suas asas afiadas.

– Dentro do círculo. Atraiam-na para dentro do círculo! – gritou Sasha. – Eu acho... Bran!

– Sim, sim. O poder. Eu a atrairei.

– Deixe comigo – disse Doyle. – Afinal, o que ela pode me fazer de mau? Me matar? Só a mantenha longe de Riley por enquanto. – Ele abriu caminho para mais perto do círculo e conseguiu se virar e encontrar o olhar de Riley. – Isto não é Malmon. Mire na cabeça. Bran! Um pouco de magia não faria mal!

– É pra já. – Bran lançou um raio na lateral do corpo de Nerezza. – Mantenha a pressão sobre ela.

– Ela irá atrás de Doyle. – Com os dentes cerrados, Riley disparou. – Quando vir que ele está sozinho.

– Mas ele não está sozinho – lembrou-lhe Sasha.

Em cima de uma das pedras, Bran lançou uma ampola de luz. Quando a luz explodiu, o cérbero gritou de dor. Seu rabo por pouco não o acertou, e Bran pulou para se esquivar. A manobra fez Nerezza se virar para Doyle, que estava no centro do círculo de pedras.

– Imortal. Queime e sangre.

Ele rolou para longe do fogo e pulou para longe do rabo. *Mais perto*, pensou. *Apenas um pouco mais perto.*

– Filha da mãe! – gritou Doyle de volta. – Desta vez vou arrancar seu coração. Espada contra espada. Deus contra deusa!

– Você não é nenhum deus.

Quando ela se precipitou para Doyle, ele a atacou, mas a rápida virada de Nerezza o fez atingir a besta no flanco. A espada que ele carregava havia séculos se partiu como se fosse de brinquedo.

– E isso não é uma espada.

Bran lançou raios para afastá-la enquanto Doyle puxava a faca. Quando ele se virou, o cérbero cravou as garras em suas costas e o derrubou.

Os outros correram para o círculo. Enquanto o sangue de um imortal, um guardião, manchava o vidro, uma luz explodiu como bomba e lançou Riley no chão, com os ouvidos zumbindo e a respiração ofegante. Atordoada, ela viu Bran tentando se ajoelhar e Sawyer xingando. E viu Doyle desarmado e sozinho.

Do alto, Nerezza riu.

– Pode fazer sua cabeça crescer de novo, imortal?

Ela mergulhou com a espada acima da cabeça. Como Bran, Riley estava de joelhos… e percebeu que nunca conseguiria.

– Doyle!

Quando Doyle se virou, ela viu dor nos olhos dele, e pesar.

– Que se dane. Pegue!

Ela atirou a espada, com toda a sua fé.

Doyle ergueu a mão e a fechou ao redor do cabo. Com um grito de guerra, ele se ergueu, evitando a espada de Nerezza. E cravou a Espada de Vidro no coração dela.

Nerezza não gritou. A besta abaixo dela e todos que voavam ou rastejavam desapareceram como grotescos desenhos a giz na chuva.

O dia explodiu em vida novamente.

Nerezza, a mãe das mentiras, caiu dentro do círculo com os olhos vidrados de medo e loucura.

– Eu sou uma deusa – disse, rouca, enquanto seus cabelos rareavam e sua carne murchava.

Doyle agarrou a espada com as duas mãos.

– Você não é nada.

E a cravou novamente no coração dela. Sangue preto borbulhou. Os dedos dela se tornaram ossos.

– Eu quero… Eu quero… – Olhos pretos se reviraram enquanto a carne de seu rosto descamava.

Quando Riley foi mancando até ele, Doyle lhe segurou a mão. Olhou ao redor enquanto os outros, feridos, queimados e ensanguentados, vinham atrás dela.

– Acabamos com você.

Sem emitir nenhum som, Nerezza foi reduzida a ossos e, em seguida, cinzas.

– Ela não vai mais voltar? – Annika estava abraçada a Sawyer. – Ela se foi para sempre?

– Olhem – disse Bran.

As centenas de galhos da árvore estavam repletas de folhas verdes, frutas e flores. O ar, tão cheio dos sons da batalha apenas momentos antes, agora se enchia do canto de pássaros e do som da brisa. Uma corça saiu da floresta para pastar.

Na Colina de Vidro, as pedras eram prateadas e brilhantes. E a pedra real ostentava o brasão de armas dos guardiões.

– Está aí sua resposta, Anni. – Então Sawyer caiu de joelhos. – Me desculpem. Ai.

– Vamos dar uma olhada nesses ferimentos. Faremos o que pudermos aqui – acrescentou Bran. – Depois...

– Só precisamos pedir – lembrou Sasha. – Eu peço que sejamos levados de volta. Se fizemos o que deveríamos fazer.

– Você acha mesmo que elas vão simplesmente...? Ah! – exclamou Riley ao se ver com os outros no início do caminho. – Ótimo.

Eles começaram a ir mancando na direção do palácio.

– Não podíamos simplesmente pedir para sermos curados? – perguntou Annika.

– O povo deve ver seus guerreiros. Ver o que custa defender a luz – respondeu Doyle, pondo o braço ao redor dela para ampará-la. – Fazer o que for necessário.

Pessoas choravam e davam vivas à passagem dos seis ao longo do caminho até as portas do palácio, onde as deusas os esperavam.

– Agora vamos cuidar de vocês. – Celene deu um passo para a frente e ergueu a voz: – Esta noite haverá celebração. Esta noite é para música, dança, vinho e alegria. Esta noite é e sempre será a Noite dos Guardiões.

– Meu sangue vai pingar por todo o chão – começou Doyle.

Luna passou a mão pelo braço ferido dele.

– Não vai. Agora venha ser cuidado, alimentado e banhado. Vocês precisam descansar. Hoje seremos suas servas.

Riley concluiu que não era nada mau ter uma deusa como serva. Pelo menos não quando isso incluía ser mergulhada em uma linda banheira de água quente que uma jovem criada perfumara com jasmim. Ou ter todas as dores de seu corpo cansado afastadas com massagens e óleos.

Ela nem se importou – muito – de pôr o vestido de novo. Não quando teve permissão para explorar e colher amostras. Algumas pedras, fragmentos, um pouco de terra e areia. Algumas flores que nunca havia visto.

Riley praticamente voou para a sala de estar para encontrar os outros.

– Vocês não vão *acreditar* no que vi. Galinhas que põem ovos coloridos. Um filhote de dragão. Os dragões adultos preferem cavernas. Um fantástico filhote de dragão!

Ela pegou uma garrafa e se serviu de uma taça sem nem querer saber o que continha.

– E a biblioteca deste lugar? Faz a sua parecer uma banca de jornais de posto de gasolina, Bran. Todos os livros já escritos, em todos os idiomas. Quer dizer, nem a de Hogwarts tem o que a deles tem.

Ela engoliu o que se revelou ser vinho.

– E a sociedade deles? Sem nenhuma guerra desde aquele levante na Baía dos Suspiros, que, aliás, estava de volta. As pessoas gostam de seus empregos, o que quer que tenham escolhido fazer. Lavradores, tecelões, padeiros. Se precisam cortar uma árvore, plantam outra. Sempre. E… O que foi?

– Também demos uma volta – disse Sawyer. – Annika foi nadar com algumas sereias na Baía dos Suspiros. Sasha fez um milhão de desenhos. Bran se encontrou com outros bruxos.

– Nós subimos e consagramos o solo dentro do círculo – disse Bran.

– Doyle também se manteve ocupado. – Sasha continuou a desenhar.

– Sério? Com o quê?

– Nada importante.

Sasha ergueu a cabeça e o olhou fixamente.

– Certo. Tudo bem. – Ele se levantou e tirou algo do bolso. – Eu tenho isto.

Atônita, Riley olhou para o anel. A pedra branca pura em um aro simples. Seu brilho dispensava qualquer adorno.

– Você não é dada a exageros – disse Doyle.

– Não, não sou. Mas como você…?

– É só pedir, certo? Perguntei se havia algum joalheiro, e me ofereceram uns cem anéis.

– Nós o ajudamos a escolher – disse Annika. – Porque foi difícil.

– Além do mais, não tenho nenhum dinheiro em circulação aqui. E eles não fizeram questão. Mas…

– Ele tinha no bolso uma flauta que fez quando era garoto – completou Annika. – E a trocou pelo anel.

– Isso é… Nossa, isso foi… bem fofo.

– Ainda mais considerando o que ele pediu para Bran gravar no anel – comentou Sasha.

– Gravar?

Riley tirou o anel da mão de Doyle e o virou para olhar por dentro do aro. *Ma faol.* Seu coração parou na boca. Tudo que ela pôde fazer foi olhar para ele.

Doyle pegou o anel de volta.

– Quer se casar comigo?

– Com toda a certeza.

– Ela é chamada de Pedra de Vidro. Não sei o que é realmente.

– Vou descobrir. – Surpresa, Riley tentava conter as lágrimas. – E vou poder dizer a todos que você é um pão-duro, e que é de vidro.

– Aposto que sim.

Ele deslizou o anel para o dedo dela. Annika aplaudiu.

– Agora a beije, Doyle! Agora você precisa beijá-la.

– Sim. Me beije, Doyle! Agora você precisa me beijar. – Apesar do vestido, Riley pulou para ele e pôs as pernas ao redor de sua cintura. – E me beije direito.

E o beijo foi muito bom.

EPÍLOGO

Uma celebração real exigia pompa, descobriu Riley. Também descobriu que Annika era uma força da natureza quando enfiava algo na cabeça.

Ela baniu os homens, decretando que as mulheres deveriam se vestir juntas.

– É uma ocasião especial – insistiu, fechando o que pareceu ser um milhão de botões nas costas do vestido de Riley. – Quando temos uma celebração especial, minhas irmãs e eu nos preparamos juntas. Vocês são minhas irmãs também. – Ela encostou a bochecha na nuca de Riley. – Vou sentir sua falta.

– Não chore. – Riley se virou, alarmada. – Nós vencemos. Salvamos os mundos.

– Ainda vamos nos ver. – Sasha se aproximou para um forte abraço em grupo. – Somos um clã, lembra? Iremos à sua ilha e Bran fará uma piscina para você ficar com a gente. E iremos aonde quer que Riley e Doyle forem.

– É um juramento.

– Juramento do dedo mindinho. – Riley ergueu o seu. – Um juramento muito sério. – Então enganchou seu dedo no dedo de Annika e Sasha enganchou o dela. – Feito. Eu amo vocês. E vou precisar dos serviços de Sawyer e de Bran de tempos em tempos.

– Poderiam me fazer um favor? – perguntou Annika.

Sasha lhe deu um beijo na bochecha.

– É só pedir.

– Estou muito animada com a comemoração aqui, mas... podemos ter uma só nossa? Só nossa, quando voltarmos para a casa de Bran? Uma noite para nós seis, sem preocupações nem armas, antes de eu voltar para o mar?

– É a melhor das ideias. Concorda, Sasha?

– Com certeza. A maior e melhor celebração que já existiu.

– E existirá. E, Annika, que tal a grande revelação? – Riley apontou para o espelho que Annika cobrira com uma tapeçaria.

– Ah, sim. – Primeiro ela deu uma longa olhada nas amigas e assentiu. Elas afastaram a tapeçaria com um floreio. – Estamos lindas!

– Uau. – Riley pestanejou.

Tinha visto suas companheiras, claro, Annika com um vestido em tons de azul e verde tão iridescentes quanto sua cauda, e seus cabelos em gloriosas tranças que lhe desciam pelas costas. E Sasha, com os cabelos em longas e suaves ondas sobre um vestido fluido azul-prateado. Mas ela mal se reconheceu no vestido sob medida da cor de pétalas de rosa magenta, e com uma saia dourada brilhante.

Passou as mãos por seus cabelos – que Annika conseguira afofar e moldar, acrescentando estilo.

– Vamos arrasar. – Ela pôs o braço ao redor da cintura de Sasha enquanto Annika fazia o mesmo. – Somos mulheres fortes e lindas.

– Mulheres fortes – repetiu Annika, e riu. – Mulheres fortes e lindas.

– É isso que somos. – Riley apontou para o reflexo delas. – Vamos festejar.

Riley achou que o tempo que passou se arrumando – que lhe parecera uma eternidade – valeu o esforço no instante em que viu Doyle. E mais ainda quando ele lhe segurou a mão, fez uma mesura e a beijou.

– Minha rainha guerreira.

– Você também está muito bonito. – Ela passou os dedos pelo colete prateado fosco dele. – Pronto?

Doyle lhe ofereceu o braço. Rindo muito do gesto, ela aceitou. E todos os seis subiram a larga escada.

Pessoas em seus melhores trajes se apinhavam no baile, onde mesas gemiam sob o peso de travessas de prata e ouro repletas de comida. Luzes cintilavam no teto, velas enormes tinham sido acesas e árvores incrustadas de joias brilhavam e enchiam o ar com o perfume de flores brancas.

Portas e janelas estavam abertas para levar para fora o som da música e da celebração. Quando os seis entraram, a conversa parou. A algum sinal, o ruído lá fora cessou. Homens se ajoelharam; mulheres fizeram mesuras. A rainha se ergueu de seu trono e foi até eles.

– Esta noite homenagearemos heróis. – Ela abaixou a cabeça diante deles. – Seus nomes e atos serão eternamente lembrados. Vocês, e todos que vierem de vocês, sempre serão bem-vindos aqui.

Ela sorriu e segurou a mão de Bran e a de Sasha.

– Bran Killian, Sasha Riggs. Vocês só precisam pedir.

– Eu recebi mais do que jamais ousaria desejar. Eu me encontrei – disse Sasha. – Encontrei o amor. E uma família.

– Eu achei meu coração. – Bran levou a outra mão de Sasha ao peito. – Irmãos, irmãs, o que sou, o que tenho, é mais forte por isso.

– Vocês são um belo casal. Quando chegar minha vez de ter um parceiro para toda a vida, espero encontrar tanta harmonia. Eu os abençoo.

Ela se virou para Sawyer e Annika e segurou as mãos deles.

– Sawyer King, Annika das águas, vocês só precisam pedir.

– Tudo que eu poderia desejar está bem aqui comigo – disse Sawyer. – Não vou mais viajar sozinho.

– Eu desejei Sawyer com todo o meu coração, e meu desejo foi atendido. Mantive meu juramento e meu povo pode se orgulhar. Tenho uma nova família, e prometemos nos reunir.

– Filha do mar, seu coração é muito bondoso. Não quer pedir a única coisa que ainda guarda dentro dele?

Foi a vez de Annika abaixar a cabeça.

– A lua precisa mudar, senhora, para os mundos existirem. Não posso pedir.

– A lua mudará, e você pode pedir.

– Mas eu… – Ela ergueu a cabeça, os olhos arregalados e cheios de esperança. – As pernas? Eu poderia ficar com elas, caminhar com Sawyer?

– Se assim o desejar. Filha do mar e da terra. Você desejaria ser de ambos os mundos?

– Ah, sim! Sawyer!

– Espere. Ela não teria que renunciar a seus pais, suas irmãs e seu povo?

– Considerando as circunstâncias, ela já renunciou a muitas coisas, assim como você. Não renunciará a mais nada. E, sim – disse Aegle, sorrindo de volta para Annika –, os dois podem ter filhos.

Lágrimas inundaram os olhos de Annika, até mesmo quando ela riu e atirou os braços ao redor da rainha. Riley esperou que um raio caísse por causa da quebra do protocolo. Mas a rainha apenas riu.

– Você é alegria, e merece tê-la.

– Obrigada! Sawyer! – Annika girou e o abraçou. – Vou poder caminhar e dançar com você. Poderemos ter filhos.

Quando ela sussurrou em seu ouvido, Sawyer pigarreou.

– Sim, podemos fazer isso, mas depois da festa. – Com amor no coração, ele olhou por cima da cabeça de Annika para a rainha. – Obrigado.

– Vocês combinam. Têm nossa bênção.

Ela se virou para Doyle e Riley.

– Doyle McCleary, Riley Gwin, vocês só precisam pedir.

– Eu tenho um milhão de perguntas – começou Riley, fazendo Aegle sorrir.

– Isso não é um desejo. É pesquisa. Você pode ficar ou voltar quando quiser, e aprender. A Ilha de Vidro sempre estará aberta para você. Se quiser ficar, o tempo é diferente aqui. Teria mais tempo.

– Não. Não – disse Doyle firmemente. – Você tem que trabalhar, tem sua alcateia. Nós estamos bem – disse ele para Riley.

– Cabe a ela pedir ou não. Você renunciaria à lua, Riley, à metamorfose e à loba?

– Eu...– Riley sentiu um nó dentro de si. – É o que eu sou. Doyle...

– É quem eu amo. – Para interrompê-la, ele lhe segurou as mãos. – Você achou que eu queria surpreendê-la naquela noite, a da primeira metamorfose, depois da batalha. Mas *eu* é que me surpreendi. E comecei a mudar. Aqueles olhos, *ma faol*. Não, não renuncie a nada.

– É isso que eu sou. – Satisfeita, Riley se virou para a rainha. – Ter a porta aberta aqui é uma grande dádiva para mim. Obrigada.

– Eu lamentaria se sua escolha fosse diferente.

Enquanto Aegle falava, Riley a viu se transformar no veado que saltava no caminho, na corça que saiu da floresta, na mulher com a garotinha na cintura e na criada com as bochechas rosadas que lhe preparara seu banho.

– Você é uma metamorfa!

– Sim, eu me transformo em qualquer pessoa e qualquer coisa. Sempre estive com você. E você? – perguntou a rainha para Doyle. – Vai fazer seu pedido?

– Eu tenho uma família de novo, e com ela fui bem-sucedido naquilo que fracassei durante três séculos. Tenho minha loba.

– A escuridão o marcou, dando-lhe o que alguns homens buscam, mesmo sabendo que lhes trará sofrimento. A luz pode tirar esse peso. Você renunciaria à imortalidade?

– Isso não pode ser feito. Nem mesmo Bran... – Doyle viu o olhar de Bran. – Pode?

– Eu já tinha intercedido por você. Pode ser feito.

– Espere. Não mude por mim – insistiu Riley. – E não por impulso. Morrer não é nada agradável e...

– Três séculos não qualificam minha decisão como um impulso. – Esperança, uma verdadeira esperança trouxe certa amargura. Agridoce. – Uma vida com você? Uma vida de verdade. Realmente viver, sabendo que cada dia é precioso e finito? É isso que eu quero. É mais do que algum dia sonhei ter.

– Então aceite sua cura. – Aegle estendeu a mão. Um servo correu e lhe entregou uma taça. – De seu irmão.

Bran olhou para a taça e tirou do bolso um frasco com um líquido transparente.

– Esta é a água da vida, conjurada da luz. Sua pureza vence a escuridão, quebra a maldição. – Ele despejou a água na taça. – Se escolher ser mortal, beba.

Doyle examinou a água, pensou em sua vida, nas mortes, nas batalhas e nas longas estradas que percorrera sozinho.

Ele ergueu a taça para Bran, e depois para Sasha, Annika e Sawyer. E, por último, para Riley.

Ao amor de sua verdadeira vida.

– Eu quero uma alcateia de crianças – disse ele, e bebeu.

– O quê?

– Você me ouviu. – Ele esperou um segundo. – Não sinto nada diferente.

– Ainda bem que você não fez como Nerezza e envelheceu três séculos. Defina "alcateia".

– Vamos falar sobre isso. – Ele se virou para a rainha. – A primeira garota da alcateia terá seu nome. Serei eternamente grato a você, rainha, independentemente de quantos dias eu tenha de sobra depois desta noite.

– Vejo uma vida de aventuras à frente. Bênçãos para vocês todos. Uma rainha pode governar com bondade e cuidado, sabedoria e justiça, fazer o povo prosperar, mas sem aqueles que arriscam a vida para combater o mal, o mundo não pode florescer.

Havia música e banquete, vinho e alegria. O colorido de saias ondulantes, o brilho da luz. Mais tarde naquela noite, no meio da festa, a rainha e suas deusas lideraram o caminho para a praia.

Arianrhod estendeu uma espada guardada em um estojo simples de couro.

– É sua.

– Sério? – Riley olhou para a espada. – Posso pegá-la?

– É sua.

– Era de nossa irmã – disse Luna. – Lamentamos pelo que ela poderia ter sido.

– E sofremos pelo que ela escolheu ser – acrescentou Celene. – E nos alegramos pelas estrelas que voltaram para casa. Para Aegle, a radiante, a Estrela de Fogo.

– Para Aegle, a radiante, a Estrela de Água. – Luna se aproximou das irmãs.

– Para Aegle, a radiante, a Estrela de Gelo. – Arianrhod ergueu as mãos com as das outras deusas. Nelas, as estrelas giraram e pulsaram.

E voaram, riscando o céu e deixando um rastro de luz em sua jornada para a lua. O povo deu vivas quando as estrelas pararam em uma curva perfeita.

– E elas estarão sempre lá, para todos os mundos verem, se maravilharem e terem esperança. – Aegle estendeu novamente as mãos. – Que suas jornadas sejam seguras, guardiões. A porta estará sempre aberta para vocês.

– Vão com alegria. – Celene cruzou as mãos no peito.

– Com amor. – Luna tocou o coração.

– Em paz. – Arianrhod bateu com um punho no seu.

Riley se viu com os outros na muralha da casa de Bran.

– Uau – conseguiu dizer Sawyer. – Isso aconteceu mesmo?

Rindo e ainda com o vestido de baile, Annika deu saltos mortais no gramado.

– Em casa de novo. – Bran puxou Sasha para si.

– E tudo está bem.

Doyle olhou para Riley.

– Eu tenho uma espada mágica.

– Você vai precisar de treinamento.

– Sim, sim, mas *eu* tenho uma espada mágica. – Ela a empunhou e ergueu para o céu. – E veja.

A espada brilhou ao apontar para as três estrelas sob a lua.

– Lá estão elas. Nós fizemos isso. O que você acha que os astrônomos dirão? – perguntou Riley.

– Só você para pensar nisso – disse Doyle, balançando a cabeça. Então segurou o rosto dela e fitou aqueles olhos que amava. – Só você.

– Um momento importante.

Riley segurou a mão de Doyle e deslizou o braço ao redor da cintura de Sasha. Ela esperou os outros se aproximarem e se juntarem a eles.

E os guardiões ficaram acima do mar, sob as Estrelas da Sorte.

Unidos.

CONHEÇA OUTROS LIVROS DA AUTORA

Álbum de casamento

Quando crianças, as amigas Parker, Emma, Laurel e Mac adoravam fazer casamentos de mentirinha no jardim. E elas pensavam em todos os detalhes. Depois de anos dessa brincadeira, não é de surpreender que tenham fundado a Votos, uma empresa de organização de casamentos bem-sucedida.

Mas, apesar de planejar e tornar real o dia perfeito para tantos casais, nenhuma delas teve no amor a mesma sorte que tem nos negócios. Até agora.

Com várias capas de revistas de noivas no currículo, a fotógrafa Mac é especialista em captar os momentos de pura felicidade, mesmo que nunca os tenha experimentado.

Por causa da separação dos pais e de seu difícil relacionamento com eles, Mac não leva muita fé no amor. Por isso não entende o frio na barriga que sente ao reencontrar Carter Maguire, um colega de escola com o qual nunca falou direito.

Carter definitivamente não é o seu tipo. Professor de inglês apaixonado pelo que faz, ele cita Shakespeare e usa paletó de tweed. Por causa de uma antiga quedinha por Mac, fica atrapalhado na frente dela, sem saber bem como agir e o que falar. E mesmo assim ela não consegue resistir ao seu charme.

Agora Carter está disposto a ganhar o coração de Mac e convencê-la de que ela é capaz de criar suas próprias lembranças felizes.

Um novo amanhã

A tradicional pousada da cidade de Boonsboro já viveu tempos de guerra e paz, teve diversos donos e até sofreu com rumores de assombrações. Agora ela está sendo totalmente reformada, sob direção dos Montgomerys, que correm para realizar a grande reinauguração dentro do prazo.

Beckett, o arquiteto da família, é um charmoso conquistador que passa a maior parte do tempo falando sobre obras, comendo pizza e bebendo cerveja com seus irmãos Ryder e Owen. Atarefado com a pousada, ultimamente nem tem desfrutado de uma vida social decente, mas pretende mudar logo isso para atrair a mulher por quem é apaixonado desde a adolescência.

Depois de perder o marido na guerra e retornar para Boonsboro, Clare Brewster leva uma vida tranquila cuidando de sua livraria e dos três filhos. Velha amiga de Beckett, ela volta a se reaproximar dele ao ajudar nos preparativos da pousada.

Em meio a essa apaixonante reconstrução, rodeados de amigos, Beckett e Clare passam a se conhecer melhor e começam a vislumbrar um futuro novo e promissor juntos.

Neste primeiro livro da trilogia A Pousada, Nora Roberts apresenta o romântico Beckett Montgomery, que, ao buscar realizar o sonho de sua família, acaba se deparando com um amor que pensava estar esquecido.

Bruxa da noite

Com pais indiferentes, Iona Sheehan cresceu ansiando por carinho e aceitação. Com a avó materna, descobriu onde encontrar as duas coisas: numa terra de florestas exuberantes, lagos deslumbrantes e lendas centenárias – a Irlanda.

Mais precisamente no condado de Mayo, onde o sangue e a magia de seus ancestrais atravessam gerações – e onde seu destino a espera.

Iona chega à Irlanda sem nada além das orientações da avó, um otimismo sem fim e um talento inato para lidar com cavalos. Perto do encantador castelo onde ficará hospedada por uma semana, encontra a casa de seus primos Branna e Connor O'Dwyer, que a recebem de braços abertos em sua vida e em seu lar.

Quando arruma emprego nos estábulos locais, Iona conhece o dono do lugar, Boyle McGrath. Uma mistura de caubói, pirata e cavaleiro tribal, ele reúne três de suas maiores fantasias num único pacote.

Iona logo percebe que ali pode construir seu lar e ter a vida que sempre quis, mesmo que isso implique se apaixonar perdidamente pelo chefe. Mas as coisas não são tão perfeitas quanto parecem. Um antigo demônio que há muitos séculos ronda a família de Iona precisa ser derrotado.

Agora, parentes e amigos vão brigar uns com os outros – e uns pelos outros – para manter viva a chama da esperança e do amor.

Irmãos de sangue

A misteriosa Pedra Pagã sempre foi um local proibido na floresta Hawkins. Por isso mesmo, é o lugar ideal para três garotos de 10 anos acamparem escondidos e firmarem um pacto de irmandade. O que Caleb, Fox e Gage não imaginavam é que ganhariam poderes sobrenaturais e libertariam uma força demoníaca.

Desde então, a cada sete anos, a partir do sétimo dia do sétimo mês, acontecimentos estranhos ocorrem em Hawkins Hollow. No período de uma semana, famílias são destruídas e amigos se voltam uns contra os outros em meio a um inferno na Terra.

Vinte e um anos depois do pacto, a repórter Quinn Black chega à cidade para pesquisar sobre o estranho fenômeno e, com sua aguçada sensibilidade, logo sente o mal que vive ali. À medida que o tempo passa, Caleb e ela veem seus destinos se unirem por um desejo incontrolável enquanto percebem a agitação das trevas crescer com o potencial de destruir a cidade.

Em *Irmãos de sangue*, Nora Roberts mostra uma nova faceta como escritora, dando início a uma trilogia arrebatadora em que o amor é a força necessária para vencer os sombrios obstáculos de um lugar dominado pelo mal.

CONHEÇA OUTROS TÍTULOS DA ARQUEIRO

O jardim esquecido
KATE MORTON

Uma criança abandonada, um antigo livro mágico, um jardim secreto, uma família aristocrática, um amor negado. Em mais uma obra-prima, Kate Morton cria uma história fantástica que nos conduz por um labirinto de memórias e encantamento, como um verdadeiro conto de fadas.

Dez anos após um trágico acidente, Cassandra sofre um novo baque com a morte de sua querida avó, Nell. Triste e solitária, ela tem a sensação de que perdeu tudo o que considerava importante. Mas o inesperado testamento deixado pela avó provoca outra reviravolta, desafiando tudo o que pensava que sabia sobre si mesma e sua família.

Ao herdar uma misteriosa casa na Inglaterra, um chalé no penhasco rodeado por um jardim abandonado, Cassandra percebe que Nell guardava uma série de segredos e fica intrigada sobre o passado da avó.

Enchendo-se de coragem, ela decide viajar à Inglaterra em busca de respostas. Suas únicas pistas são uma maleta antiga e um livro de contos de fadas escrito por Eliza Makepeace, autora vitoriana que desapareceu no início do século XX. Mal sabe Cassandra que, nesse processo, vai descobrir uma nova vida para ela própria.

A casa das orquídeas
LUCINDA RILEY

Quando criança, Julia viveu na grandiosa propriedade de Wharton Park, na Inglaterra, ao lado de seus avós. Lá, a tímida menina cresceu entre o perfume das orquídeas e a paixão pelo piano.

Décadas mais tarde, agora uma pianista famosa, Julia é obrigada a retornar ao local de infância na pacata Norfolk após uma tragédia familiar. Abalada e frágil, ela terá que reconstruir sua vida.

Durante sua recuperação, ela conhece Kit Crawford, herdeiro de Wharton Park, que também carrega marcas do passado. Ele lhe entrega um velho diário que trará à tona um grande mistério, antes guardado a sete chaves pela avó dela.

Ao mergulhar em suas páginas, Julia descobre a história de amor que provocou a ruína da propriedade: separados pela Segunda Guerra Mundial, Olivia e Harry Crawford acabaram influenciando o destino e a felicidade das gerações futuras.

Repleto de suspense, *A casa das orquídeas* viaja da conturbada Europa dos anos 1940 às paisagens multicoloridas da Tailândia, tecendo uma trama complexa e inesquecível.

CONHEÇA OS LIVROS DE NORA ROBERTS

Quarteto de Noivas

Álbum de casamento
Mar de rosas
Bem-casados
Felizes para sempre

A Pousada

Um novo amanhã
O eterno namorado
O par perfeito

Os Primos O'Dwyer

Bruxa da noite
Feitiço da sombra
Magia do sangue

A Sina do Sete

Irmãos de sangue
A maldição de Hollow
A Pedra Pagã

Os Guardiões

Estrelas da Sorte
Baía dos Suspiros
Ilha de Vidro